EN LETTRES D'ANCRE

ESTHER KINSKY

LE BOSQUET

roman de terrain

Traduit de l'allemand
par OLIVIER LE LAY

BERNARD GRASSET
PARIS

*L'édition originale de cet ouvrage a été publiée en 2018
par Suhrkamp Verlag, sous le titre :*

HAIN

ISBN 978-2-246-81836-6

Cela a-t-il un sens, de désigner un groupe d'arbres et de demander : « Comprends-tu ce que dit ce groupe d'arbres ? » En général, non ; mais ne pourrait-on pas exprimer un sens par la disposition des arbres, est-ce que cela ne pourrait pas être un langage secret ?

LUDWIG WITTGENSTEIN,
Grammaire philosophique

I.

Olevano

I plans un mond muàrt.
Ma i no soj muàrt jo ch'i lu plans.

PIER PAOLO PASOLINI

viĭ / morţĭ

Dans les églises roumaines, les fidèles qui souhaitent allumer un cierge disposent de deux emplacements distincts. Il peut s'agir de niches ménagées dans un mur, d'éléments en saillie, d'armatures de métal où vacille la flamme des bougies. Le flanc gauche de l'église est occupé par la section réservée aux vivants, le flanc droit héberge celle des morts. Qu'un être vienne à passer et l'on déplacera le cierge allumé pour lui du domaine de gauche au domaine de droite. Des *viĭ* aux *morţĭ*.

Je me suis contentée d'observer la coutume en vigueur dans les églises roumaines, je n'y ai jamais sacrifié moi-même. J'ai vu les cierges brûler aux endroits qui leur étaient consacrés. J'ai déchiffré les caractères qui surmontaient chacun des deux domaines – de simples niches dans l'épaisseur d'un mur, des corniches, de délicats réceptacles de fer forgé ou de fer-blanc ajouré – et il m'est apparu que l'un des noms désignait l'espace dédié à l'espérance, *viĭ*, l'autre l'espace du souvenir, *morţĭ*. Les cierges de gauche éclairent l'avenir, ceux de droite la profondeur du passé.

Un jour, dans un film, j'ai vu un homme se saisir d'un cierge allumé pour une proche parente dans la niche des *vii* et aller le déposer dans celle des *morți*. Le *qu'en sera-t-il* se change en un *il en fut ainsi*. Les mouvantes perspectives du futur se figent en une image-souvenir. Le geste du personnage me toucha par sa simplicité et son renoncement, mais il était si neutre, témoignait d'une telle docilité qu'il en devenait en même temps presque repoussant. La stricte et muette observance d'un rite.

Quelques mois après que j'ai vu cette scène dans un film, M. est mort. J'étais abandonnée à moi-même. Avant d'entrer dans le veuvage, on peut bien songer à la *mort*, pas encore à l'*absence*. Elle est impensable aussi long-temps que subsiste une présence. Pour ceux qui restent, le monde se conjugue pourtant sur le mode de l'absence. L'absence de lumière dans l'espace des *vii* éclipse la lueur chancelante de l'espace des *morți*.

Terrain

À Olevano Romano, je vis depuis quelque temps dans une maison perchée sur une éminence. Quand on approche du village en empruntant la route qui, sinuant à flanc de colline, monte de la plaine, on distingue de loin l'édifice. À gauche de la hauteur où la maison est bâtie, la vieille ville d'Olevano, d'un ton rocaille dont les nuances de gris varient au gré de la lumière et des caprices du temps, semble se blottir contre l'abrupt versant rocheux. À droite de la maison, un peu plus haut dans la montagne, s'étend le cimetière, un carré de béton gris-blanc qu'encadrent de grands arbres noirs à la silhouette élancée. Des cyprès. Sempervirent, l'arbre des morts ne dépérit jamais, il dresse contre le ciel son austère roideur, comme une réplique à la nonchalance échevelée des pins parasols.

Je suis le mur d'enceinte du cimetière jusqu'à l'instant où la route se partage. Vers le sud-est, elle court parmi des oliveraies et, entre un fouillis de bambous et des parcelles de vigne, se change en un sentier de campagne que borde un petit bouquet de bouleaux peu fourni. Trois, quatre bouleaux peut-être, émissaires égarés, sont dispersés là parmi les oliviers, les chênes rouvres et les pieds de vigne, et inclinent leurs troncs sur une sorte d'éperon rocheux qui s'élève au bord du chemin. Depuis ce promontoire, on aperçoit au loin la maison posée sur le faîte de la colline. Voici que le village reprend alors sa place à gauche, le cimetière à droite. Une petite voiture circule dans les ruelles étroites du village, quelqu'un étend du linge à sécher sous ses fenêtres. Les lessives me disent : *vii*.

Quand les peintres affluaient ici au dix-neuvième siècle, cet éperon devait offrir un bon point de vue. Des artistes, sans plus y penser, auront peut-être sorti un mouchoir de la poche de leur veston, et dispersé étourdiment des semences de bouleau venues de leur pays natal, aux couleurs du nord. Un chaton de bouleau détaché en passant, et tombé depuis très longtemps dans l'oubli, aura développé des petites racines ici, parmi les herbes. Les peintres auront essuyé la sueur qui perlait à leur front et se seront remis à l'ouvrage. Les montagnes, le village, peut-être de fines colonnettes de fumée montant des basses terres. Où se trouvait alors le cimetière ? La tombe la plus ancienne qu'il m'ait été donné d'y découvrir est celle d'un Allemand originaire de Berlin qui mourut ici en 1892. Vient ensuite la sépulture d'un habitant d'Olevano. La mine hardie, chapeau vissé sur la tête, il est né en 1843 et s'est éteint en 1912.

Juste en dessous des bouleaux erratiques, un homme s'affaire au milieu de ses vignes. Il coupe des bambous, les taille, en égalise les tiges, brûle le bois de repousse. Il confectionne des sortes de cages, de savantes armatures de bambou pour tuteurer les ceps de vigne qui déjà s'apprêtent à donner des bourgeons. Aux points d'intersection des barreaux entrecroisés, les ligatures sont lestées de cailloux. Ici, les *viti* se développent et prospèrent parmi les *viĭ* dans le lointain, à gauche, et les *morţĭ*, un peu plus près, à droite.

Nous sommes en hiver, le soir tombe tôt. Quand l'obscurité s'installe, la vieille ville d'Olevano repose dans la lueur jaune des réverbères. Le long de la route de Bellegra et dans les rues des lotissements modernes, du côté nord, des lampes d'une blancheur aveuglante tissent un divagant réseau. Tout en haut, accroché à son versant, le cimetière flotte dans la lueur perpétuelle des innombrables veilleuses funèbres qui scintillent devant les stèles funéraires, s'alignent sur les pierres en saillie devant les caveaux. Quand la nuit est très profonde, le cimetière qu'éclairent les *luces perpetuæ* fait figure d'îlot dans la nuit. L'île des *morţĭ* surplombe la vallée des *viĭ*.

Chemin

Je suis arrivée à Olevano par une journée de janvier, deux mois et un jour après les funérailles de M. Le voyage fut long et me conduisit par des paysages hivernaux maussades où s'accrochaient encore ici et là, irrésolues, quelques parcelles de neige grise. Dans la forêt de Bohême, une neige mouillée tombée de fraîche date dégouttait des arbres et voilait la perspective dont on jouissait, au crible de sous-bois dignes de Stifter, sur le cours supérieur de la Vltava, dont les bords ne se paraient pas même d'une mince dentelle de glace.

Quand le paysage, derrière de rudes escarpements, s'est déployé vers les terres du Frioul, j'ai senti que mon cœur se délestait d'un poids. J'avais oublié qu'une lumière toute neuve vous fait accueil une fois qu'on a laissé les Alpes derrière soi, et j'ai soudain compris les lointains transports d'enthousiasme de mon père chaque fois que nous quittions les Alpes. *Non ho amato mai molto la montagna / e detesto le Alpi*, peut-on lire chez Montale, mais la sortie du massif, cette plongée dans une lumière tout autre les justifient à soi seules. À la hauteur de l'embranchement pour Venise, la nuit s'est mise à tomber. À mesure que le ciel s'obscurcissait, la plaine, reculant ses limites, me paraissait toujours plus vaste et rase, la température a chuté en dessous de zéro, on distinguait des lumières esseulées, quelques feux nus piquetaient même çà et là l'étendue des campagnes. C'est du moins ce qu'il m'a semblé. J'ai fait halte à Ferrare. Nous avions prévu cette étape dans notre voyage, M. et moi. Ferrare en hiver. Le jardin des Finzi-Contini sous la neige ou enveloppé d'un brouillard givrant. Les voiles de brume des *pianure*. L'Italie était un pays où nous n'avions encore jamais entrepris de voyage ensemble.

Le lendemain matin, j'ai trouvé l'une des vitres de ma voiture fracturée. La banquette arrière et tous les objets qui s'y entassaient – livres, carnets et photographies, boîtes renfermant mon nécessaire d'écriture et de dessin – étaient recouverts d'éclats de verre. Le voleur n'avait emporté que les deux valises renfermant des effets personnels. L'une d'elles contenait tous les vêtements que M. avait portés lors des derniers mois de son existence. Je me représentais déjà son cardigan de laine reposant sur le dossier d'une chaise en un lieu inconnu, je m'étais promis de revêtir ses pull-overs quand je me mettrais au travail, et de porter ses chemises pour dormir.

Je suis allée porter plainte au poste de police. Il me fallut passer à la *questura*, dont les locaux se trouvaient dans un ancien palais aristocratique que gardait un imposant portail. Un policier de petite taille se tenait derrière son bureau, tassé sur une chaise au grand dossier ouvragé. C'est lui qui enregistra ma plainte. Sa casquette parée d'un somptueux galon doré reposait à côté de lui sur une liasse de papiers et semblait un simple accessoire oublié là, vestige d'un bal costumé dont le thème eût été la Marine.

Sur les recommandations d'un agent de police subalterne qui me remit une copie de ma déposition, je me suis rendue aux abords du parking, en bas de la courtine, et, des heures durant, j'ai battu buissons et fourrés dans l'espoir de retrouver les valises qu'on m'avait dérobées. Je n'aurai jamais débusqué qu'une bicyclette soigneusement dissimulée sous une automnale épaisseur de feuilles mortes. Au déclin du jour, j'ai mis un terme à ma recherche et effectué les achats de première nécessité. Un peu plus tard dans la soirée, mon regard s'est posé sur l'adresse indiquée en en-tête du papier de la *questura* : Corso Ercole I d'Este. C'était la rue par laquelle on accédait au jardin des Finzi-Contini.

Le lendemain, de bon matin, je me suis mise en route pour Rome et Olevano. Il régnait un froid rigoureux, l'herbe qui hérissait les remparts de la ville était couverte de givre, et d'épais nuages de buée se figeaient aux lèvres des marchands ambulants qui, sur la Piazza Travaglio, dressaient leur étals. Une poignée d'Africains transis de froid rôdaient autour des bars de la place, les jours de marché apportaient la promesse d'un surcroît d'animation, la garantie de conclure quelque transaction, d'échanger des poignées de mains, de griller une cigarette, de siroter un café.

La lumière, une fois passé les faubourgs de Bologne, les spectacles qui s'offraient à la vue depuis l'autoroute et ressuscitaient en moi des souvenirs d'enfance, les boutiques des postes d'essence elles-mêmes avec leurs imposantes pyramides de chocolats, tout concourait à me dispenser un singulier réconfort, comme si le monde pouvait demeurer aussi anodin et inoffensif, aussi détaché de toute douleur que le paysage inondé de clarté qui défilait derrière ma vitre, une scène mobile qui s'attachait à me persuader, moi qui étais en proie à une fatigue si profonde qu'aucun sommeil ne parvenait à l'atténuer, que c'était elle qui se mouvait, tandis que moi-même je restais toujours figée au même endroit. J'y ai accordé foi un moment.

Mais après avoir quitté l'autoroute à la hauteur de Valmontone, je me suis soudain retrouvée en territoire inconnu, en retrait du souvenir. Tandis que j'avançais au pas dans les rues de la petite ville, j'ai été frappée de voir à quel point l'Italie s'était éloignée du pays de mes expériences d'enfant. Derrière la crête d'une petite colline s'ouvrait une plaine à l'extrémité de laquelle se dressait une chaîne de montagnes. Les sommets, au deuxième et au troisième plan, étaient poudrés de neige, ce devaient être déjà les Abruzzes, que j'associais encore en pensée, d'une manière bien désuète, aux loups et aux bandits de grand chemin. Des terres inhospitalières, comme de juste en montagne.

Au matin du premier jour passé à Olevano, le soleil brillait, une brise légère s'était levée et agitait les feuilles sèches du palmier qui barrait d'un trait oblique le panorama dont on jouissait sur la plaine s'étendant au pied de la colline. Une cloche d'église sonnait tous les quarts d'heure, une autre cloche, au timbre plus métallique, la relayait une minute plus tard, comme si cette pause lui avait été nécessaire pour reprendre la mesure du temps. L'après-midi, le ciel se voila de nuages, le vent devint cinglant et un vacarme strident s'éleva soudain du village. Celui-ci, depuis la maison coiffant la colline, paraissait très lointain, une singulière illusion au demeurant, car il vous suffisait de quelques minutes tout au plus pour descendre sur la petite place où une fête battait son plein en cet instant. Au son de mélodies populaires diffusées à plein volume, les enfants recevaient des cadeaux de la part de la Befana, la sorcière de l'Épiphanie, au nom de laquelle les grands-mères, la veille au soir, dans le petit supermarché du village, s'étaient procuré à vil prix des jouets de quatre sous. Elles avaient puisé leurs offrandes dans les bacs d'articles en promotion qui en encombraient les allées : poupées Barbie vêtues de robes argentées, guerriers à la cuirasse fluorescente, sabres luminescents destinés à de mirifiques usages. Sans relâche, une animatrice lançait des cris que reprenaient en chœur de timides voix enfantines, et j'entendais à intervalles réguliers le même mot – Be-fa-na !, dont on accentuait la première syllabe, comme le dialecte local l'exigeait sans doute.

La nuit qui succéda à la fête de la Befana, les petites rues du village s'emplirent du vacarme vrombissant des motocyclettes, et j'appris à cette occasion que le moindre bruit, diffracté par d'innombrables surfaces, se démultipliait ici à l'infini et revenait immanquablement frapper mon oreille, dans la maison inhospitalière juchée sur sa colline. Je suis restée étendue là sans dormir et j'ai songé aux différentes possibilités de soumettre ma vie à un ordre qui, trois mois durant, me permettrait de surmonter cette sensation d'étrangeté à laquelle je ne m'attendais pas.

Village

Tous les matins, je me rendais au village. Chaque jour en empruntant une venelle différente. Quand je croyais déjà connaître tous les chemins, il s'ouvrait encore quelque part un escalier, un raidillon, une arche de porte dévoilant une perspective nouvelle. L'hiver était froid et battu d'averses, le long des passages étroits et des voies pentues les vieilles pierres crépitaient d'humidité. De nombreuses maisons étaient vides, il régnait au village, à l'heure du déjeuner, un très profond silence, la vie semblait presque l'avoir déserté. Le vent lui-même ne se frayait aucun passage dans ces ruelles ; ce privilège ne revenait qu'au soleil, qui lors des mois d'hiver faisait le plus souvent défaut. Je voyais des personnes âgées se lancer à l'assaut des pentes escarpées, leurs maigres achats en main. Les gens d'ici devaient avoir le cœur robuste, ils étaient rompus à ces ascensions quotidiennes, lestés ou non de fardeaux et sous le poids écrasant de l'humidité hivernale. Certains gravissaient la pente à pas très lents et obstinés, d'autres tout au contraire s'arrêtaient, reprenaient haleine, inspiraient à pleines bouffées le peu d'air qui circulait ici, sous une lumière chiche et sans jamais ressentir le parfum de la vie.

Pendant ces journées d'hiver, à midi, il ne flottait par les rues aucune odeur de cuisine. Les dimanches de plus vive clarté, en début d'après-midi, sur la Piazza San Rocco, des bruits de vaisselle et des voix feutrées s'échappaient des fenêtres ouvertes, mais en semaine, les jours gris et froids, les contrevents restaient clos. Pas un chat ne rôdait dans les rues. Des chiens jappaient avec fureur contre les rares passants. Quand ils avaient un os à ronger, ils se tenaient cois.

Un jour enfin le soleil reparaissait. Les vieilles gens quittaient leurs maisons et allaient s'asseoir en pleine lumière sur la Piazzale Aldo Moro, où la clarté retrouvée les faisait battre des paupières. Ils étaient encore en vie. Ils émergeaient de leur torpeur comme des lézards. De petits reptiles recrus de fatigue, vêtus de parkas matelassées aux capuches bordées de fourrure synthétique. Les chaussures des hommes n'étaient plus que des savates. Le rouge à lèvres des femmes se craquelait à la commissure de leurs lèvres. Après s'être prélassés une heure au soleil, ils se déridaient et se lançaient dans des récits, à grand renfort de gestes qui faisaient crépiter les manches en polyester de leurs doudounes. Dans mon enfance, ils n'étaient encore que des jeunes gens. Peut-être avaient-ils passé cette période de leur existence à Rome, les garçons étaient alors de joyeux drilles chaussés de souliers jaunes et circulant en Vespa, les jeunes femmes portaient de grandes lunettes de soleil et s'efforçaient de ressembler à Monica Vitti, elles travaillaient pendant la journée à l'usine et prenaient part de loin en loin à des manifestations où elles se rendaient bras dessus, bras dessous.

Des panaches de fumée blanchâtres se développaient sur la vallée, plus légers qu'une brume. Une fois effectuée la taille des oliviers, on en brûlait branches et rameaux. Autant de sacrifices propitiatoires destinés à se prémunir jour après jour des infestations parasitaires qui menaçaient les récoltes. Les paysans se tenaient peut-être dans leurs champs près des feux dont ils attisaient les braises ; la main en visière, ils scrutaient les environs pour voir quelle colonne de fumée montait vers le ciel et comment. Il flottait sur la région tout entière une douce odeur d'incendie.

Cimetière

De bon matin, j'entreprenais chaque jour la même promenade. Je gravissais le coteau, coupais au travers des oliviers, contournais le cimetière et me rendais dans le petit bois de bouleaux. Les deux kiosques de fleuriste, où des fleurs de serre aux couleurs acidulées voisinaient avec des bouquets de fleurs en plastique aux tons criards, étaient encore fermés. Les ouvriers communaux qui s'affairaient depuis mon arrivée à éclaircir le fouillis des cyprès enchevêtrés arrivaient à bord de leur véhicule utilitaire et déballaient leurs outils. Sur le bord des routes s'amoncelaient des reliquats d'élagage : cônes de cyprès, menus branchages, rameaux pennés aux feuilles en forme d'écailles. À côté de la voie d'accès du cimetière, on avait sommairement rassemblé en un assez grand tas le rebut des tailles d'hiver, auquel se mêlaient quelques lambeaux de compositions florales en plastique égarés là : corolles de lys roses réfractaires à tout étiolement, rubans et bandeaux jaunes. Vue d'ici, la maison sur la colline apparaissait entre le village, à l'arrière-plan sur la droite, et le cimetière, au premier plan sur la gauche. Une autre configuration. Le bourg reposait paisiblement dans la lumière gris-bleu du matin. Derrière le mur d'enceinte du cimetière, les hommes s'interpellaient à grands cris.

Depuis le petit bois de bouleaux, je contemplais alors le village et le cimetière, d'où ne me parvenait aucun bruit en cette heure matinale. Seule une colonne de fumée montait derrière le mur et un alignement de cyprès. On allumait des feux de branchages. Les ouvriers forestiers ne s'étaient pas encore mis à la besogne. Ils accomplissaient d'abord leur petit sacrifice rituel. Ils devaient se tenir là-bas en cercle et veiller sur le feu. Quand la fumée en devenait moins dense, on entendait hurler la première scie.

L'après-midi, j'allais visiter les tombes. Les deux kiosques de fleuriste étaient ouverts, celui de gauche vendait des fleurs naturelles, des chrysanthèmes jaunes, des lys d'un rose très pâle, des œillets blancs et rouges. Le kiosque de droite proposait des gerbes de fleurs artificielles avec ou sans ruban, des cœurs, des chérubins, des ballons à l'hélium de toute dimension. La fleuriste qui tenait le kiosque de droite passait le plus clair de son temps à téléphoner, tout en vous adressant à la dérobée des regards noirs où perçait un profond soupçon.

Je me suis efforcée de mettre des mots sur les parois de tombes qui occupaient une grande partie du cimetière. Des armoires de pierre dont chaque compartiment recelait une petite dalle funéraire qui portait le nom du défunt et, dans la plupart des cas, son portrait incrusté sur un médaillon de céramique. Rocchi, Greco, Proietti, Baldi, Mampieri. Les noms qui figuraient sur les tombes étaient les mêmes que ceux qui s'étalaient au fronton des boutiques et sur les devantures des commerces du village. J'appris que les murs de tombes s'appelaient des columbariums ; des colombiers pour les âmes. Plus tard, quelqu'un m'a dit que les niches de pierre étaient qualifiées dans le langage courant de *fornetti*. De petits fours où l'on enfournait indifféremment urnes ou cercueils.

Au cimetière, c'est en début d'après-midi qu'il régnait la plus vive animation. Des hommes encore jeunes venaient alors sacrifier à leurs devoirs de fils ou de petit-fils, ils arrivaient en trombe à bord de leurs autos, d'un bond s'en éjectaient, claquaient sèchement la portière, s'emparaient d'une des échelles et l'approchaient à grand fracas de leur *fornetto* pour remplacer les fleurs fanées par des fleurs fraîches, épousseter le médaillon funéraire, vérifier que la lanterne funèbre fonctionnait encore. Des hommes âgés longeaient quant à eux à pas lents et traînants les parois de tombes, échangeaient des saluts, jetaient dans la benne à ordures des bouquets de fleurs commençant à se flétrir et remplissaient d'eau fraîche les vases à long col où ils piqueraient les fleurs qu'ils avaient apportées.

Devant chaque *fornetto* était installée une petite veilleuse qui affectait la forme d'une lampe à pétrole ancienne, d'un cierge ou d'une lampe à huile surgie tout droit d'un conte des Mille et Une Nuits. Le câble électrique qui alimentait les lampes courait sur le bord inférieur des étages et allait se perdre dans la paroi du fond, et les veilleuses ne s'éteignaient jamais. *Lux perpetua*, m'avait expliqué quelqu'un. Lumière perpétuelle. Dans la clarté du jour, c'est pourtant à peine si l'on distinguait leur faible lueur.

Quand le temps était à la pluie, je me tenais à ma fenêtre et n'avais pas le cœur à sortir. Je livrais bataille contre la fatigue qu'instillait en moi l'atmosphère lourde et humide. Parfois, la pluie se mêlait de quelques flocons de neige. Par les fenêtres des pièces arrière de la maison, qui toutes regardaient au nord, vers la dépression de terrain qui s'ouvrait entre des immeubles de construction récente à l'architecture massive, semés là à la volée, et les versants montagneux trop abrupts pour qu'on pût y bâtir, couverts de forêts de chênes rouvres et de rares herbages où paissaient des moutons, j'apercevais à gauche les lotissements modernes d'Olevano, la route de Bellegra, la place du marché avec son sol de béton lisse, la nouvelle école du village, le stade. À droite, sur sa hauteur, le cimetière était une loge de pierre cernée d'ombre d'où le regard plongeait vers la vallée que ravinaient de profonds sillons. Depuis leur balcon, les morts pouvaient apercevoir les véhicules du SAMU qu'on nettoyait à grande eau en bas du versant tandis que les secouristes passaient quelques appels et fumaient, les marchands ambulants chinois qui, tous les lundis, dressaient leurs tréteaux pour vendre des ustensiles de ménage bon marché, des fleurs artificielles et des articles textiles, les matchs de football qui avaient lieu le dimanche sur le terrain attenant à la petite place. L'air vibrait alors des clameurs et des coups de sifflet dont les parois rocheuses renvoyaient l'écho, le revêtement de sol d'un vert éteint étincelait sous la pluie, cependant que de vieilles femmes, sur le raidillon qui menait au cimetière, promenaient à pas comptés leurs parapluies à travers les plantations d'oliviers.

dying

Lors des premiers jours passés à Olevano, j'ai fait un rêve :

Je m'avance vers M. Il se tient dans un couloir au fond duquel se trouve une pièce qu'éclaire une lumière blanche. M. est en tout point semblable à l'homme d'autrefois, paisible, discret et doux, il a presque retrouvé ses rondeurs.

There's nothing terrible about being dead, me dit-il. *Don't worry.*

Dans un demi-sommeil, je me suis souvenue des rêves qui m'avaient visitée après la mort de mon père. Il était toujours campé en pleine lumière. M'adressait des signes. Souriait. Moi, j'étais tapie dans l'ombre. Au début à quelque distance, ensuite de plus en plus près. Dans un de ces rêves nous faisions de la luge ensemble et, tandis que je continuais de dévaler la pente sur ma luge, seule, droit vers une vallée qui n'était pas enneigée, mon père restait en retrait dans la vaste étendue blanche et riait aux éclats.

L'après-midi du même jour, au niveau des premières maisons du village, j'ai vu deux brancardiers surgir d'une maison et emporter le corps d'un homme. Ils poussaient une civière munie de roulettes où reposait la dépouille recouverte d'un drap de la tête aux pieds, ils ont franchi le seuil de l'immeuble et se sont avancés dans la rue où les attendait une ambulance. La porte donnant sur la cage d'escalier qui desservait les étages est restée ouverte derrière eux. Personne n'emboîta le pas aux ambulanciers, côté rue les stores de tous les appartements étaient baissés. Personne ne se tenait sur son balcon ni n'esquissait un dernier adieu à l'adresse du défunt. Sur la route escarpée qui conduisait au village et vers le tunnel qui reliait celui-ci à l'arrière-pays, l'ambulance paralysait le trafic. Un petit embouteillage s'était formé, déjà des automobilistes klaxonnaient. La civière me parut singulièrement haute, comme démesurée, une personne adulte en aurait à peine dépassé le bord supérieur et, contemplant le mort, se serait fait l'effet de n'être qu'un enfant. Je me suis dit que le visage des brancardiers devait arriver à l'exacte hauteur des yeux du défunt, auquel on avait déjà fermé les paupières, car c'est là le premier devoir des secouristes ou des médecins quand le décès ne fait plus aucun doute. Les paupières du mort se changent alors en une fausse porte comme il en existe dans les chambres sépulcrales de l'Égypte ancienne et des Étrusques de la période archaïque.

Le drap qui recouvrait la dépouille luisait d'un éclat mat et m'évoquait une lourde tenture de plastique sombre, pareille au rideau occultant d'une chambre noire.

Nuées

Au matin, le ciel se voilait parfois de nuages si bas que le paysage alentour en devenait presque invisible. On entendait rugir le moteur des autobus qui gravissaient la pente, des éclats de voix, le carillon de l'église qui retentissait tous les quarts d'heure. Autant de bruits surgis d'un autre monde, quand tout se dérobait à votre vue hormis les nuages. Au-dessus de ma tête, la rumeur du village se confondait avec les cris stridents des scies d'élagage à l'œuvre aux abords du cimetière. Les ouvriers forestiers travaillaient même par temps de brume, leurs voix portaient avec plus de puissance et de netteté quand le ciel était voilé que par temps clair, ces échanges saccadés et brefs échappés du pays des *morţi* semblaient autant de réponses aux clameurs interrogatives des *viĭ*.

Dans le courant de la journée, les nuages se dissipaient, se déchiraient, se résolvaient en voiles qui descendaient avec mollesse sur les vallées. Ils s'accrochaient un moment encore aux ramures des chênes rouvres qui tapissaient le versant escarpé, un petit bois clairsemé et sans affectation précise où les trouées de lumière entre les troncs avaient été mises à profit pour se délester d'un encombrant rebut.

Des objets qui avaient plus que vécu et dont on s'était défait sans plus de façons s'enchevêtraient là parmi les buissons et les arbres, dont les troncs les empêchaient de dégringoler tout en bas du ravin : meubles, appareils divers, matelas ; une fine épaisseur de mousse sinuait déjà sur les housses maculées de rêves.

L'après-midi, les basses terres, au pied de la colline d'Olevano, reposaient austères et sombres sous des nuages de pluie haut perchés qui dérivaient dans le ciel, au-dessus des sommets montagneux, et dont les bruns et les bleus s'éclairaient de marbrures jaunâtres. Les monts volcaniques des confins de Rome se découpaient avec une tranchante netteté contre une lueur très lointaine qui s'épanouissait derrière eux. De loin en loin, un rayon de soleil solitaire se frayait un chemin vers le sud-ouest et mettait en lumière un bref instant l'étendue flottante des marais Pontins, qu'on ne devinait pourtant qu'à peine sous une tout autre lumière. Il montait des champs d'oliviers, au pied des coteaux d'Olevano, et de plus loin encore, vers Palestrina, des filets de fumée. Les paysans brûlaient avec une ardeur inlassable les rameaux d'olivier coupés et les feuilles qui jonchaient le sol. Parfois, dans le ciel obscurci de nuages, un mince et aveuglant rayon de soleil jaillissait des marbrures jaunes et paraissait éclairer d'un doigt oblique l'une des colonnes de fumée qui montaient vers le ciel, comme si celle-ci était un sacrifice qu'une main céleste aurait élu.

Cœur

Par les journées limpides des premières semaines de janvier, le village, dans la lumière du soleil qui se levait dans l'échancrure des montagnes derrière le cimetière, semblait sculpté dans un bloc de pierre rouge. Depuis la véranda, je le voyais s'éveiller et prendre les dimensions d'un univers miniature auquel des mains invisibles imprimaient un mouvement, des fenêtres s'ouvraient, un camion à ordures ménagères progressait en marche arrière dans les ruelles, et de petites silhouettes vêtues de gilets fluorescents se saisissaient des poubelles et allaient en chavirer le contenu dans la benne. Détournant les yeux du palmier, je regardais tout en bas du versant la boutique de fruits et légumes qui s'apprêtait justement à ouvrir ses portes. Les marchands des quatre saisons arabes installaient les étals, des oranges tempéraient d'une touche de clarté la grisaille de la ruelle. Sur une grande carriole s'amoncelaient des artichauts. Dans la cour, près de l'échoppe, derrière un portail fermé à double tour, des cagettes en bois disloquées s'entassaient à côté de monticules d'oranges et de tomates pourries, de choux ou de salades gâtés. Il fallait être sur les hauteurs pour profiter de ce secret contrepoint aux étals impeccables qui trônaient devant le magasin. Les hommes, les bacs de fruits et légumes, le camion-poubelle semblaient autant de figurants et d'accessoires d'un théâtre lointain. Ou peut-être d'une scène singulière dont les représentations n'auraient été visibles qu'à distance. Il n'y avait aucun spectateur à proximité immédiate.

Derrière le village se dressaient des collines grises et bleues dont la plus haute crête était couronnée d'un alignement de pins parasols qui, vus d'en bas, figuraient un cortège de géants pétrifiés, les guerriers disséminés d'une légion en déroute, peut-être, une arrière-garde coupée du monde et privée de tout ravitaillement, sans espoir ni perspective de retour au pays, et qui sur ses hauteurs exposées à la fureur de tous les vents s'abîmait à jamais dans la contemplation des vallées. De son affût, elle devait apercevoir des coulées d'éboulis, de chiches herbages, Olevano tout en bas, peut-être le village à droite, la loge obscure du cimetière à gauche, dans l'intervalle la maison nichée sur la colline ; une autre configuration encore.

Quand le soleil poursuivait son ascension, le rouge se dissipait et le village virait au gris. Je me mettais en chemin vers cette grisaille et me rendais au village chez le marchand de primeurs, où les hommes arabes, vêtus d'anoraks noirs, les mains gantées, passaient des coups de fil au son d'une musique orientale échappée d'un poste de radio, ou menaient des conversations dont le ton évoquait celui d'une dispute. Ils trichaient au moment de la pesée et vous rajoutaient toujours un petit quelque chose pour la bonne mesure.

J'achetais des oranges et des artichauts. Mon sac à provisions était léger, mais, sur le chemin du retour, je me sentais chaque fois le cœur si lourd que je craignais de ne pas avoir la force de le porter jusque chez moi. Je m'arrêtais tous les deux pas et, m'affligeant de ma propre faiblesse, levais les yeux vers le ciel ou les laissais courir à la cime des pins. Je ne tardai pas à y découvrir, au niveau des fourches et des ramifications les plus hautes, des sortes de pelotes floconneuses et blanchâtres, des cocons qui s'effilaient très légèrement à leur extrémité supérieure et semblaient avoir été tissés dans des effilochures de nuage, où se développaient peut-être de rares chenilles qui, changées en papillons une fois l'été venu, prendraient leur envol et, déployant leurs ailes parées d'on ne sait quelles couleurs, iraient se poser avec un tremblement imperceptible sur les *fornetti*, à côté des lampes éternelles dont l'aveuglant éclat du soleil effacerait alors la lueur frêle.

Pendant toute la durée de mon séjour à Olevano, je n'ai cessé d'avoir le cœur lourd. Quand, m'en retournant du village, je montais chez moi. Quand je gravissais la pente pour me rendre au cimetière.

Je me suis imaginé un cœur gris, d'un ton très pâle que rehausserait un maigre éclat ; un cœur pareil à du plomb.

Le cœur de plomb ne fit bientôt plus qu'un avec les choses vues qui déposaient en moi leur empreinte. Avec le spectacle des oliveraies dans la brume, des moutons sur la colline, du versant de chênes rouvres, des chevaux que je voyais de temps en temps brouter sans un bruit l'herbe d'un pré qui s'étendait derrière le cimetière. Avec les panoramas de la plaine où scintillaient de petites parcelles de terres à labours que les matins de grand froid bleuissaient de givre. Avec les colonnes de fumée montant jour après jour des rameaux d'olivier embrasés, avec les ombres des nuages, les broussailles d'une pâleur hivernale et le mauve des ronciers dont les vrilles couraient le long des chemins.

Pizzuti

Chaque jour un peu plus, les noms qui surmontaient les porches des boutiques et les vitrines composaient à mes yeux une manière de commentaire à l'écriture de la rocaille et des pierres, des briques et des toits, à toutes ces choses dont la lumière et le temps qu'il faisait altéraient le modelé, la texture et les tons. Ils s'accordaient au timbre des mots d'ici, avec leurs sifflantes rabotées et le staccato des syllabes. Il existait au village trois cordonniers. Deux d'entre eux, souvent désœuvrés, se campaient près de leur devanture regorgeant de boîtes de cirage, de brosses à souliers, d'embauchoirs et même de quelques antiques outils de savetier, et laissaient errer le regard par-dessus la paroi de séparation à hauteur de poitrine. Le troisième travaillait derrière un imposant comptoir, assis sur un tabouret de bar. On voyait se presser là clients et connaissances. Il régnait parfois dans l'échoppe une vive animation dont on entendait le vacarme jusque dans la petite rue. Sur le mur du fond, tout en haut, juste au-dessous du plafond, trônait une affiche ancienne où il me sembla reconnaître, à côté d'un avion de l'armée de l'air aux couleurs de l'Italie, la silhouette de Mussolini.

Chaque jour je croisais les mêmes visages, les mêmes manteaux d'hiver, les mêmes bonnets de laine. Je me suis faite à certaines habitudes locales, comme celle qui consistait à ne pas toucher la marchandise avant qu'on l'eût achetée, à faire preuve de tact quand on annonçait à la marchande de primeurs ce que l'on désirait, à suivre pieusement les recommandations d'achat du fromager, dont la fille, une gamine potelée qui arborait toujours un large sourire, se tenait derrière la caisse, assise sur un tabouret, et additionnait à grand-peine de faibles montants. Il n'y avait jamais que dans la boutique des Arabes – elle ne portait pas de nom – qu'on vous laissait palper à votre guise les fruits et les légumes, les tourner et les retourner dans votre main, les reposer sur l'étal. Ces libertés contribuaient assurément à grossir un peu plus le tas de détritus qui, tenu sous clé, ne s'offrait à la vue que depuis ma véranda, sur les hauteurs du village.

Quand je m'en retournais chez moi, je passais devant un bar sur le seuil duquel des villageois, même aux jours de très grand froid, se serraient sur un banc. Quand le soleil d'hiver brillait, il était idéalement placé et l'on pouvait y profiter de la lumière pendant plusieurs heures, aussi était-il un lieu de rendez-vous très couru. Les gens venaient y discuter un moment, fumer, consommer des boissons provenant du bar, dont les vitres étaient couvertes d'une si épaisse buée qu'on avait toutes les difficultés à en distinguer l'intérieur. Parmi les fumeurs se tenait assez souvent une jeune fille au tempérament nerveux qui promenait un landau. Dès que l'enfant se mettait à pleurer, elle imprimait à la nacelle un vigoureux mouvement de va-et-vient, des passants s'arrêtaient et se penchaient sur l'enfant en pleurs ; les fumeurs, tenant entre l'index et le majeur leur cigarette d'où s'échappaient des volutes de fumée, posaient sur la douillette qui enveloppait le petit une main consolatrice et marmonnaient quelques mots aimables. Quand la fureur de l'enfant ne s'apaisait pas, la jeune femme marchait de long en large devant le banc avec le landau, tout en continuant d'abreuver de paroles les hommes, de sa voix rauque qu'entrecoupaient des éclats de rire. Elle avait les cheveux coupés court et sa mise était celle d'un garçon, vieux blouson de cuir usagé et lourds brodequins de l'armée. Elle quémandait des cigarettes auprès des hommes assis sur le banc, ils se montraient généreux et lui en faisaient l'aumône, elle les allumait à gestes fébriles et empressés. Ses mains étaient presque bleuies de froid, la peau en était crevassée, les ongles rongés.

Juste en face du banc se trouvait une boucherie. Les livraisons avaient lieu le matin, chaque jour ou presque je voyais se garer là une fourgonnette à l'intérieur de laquelle des quartiers de viande étaient appendus à des crocs. Le chauffeur-livreur jetait sur son épaule une demi-carcasse de porc et, l'échine fléchie et le pas prudent, comme s'il ployait sous le fardeau d'un être fragile et démuni, il s'avançait vers la boutique. La patte arrière de la bête qu'enrobait une couenne jaunâtre pendait mollement dans son dos. Une fois le cochon livré, il apportait au boucher quelques volailles qu'il tenait en son poing la tête en bas, de temps en temps d'autres pièces de viande encore. Quand il en avait fini, le livreur, vêtu de sa blouse constellée de taches, allait prêter compagnie aux fumeurs sur le banc et se grillait lui aussi une cigarette, tout en conservant néanmoins une certaine distance. Il échangeait volontiers quelques plaisanteries avec la jeune femme à la voix éraillée et semblait avoir été doté d'une heureuse nature ; en sa présence l'atmosphère était à la gaîté. Pendant ce temps le coffre de sa fourgonnette restait ouvert et chacun pouvait contempler les pièces de viande qui y étaient entreposées. Celles qu'il avait livrées disparaissaient dans l'arrière-boutique de la boucherie, où, à la faveur d'une petite ouverture pratiquée derrière l'étal, on pouvait voir à l'œuvre le charcutier en train de préparer des saucisses. Celles-ci devaient jouir dans la région d'une grande renommée, car de colossales quantités de viande passaient chaque jour dans le hachoir avant d'être embossées dans de longs boyaux qu'un commis de boucherie pinçait puis tournait plusieurs fois à intervalles réguliers, façonnant des saucisses qu'on fermait par des anneaux de métal à chacune de leurs extrémités avant de les suspendre, enroulées plusieurs fois sur elles-mêmes, à des rails de boucherie qui couraient juste au-dessous du plafond.

À quelques pas de la boutique, sur des fenêtres prenant jour au ras de la chaussée, on pouvait lire en caractères chantournés : *Onoranze funebri Pizzuti.* Quelques degrés de pierre descendaient vers une porte que je n'aurai jamais connue que fermée. Jamais non plus il ne m'aura été donné de voir les fenêtres éclairées. Il devait pourtant régner en ces profondeurs une grande obscurité, même pendant les heures de la journée. Je me suis dit aussi que les pièces à demi souterraines étaient certainement humides et glaciales à présent, au fort de l'hiver. L'entreprise de pompes funèbres Pizzuti n'était

pas seulement présente, toutefois, dans ces caves voûtées, mais représentée aux quatre coins du village, et les
fenêtres qu'ornaient des inscriptions calligraphiées n'indiquaient peut-être jamais que l'endroit où l'on déposait
les cercueils, très opportunément situé juste en face de
l'église San Rocco, dont les cloches sonnaient toujours
en premier les heures et les quarts d'heure, et qui était
le lieu de culte le plus proche du cimetière. Il existait
dans la partie basse du village une boutique de gerbes et
couronnes mortuaires Pizzuti à l'intérieur de laquelle des
femmes étaient constamment occupées à confectionner
de grandes compositions florales aux couleurs vives destinées à parer les tombes, et, un peu plus bas encore, un
vaste espace d'exposition où se déployaient en vitrine des
catalogues de cercueils et d'ornements funéraires. C'est là
qu'on dispensait des conseils aux familles des défunts. On
voyait souvent s'avancer dans les ruelles étroites du village, large et majestueux, le rutilant corbillard d'un gris
tirant sur le noir où figuraient les mêmes inscriptions que
celles qui ornaient la boutique attenante à la boucherie ;
il était vide la plupart du temps, et il se formait un petit
attroupement chaque fois qu'il lui fallait négocier, devant
la boutique de fruits et légumes de l'Arabe, un virage en
épingle particulièrement retors. Quand s'annonçaient
des funérailles, il m'arrivait de voir le corbillard garé
près de l'église, débordant de fleurs et de couronnes. Les
offices funèbres se tenaient à San Rocco. Jamais en tout
cas je n'aurai aperçu le véhicule des Pizzuti devant une
autre église. Le chauffeur, en livrée et coiffé d'une grande
casquette, se postait en sentinelle à côté du corbillard,
cependant que des chants s'élevaient dans l'église. La

plupart du temps, en pareilles circonstances, les hommes affluaient sur le parvis. Les femmes pénétraient à l'intérieur de l'église ; un jour, j'ai vu la foule s'écarter et former la haie pour laisser passage à deux femmes vêtues de noir ; quand elles se furent effacées dans l'église, les hommes s'agglutinèrent et, reformant le groupe qu'ils composaient quelques instants plus tôt, se remirent à fumer et bavarder en tempérant leur voix. Il se trouvait toujours quelqu'un pour tenir compagnie au chauffeur du corbillard, qui fumait lui aussi, mais, à la différence des autres, gardait toujours dans son maintien quelque chose de presque martial, ce qui tenait peut-être également à sa lourde casquette à visière qu'ornait un grand P doré.

Quand le cercueil franchissait le porche de l'église et, dans un océan de fleurs, disparaissait à bord du corbillard, je préférais ne pas le voir. Parfois, de retour chez moi, j'allais me poster à la fenêtre et contemplais la route en contrebas de la colline, où les cortèges funèbres d'une taille toujours modeste s'ébranlaient en direction du cimetière. Sans doute avait-on déjà transmis ses condoléances à la famille sur le parvis de l'église, et le chemin du champ des morts devait être pour beaucoup une trop rude épreuve. Jamais, au cimetière, je n'aurai été le témoin d'une mise en terre, ni n'aurai vu qui que ce soit enfourner un cercueil dans l'un des *fornetti*. Je n'aurai observé dans les allées qu'un foisonnement de gerbes et de bouquets qui se flétrissaient sur pied et finissaient par atterrir tôt ou tard sur l'un des tas de détritus qu'une bonne âme prenait apparemment soin de brûler à intervalles réguliers, les partageant en plusieurs petits foyers. Les bêtes elles aussi s'attaquaient aux déchets du cimetière et, les jours de violente tempête surtout, on voyait émerger des chiens qui se glissaient entre les barreaux de la grille du portail et se ruaient sur les fleurs artificielles, les mettaient en pièces, en dispersaient les lambeaux dans la rue.

Jours du merle

Les jours allongeaient, à peine plus lumineux et plus chauds pourtant. Au cimetière, je prêtais l'oreille au chant des oiseaux, mais n'en entendais aucun, ou tout au plus le jasement d'un geai en plein vol, la voix de crécelle des quelques pies qui se tenaient à l'extérieur du cimetière, les craillements des corneilles. Celles-ci se rassemblaient en formations assez peu compactes à la lisière des champs d'oliviers, en bordure de la route, où il leur était plus facile de dénicher les déchets dont elles feraient leurs délices. Le cimetière n'était cependant pas silencieux, l'air y vibrait toujours du vacarme métallique des échelles déplacées, du chant de l'eau quand on remplissait les arrosoirs, des ron-ronnements de moteur des différents outils dont usaient les ouvriers forestiers pour abattre, émonder, débiter en tronçons, aspirer les feuilles mortes amoncelées dans les recoins. Les cimetières m'étaient connus comme des lieux peuplés d'oiseaux, je n'aurais pas été autrement étonnée d'y entendre des mésanges noires, des linottes mélodieuses et des sitelles torchepots, pourquoi pas des pics noirs et des grimpereaux. Au lieu de leurs voix, l'air ne bruissait jamais que du bourdonnement d'un pylône électrique qui, entouré d'un buissonnement de bambous, se dressait de toute sa hauteur aux abords immédiats du cimetière. Çà et là, de jeunes pousses de cyprès se tordaient à l'horizontale et, comme convulsées de douleur, semblaient vouloir fuir le pylône chantant. Son grésillement régulier s'insinuait comme un murmure dans les conversations que tenaient de loin en loin les visiteurs du cimetière. C'est en d'autres lieux que j'ai vu des oiseaux : de petites volées de mésanges à longue queue dans les buissons qui couraient le long du sentier menant au bosquet de bouleaux, quelques fauvettes par les jours de plus vive clarté, un peu plus haut dans la montagne des chardonnerets lançaient leurs roulades. Au-dessus des plantations d'oliviers qui entouraient la maison, j'entendais le chant du pivert, mais n'en aurai jamais aperçu un seul. Les cris stridents et répétés de l'oiseau, cette succession de notes qui pouvaient aussi prendre un tour angoissé, mélancolique et déchirant me fut une musique qui, au cours de ces trois mois d'hiver, se confondit peu à peu avec le village, la maison, les champs et les bois, les pentes des collines, et paraissait tout attirer à soi – la lumière, les couleurs, les strates et les dégradés de gris et de bleu toujours changeants du paysage. Les matins où la pluie ne tombait pas, le pivert était le premier oiseau que j'entendais ; il semblait toujours s'élancer d'un point haut perché et fondre droit sur moi en jetant son cri, mais celui-ci, en dépit de sa puissance et de son intensité, expirait tout aussitôt comme une agonie, un abandon, un silence de renoncement devant quelque chose de plus imposant, sans que j'aperçoive jamais l'oiseau, même si sa voix retentissait si près de mon oreille, se déployait si librement dans un espace dégagé de toute ramure d'arbre, que son invisibilité revêtait quelque chose d'incompréhensible, d'insaisissable, comme si le cri de l'oiseau ou son absence physique n'était qu'un mauvais tour, une farce macabre qu'on ne savait qui se plaisait à me jouer chaque jour à nouveau. J'avais eu beau apprendre dans mon enfance qu'il vous fallait toujours chercher le pivert dans l'herbe, je n'en étais pas plus avancée ; l'oiseau demeurait un pur son qui, chaque fois que je l'entendais, devenait un peu plus cher à mon cœur, sans jamais prendre une forme visible.

Fin janvier, il tomba un peu de neige mouillée. Pendant deux jours les nuages furent si bas que je ne distinguais même plus le village. Je me suis cependant astreinte à mes marches quotidiennes, dans l'air humide et suffocant où flottaient les nappes de fumée poisseuses des feux de branchages. Je croisais au niveau du grand portail la gardienne de la propriété, une femme nerveuse qui passait ses journées à nettoyer les sols, faire le ménage, maintenir au sein du domaine un ordre méticuleux. Elle vivait avec sa sœur dans une petite bicoque à la façade étroite qui flanquait l'entrée principale. Le matin, avant même le lever du jour, j'entendais les deux femmes échanger d'une voix sonore des propos parfois aigre-doux. La sœur se tenait sur son minuscule balcon, tandis que la gardienne, postée sur sa terrasse minuscule elle aussi, fendait des bûches pour le poêle ou étendait du linge à sécher. Je la rencontrais tous les jours, mais pour autant je ne connaissais rien d'elle, de sa famille, de son histoire ou de sa vie, à l'exception des paroles qu'elle adressait à sa sœur dans le gris du matin et qui m'évoquaient parfois des disputes, et du papillotement du poste de télévision dans sa chambre, quand

45

l'obscurité était faite. Son besoin fébrile et impérieux de faire régner l'ordre me portait à l'éviter. Mais un matin, comme les nuages nous enveloppaient de lourds voiles blanchâtres, elle me parut plus sereine qu'à l'ordinaire et, soudain plus liante, je la vis dresser l'index, sans doute pour désigner le ciel qu'on n'apercevait pas ce jour-là, et s'écrier : *Giorni della merla !*

Les jours du merle sont les derniers jours de janvier ; en Italie, ils passent pour être les plus froids de l'année. Ils sont si glaciaux, dit-on, qu'un merle et ses oisillons transis de froid allèrent un jour chercher refuge dans un conduit de cheminée. Le premier février, le soleil reparut, le merle, autrefois d'un blanc pur et étincelant, sortit du conduit, à jamais noir de suie, mais content de son sort et reconnaissant à la cheminée de lui avoir dispensé sa chaleur. Cette histoire de détresse et de métamorphose, le conte d'hiver assorti d'une morale qui le coiffait comme un couvercle de plomb, existe en plusieurs versions, mais il est toujours question de ces jours de l'année, et on les qualifie invariablement de *jours du merle*.

Le premier février, cette année-là aussi, le soleil brillait. La gardienne, passant en coup de vent, m'annonça la fin prochaine de l'hiver ; le fromager tout au contraire, appuyé par les hochements de tête goguenards de sa fille, m'assura que les rigueurs de l'hiver ne commençaient qu'en février. Il mit la main devant son tablier pour me montrer quelle épaisseur de neige ils avaient eue certains hivers – et croyez bien que ça ne commence qu'en février !, insista-t-il. Les merles, tu parles ! Là-dessus il esquissa un geste de dédain, et je suis allée régler mes maigres achats à la caisse, où sa fille arborait ce jour-là une coiffe de dentelle d'un autre temps, comme en portent les femmes de chambre dans les films anciens.

L'après-midi, sur l'étroit balcon de mon appartement d'où je ne pouvais apercevoir que le cimetière et non le village, j'ai découvert la dépouille d'un oiseau. Au petit matin, le cimetière, vu sous cet angle, n'était qu'un bloc de pierre équarri aux tons éteints, posé dans l'ombre, il aurait tout aussi bien pu être une usine, un blockhaus, une prison, aucun rayon du jour naissant ne l'atteignait. Mais à présent le soleil resplendissait, et les cyprès découpaient leur silhouette avec une tranchante netteté sur la toile bleue du ciel. Pour la première fois depuis mon arrivée, le soleil chauffait les dalles du balcon. Le petit oiseau était blotti tout contre le mur, au soleil, son corps était encore chaud et cédait sous la pression de mes doigts, mais la vie l'avait quitté. Je n'ai pas décelé la moindre blessure. C'était une mésange dont la petite tête présentait une calotte uniformément noire prenant naissance au-dessus du bec et réservant sur l'occiput une tache blanche. Une bande noire courait aussi autour du cou. La calotte étincelait au soleil et le duvet d'un blanc crémeux qui garnissait le ventre frémissait dans une brise légère. Le dos était d'un gris profond, les ailes plus sombres encore, parées de deux bandes formées de petits points blanchâtres très délicats entre lesquelles la livrée de l'oiseau paraissait plus sombre encore que sur le reste de l'aile. Comme ces créatures semblent minuscules, d'une petitesse presque irréelle quand la vie les a abandonnées ! L'oiseau était si léger dans ma paume, on aurait juré qu'il était creux, il ne pesait presque rien, n'était plus qu'une misérable chose dont on avait peine à croire à présent, si peu de temps après la mort, que la vie ait pu lui être un jour insufflée.

J'ai attendu la tombée du soir et, quand le poste de télévision s'est allumé dans la chambre de la gardienne, je suis allée enterrer l'oiseau au milieu des oliviers, en contrebas de la terrasse.

Marché

À Olevano, le marché se tenait le lundi. L'aire impeccablement bitumée qui flanquait la nouvelle école du village, au pied des versants où l'on n'avait érigé des constructions qu'après le percement du tunnel, faisait office de place du marché. Celui-ci s'était certainement tenu autrefois sur la Piazzale Aldo Moro, bien avant qu'elle fût affublée de ce nom. Chaque localité d'Italie ou presque pouvait s'enorgueillir d'une place Aldo Moro, et il s'agissait le plus souvent de terrains qui, comme pour se mettre au diapason de ce patronyme qui jetait une ombre funèbre, avaient été désaffectés de leur rôle premier, si charmant pourtant. Le tunnel qui traversait la montagne et avait fait d'Olevano un lieu de grand passage devait remonter à quelques dizaines d'années tout au plus. Si mon père avait eu autrefois un motif quelconque pour nous mener à Olevano, nous aurions peut-être trouvé encore, tout au bout de la petite voie en lacets qui n'aurait été sans doute alors qu'une route de terre, un village dont les maisons ne regardaient que vers l'ouest et les faubourgs de Rome. De petits sentiers devaient courir sur la crête de la colline, couper à travers le village et mener vers l'arrière-pays, et l'un d'eux passait peut-être au pied de la maison où je logeais à présent, juste au-dessus de la bouche du tunnel, au faîte du coteau. Des marcheurs avides de découverte venus de l'étranger l'auront emprunté pour rejoindre la Villa Serpentera nichée parmi les chênes rouvres et entreprendre des promenades jusqu'à Bellegra. Le percement du tunnel avait dû bouleverser la carte géographique des villageois d'Olevano. À l'idée de pouvoir traverser la montagne sans plus de façons, sans être contraints d'en gravir et d'en descendre les flancs, quelle étrange sensation ils avaient dû éprouver ! Le tunnel était un boyau humide et très étroit où flottait en permanence l'odeur des gaz d'échappement des autobus fonctionnant au diesel. Il n'était pas très long et décrivait une courbe peu prononcée. Dès après sa construction, il avait fait la fierté du village. On le trouvait même reproduit sur des cartes postales. Des photos en noir et blanc jaunies qu'encadrait une bordure autrefois blanche, tirées sur le carton fort et mat dont on se servait en ces années lointaines, montraient l'entrée du tunnel, éclairée, à la nuit tombée : l'ouverture pratiquée à vif dans la rude paroi rocheuse, le reflet des lumières sur le macadam trempé, pas un seul véhicule à la ronde, aucun piéton. Des clichés pris pendant des nuits à ne pas mettre un chat dehors. Olevano, après le percement du tunnel, quand furent asséchées les basses terres où mille petits bras de rivière couraient vers leur embouchure à proximité de la mer, poursuivit sa conquête de terres nouvelles. On vit fleurir des maisons sur les versants arrière de la colline, qui étaient certainement boisés autrefois, et, au fond de la petite vallée où se rencontraient plusieurs torrents accourus des montagnes, tout fut soigneusement bitumé, le cours des ruisseaux enseveli sous l'école, le terrain de sport et la place du marché, qui servait à l'occasion pour d'autres manifestations publiques. À la lisière du terrain nivelé et au pied d'une pente rocailleuse semée de rares buissons, les torrents reparaissaient, confondus en un seul cours d'eau, et continuaient de dévaler leur pente parmi un fouillis de ronces et des buissonnements de saules. Sur l'étendue en terrasse qui dominait le précipice, on avait bâti des maisons dont les balcons et les loggias étaient accrochés juste au-dessus de l'abîme. À de nombreux endroits, la route de Bellegra était jalonnée de ces petits lotissements à l'emplacement hardi qui, vus depuis les fenêtres des pièces arrière de mon logement, semblaient avoir été érigés là sans ordre ni plan d'ensemble, en un entassement de maisons, de blocs d'immeubles, d'édifices inachevés réduits à leur seul squelette et auxquels le temps et les éléments avaient déjà fait subir leurs outrages. Des réverbères luisant d'un faible éclat laissaient deviner le tracé des rues à venir, qui peut-être n'avaient pas de nom, et même dans les bâtiments qu'on avait fini de construire, il était rare qu'on vît une fenêtre éclairée. Dans la lumière du jour, le terrain n'était qu'une ébauche, et quand la nuit était faite, il offrait un spectacle de désolation. Peut-être n'arrivait-il pas à se consoler de sa parfaite inutilité : inapte à composer un paysage, il n'offrait pas même un abri à qui que ce soit.

Tous les matins, depuis ma véranda, je voyais affluer de la petite plaine tournée vers l'ouest, où les cultures aux premières heures du jour étaient couvertes de givre, le flot des maraîchers. À bord de petits fourgons, juchés sur des bicyclettes ou même à dos de mulet, ils apportaient leur marchandise au village. Des artichauts, de la puntarelle, des choux palmiers et des endives. Après le givre nocturne, les derniers vestiges des nappes de fumée échappées des feux de rameaux d'olivier venaient s'y déposer pendant la journée. Les cultivateurs démarchaient les petits commerces, approvisionnaient aussi en de très rares occasions le marchand des quatre saisons arabe, mais ils ne poussaient jamais jusqu'à la place du marché ; celle-ci était le domaine réservé des camionnettes et des véhicules utilitaires, d'où l'on déchargeait en un tournemain la marchandise destinée à l'étal et tout le matériel des stands. Le lundi matin, le vacarme des camelots occupés à dresser leurs éventaires montait jusqu'à mon logement, mais cela ne durait jamais bien longtemps, les marchands étaient rompus à cette tâche, eux qui chaque jour se rendaient dans un lieu différent et accomplissaient les mêmes gestes pour monter les mêmes stands, et proposer inlassablement à la vente les mêmes articles – d'inépuisables stocks d'oreillers en polyester et de couvertures molletonnées, de cocottes en fonte d'aluminium et de services à thé dont les tasses s'ornaient de sentences sentimentales d'inspiration orientale rédigées dans un anglais fautif. Des paysans proposaient pommes de terre et agrumes, et il se trouvait toujours un marchand quelque part pour mettre en vente des centaines et des centaines de cactus nains. Quelques étals enfin regorgeaient d'articles qui paraissaient revêtir un semblant d'utilité : ustensiles de cuisine en plastique multicolores, vestes en simili cuir et manteaux de fausse fourrure, torchons, serviettes et éponges. Les acheteurs se faisaient si rares sur la place du marché que j'avais toutes les difficultés à comprendre pourquoi les marchands se donnaient la fatigue d'entreprendre ce trajet tous les lundis. Entre les étals et la route s'interposait un alignement de bâtiments à la silhouette trapue qui hébergeaient des structures médicales telles que centre de radiologie, cabinet de dentiste, unité de cardiologie, ainsi qu'un dispensaire destiné à la prise en charge des accidents bénins : coupures superficielles, brûlures au premier degré, chutes du haut d'un escabeau. Il m'a semblé que ces établissements fournissaient aussi au marché la majeure partie de sa clientèle. Les conjoints des candidats à l'électrocardiogramme y tuaient le temps, et les blessés légers à qui l'on venait de prodiguer les premiers secours se mettaient en quête de pansements bon marché pour les soins ultérieurs, maintenant bien haut, à la vue de tous, leur main que figeait un épais bandage.

En avant du village, dans les quartiers les plus anciens qui tous regardaient au sud et à l'ouest, on voyait rôder pendant ce temps sur la Piazzale Aldo Moro, les jours de marché, des Africains qui s'efforçaient d'écouler leurs paires de chaussettes ou leurs caleçons pour homme conditionnés par lots de trois. Quand le temps était au beau, ils passaient à pas lents, leur marchandise en main, devant les personnes âgées qui se doraient là au soleil, puis ils tentaient leur chance auprès des jeunes femmes qui menaient leurs enfants à l'aire de jeux. Vers midi, la nécessité les portait à s'enhardir et ils pénétraient dans les petites boutiques de la partie basse du village, abordaient les clients qui achetaient là du parmesan, des oranges ou des cahiers d'écolier, et s'exposaient au courroux des vendeurs et des propriétaires des commerces. Jamais je ne vis l'un d'eux réussir à placer sa marchandise. Un jour, j'ai pris le temps d'observer un groupe d'Africains. Au moment de la pause méridienne, je les ai vus se rassembler en bordure du terrain de jeux, dans un coin perdu, et bourrer à la hâte chaussettes et caleçons dans un grand sac en plastique noir. L'un d'eux jeta le sac sur son épaule, cependant que les autres ratissaient le sol à la recherche de mégots de cigarette, farfouillaient dans les poubelles en quête de déchets de table, en ressortaient parfois, le geste triomphant, des boîtes renfermant des parts de pizza qu'un estomac repu avait dédaignées. Puis ils ont regagné l'autocar qui les reconduirait qui à Cave, qui à Palestrina ou dans les faubourgs de Rome, ils n'avaient vraisemblablement pas récolté le moindre sou et, le lendemain, s'en iraient courir leur chance ailleurs avec leurs paires de chaussettes. Jamais je ne les ai vus mendier, et c'est d'un ton aimable qu'ils débitaient ces formules dont ils devaient pourtant bien savoir qu'elles manquaient presque toujours leur cible, dans un italien chantant auquel ils étaient rodés et qui leur conférait un maigre vernis de couleur locale. Jamais je ne leur aurai acheté quoi que ce soit. J'avais beau me le promettre tous les lundis, je n'aurais eu que faire à présent de chaussettes pour homme dans ma vie, et je craignais que le poids de ces achats que la pitié seule m'aurait poussée à faire ne pèse plus lourd encore sur mon cœur de plomb que ne le faisaient déjà les oranges et les artichauts. De temps à autre pourtant nous échangions, les marchands africains et moi, quelques regards à la dérobée, et je me suis imaginé que nous nous reconnaissions mutuellement et, non sans dédain, devinions en l'autre un comédien occupé à composer, sur un théâtre de l'étrangeté dont les autochtones n'avaient sûrement pas conscience, dans une pièce dont on ne savait qui tirait les ficelles, un rôle dont l'importance n'éclaterait peut-être jamais au grand jour.

Mains

Tous les matins, je m'éveillais en terre étrangère. Derrière une haute montagne dans les creux de laquelle subsistaient des épaisseurs de neige, se levait un jour gris et bleu, parfois rehaussé d'une touche de jaune et de turquoise. Souvent, des brouillards s'attardaient encore sur la plaine, ils s'étiraient parfois en longues nappes qui évoquaient des plans d'eau gelés. Chaque jour, j'avais l'impression qu'il allait me falloir tout réapprendre à neuf. Dévisser le corps de la cafetière, remplir le filtre entonnoir de café, allumer la plaque de cuisson, me couper quelques tranches de pain et disposer sur la table les objets, même pour la plus petite des collations. Le souvenir de gestes lointains venait se briser comme une lame contre les parois de ma boîte crânienne, comme s'il moutonnait là une mer des profondeurs de laquelle il était remonté, incertain et déformé. Se vêtir. Se laver. Me faire un bandage. Poser le plat de la main.

Je me tenais à ma fenêtre et attendais que l'eau se mît à frémir dans la cafetière. Je contemplais le village et la plaine. Elle se déployait jusqu'au pied d'une chaîne de monts volcaniques en sommeil derrière laquelle je me représentais déjà la côte, même s'il ne m'échappait pas qu'elle était bien plus lointaine. L'ample étendue des basses terres n'était au reste qu'une illusion d'optique, car j'avais pu me rendre compte par moi-même qu'une petite colline arrondissait sa croupe avant les premières maisons de Valmontone, mais je me plaisais à voir dans ce terrain plat où de petits villages et des fermes, des ateliers et des supermarchés, un vieux pressoir à huile fermé en raison de la maladie qui avait décimé les oliviers, se dressaient parmi les champs et les bouquets d'arbres, un vaste bassin sans la plus petite discontinuité, une sorte de lac préhistorique dont les eaux se seraient retirées on ne savait quand pour aller on ne savait où, et au fond duquel, si l'on s'était donné la peine de fourrager dans la cendre des feux de branchages et dans la terre devenue friable juste en dessous, on aurait pu découvrir sans peine des poissons fossilisés et les vestiges d'autres créatures aquatiques encore.

Quand mon regard, après avoir balayé l'étendue du paysage, revenait s'attarder un instant sur mes mains posées sur l'appui de la fenêtre, je croyais voir sous celles-ci, et dans les espaces intermédiaires entre mes doigts, les mains de M., blanches, effilées et grêles, ses mains d'agonisant, si différentes de ses mains d'homme en pleine santé, et elles reposaient sous les miennes, comme sur une photo altérée par une double exposition. Puis la cafetière émettait un sifflement, le liquide débordait, et mes mains de vivante devaient s'arracher aux mains livides de M. pour éteindre la cuisinière, retirer la cafetière de la plaque, mais immanquablement je me brûlais et, à la vive douleur que j'en éprouvais, je m'apercevais qu'il me restait encore du chemin à parcourir avant d'avoir tout réappris.

Sans grand entrain, à gestes lents et tâtonnants, j'ai repris mon appareil et, en dépit de mes mains redevenues profanes, me suis remise à la photographie. J'ai levé l'appareil et jeté un œil dans le viseur. Un peu plus tard, j'ai ouvert avec une gaucherie fébrile un emballage renfermant un rouleau de film et me suis apprêtée à insérer la pellicule dans l'appareil. Au fil des ans, il m'avait été très souvent donné de constater que certains gestes étaient devenus pour moi comme une seconde nature. Quand je manipulais mes négatifs, je sentais après-coup que le contact des manivelles et des bobines, le grain du boîtier de l'appareil sous la pulpe de mes doigts, la noirceur lisse de la languette d'extrémité, le geste d'engager celle-ci dans la fente de la bobine, toutes les étapes du changement de pellicule enfin, avaient laissé leur empreinte dans mon corps et enrichi de gestes nouveaux mon répertoire manuel. Ils avaient donné naissance à une mémoire qui siégeait dans cette partie de ma chair, entrait en vigueur et prenait le contrôle même quand j'étais affairée à tout autre chose en pensée. Chaque pochette de négatifs avec ses quatre bandes portait fragmentairement témoignage de cette habitude que mes mains avaient contractée. J'en avais éprouvé du contentement. Mais en cet instant, assise sur mon lit, le dos au soleil, face au spectacle de la vallée, mes doigts étaient si hésitants qu'il me fallut une demi-heure pour insérer la pellicule dans l'appareil. J'ai dû me remémorer ce que représentaient les chiffres figurant sur la mollette de réglage du temps de pose et de la focale, et comment il convenait de manier le posemètre.

Chaque cliché me fut une épreuve. Je regardais fixement dans le viseur, et tout aussitôt j'oubliais ce que j'avais voulu y voir. J'ai pris en photo des segments de la plaine où l'on voyait ou non ces feux de rameaux d'olivier, le village dans la lumière du matin, trois columbariums qui, tout au fond du cimetière, dans sa partie la plus récente, formaient entre eux une singulière configuration. Un jour, me rendant dans le petit bois de bouleaux, j'ai emporté l'appareil et photographié le village et la maison perchée sur la colline. J'ai pris en photo les vignes, où le vieil homme avait à présent tuteuré tous les ceps en prévision du printemps. Là-dessus je me suis rendue au cimetière. Il me restait encore une prise. Le cimetière était désert et calme, midi sonnait à peine, ce n'était pas l'heure des visites. Du côté de la route, parmi les columbariums, deux voix féminines retentirent pourtant à mon oreille. Leur timbre était si monotone que j'ai d'abord cru à une prière, mais, tournant le coin d'une des parois de tombes, je vis deux femmes agenouillées sur le sol de pierre, affairées à nettoyer les stèles funéraires de deux *fornetti* voisins, tout en devisant de ce ton régulier qui m'évoquait une psalmodie. Elles avaient apporté des produits d'entretien, quelques fleurs en plastique flambant neuves et un vase qui semblait faire corps avec elles. Je ne comprenais presque rien de ce qu'elles disaient, leur dialecte rabotant les mots à la racine. Sitôt qu'elles m'aperçurent, elles firent silence, comme d'un commun accord. « Je peux vous aider ? » me demanda la première et, comme en écho, sa voisine. J'ai sursauté et reculé d'effroi. Que pouvais-je leur répondre ? Je n'avais rien à faire là. Elles ont regardé d'un air soupçonneux l'appareil qui se balançait à mon cou, m'a-t-il semblé. Sans doute faisais-je figure d'intruse à leurs yeux, rien ne m'autorisait à venir en ce lieu, moi qui n'avais aucune tombe sur laquelle me recueillir. Peut-être d'ailleurs ne déploraient-elles pas non plus la perte d'un être cher, et n'était-ce que par sens du devoir qu'elles entretenaient les *fornetti* d'oncles et de tantes décédés depuis des lustres, de lointains parents restés sans enfants et qui leur avaient peut-être laissé une part d'héritage, aussi se jugeaient-elles redevables envers eux de quelques services, comme celui qui consistait à nettoyer les dalles funéraires, à remplacer par des fleurs neuves les fleurs artificielles dont le vent, les pluies et les années avaient rongé les tiges et terni l'éclat. Mes déambulations au cimetière, parmi les sépultures de personnes dont les vies éteintes ne se rattachaient en aucune façon à la mienne, devaient paraître bien étranges à celles et ceux qui en étaient les descendants, peut-être même choquantes. J'ai préféré décamper, réservant la dernière photo du rouleau pour une occasion plus propice.

Le soir, j'allais me poster à la fenêtre et fouillais du regard l'obscurité. Les crépuscules offraient presque toujours un beau spectacle, le soleil se donnait souvent à voir à son coucher, et le cimetière flottait dans une lumière orangée qui ne conférait plus aux cyprès l'aspect de simples découpes noirâtres, mais les parait de bleu et leur donnait une profondeur, comme s'ils se penchaient légèrement vers le village et la maison posée sur la colline. Le village en contrepartie était d'un gris frissonnant et glacé, jusqu'à l'instant où les réverbères s'allumaient le long des rues, où les premières lumières paraissaient aux fenêtres. Dans la plaine, l'obscurité n'était jamais tout à fait complète. Les lumières d'assez grandes agglomérations piquetaient les lointains, on distinguait les lampadaires bordant de modestes rues qui demeuraient invisibles pendant la journée, les phares des voitures qui arrivaient de l'ouest à la tombée du soir, en une longue procession ininterrompue, et me permettaient de reparcourir du regard le chemin que j'avais moi-même emprunté pour venir ici. À mesure que la nuit s'épaississait, les monts volcaniques se profilaient avec une netteté croissante contre un ciel que paraissait éclairer une lueur très lointaine. Ce devaient être les reflets de Rome.

Je restais des heures figées à ma fenêtre, comme au sein d'une bulle qui m'aurait enveloppée et retransportée dans l'enfance, en ces heures de l'après-midi et du soir où je me sentais souvent incapable de faire quoi que ce soit, sinon me camper à la fenêtre et regarder de tous mes yeux. À ceci près que je sentais palpiter à présent sous mes mains, posées sur l'appui de la fenêtre, les mains de M. Je ne les voyais plus, comme au petit matin, je les ressentais simplement, et me demandais si ce n'était pas cela, qui m'avait fait perdre la mémoire de mes propres mains.

Palestrina

Quelque part en chemin, peu après Valmontone, un panneau indiquant la direction de Palestrina avait frappé mon attention. Quand je me tenais dans la véranda, à Olevano, et regardais vers l'ouest, je guettais des yeux le village que j'associais en pensée au compositeur. Lassus, Palestrina, Ockeghem, Tallis. Une musique qui s'accordait avec la lumière laiteuse et sans ombre de mes années d'Angleterre, une lumière comme on n'en rencontrait jamais par ici. Bien des années plus tôt, j'avais eu l'occasion de chanter une messe de Palestrina, et j'avais remarqué ce faisant, pénétrée par la musique, que je prenais congé du monde, sans affliction aucune, au point de devenir invisible et de ne plus rien voir.

Gardant en tête l'image du carrefour où se dressait le panneau, je me suis mise en route. J'avais passé des semaines sur les coteaux d'Olevano, les yeux rivés sur la plaine, et le paysage morcelé qui s'offrit à ma vue au pied des collines me frappa d'étonnement. À mon arrivée, je n'avais pas dû en prendre la mesure, tant mon regard était captivé par ce village de montagne dans le lointain, où un toit m'attendait censément.

À peine fus-je arrivée au pied de la route escarpée qui se tordait au flanc de la colline, m'engageant sur un chemin plat, que je vis se dissiper la sensation de vastitude et d'unité que la plaine m'avait laissée. Les bosquets, les buissons, les allées d'arbres et les saules ourlant la rive de petits cours d'eau, qui vus d'en haut traçaient dans le paysage de délicates lignes courbes, venaient ici vous barrer toute perspective, et l'immensité de la plaine se résolvait en un morcellement de petites parcelles. À l'écart de la route se dressaient des bâtiments à l'abandon qui avaient peut-être hébergé autrefois les ateliers d'une petite usine ou les hangars d'une quelconque exploitation agricole. Devant un magasin proposant des robes de mariée à prix défiant toute concurrence, une brise légère agitait mollement des drapeaux. À plusieurs endroits, on avait ébauché au sein du paysage le tracé de routes nouvelles qui tournaient court au bout de quelques centaines de mètres à peine. Au niveau de l'un de ces chantiers apparemment laissés en plan se trouvaient encore d'imposants engins de construction dont les roues s'entouraient déjà d'un écrin de broussailles. On avait prévu de bâtir là un lotissement ; les panneaux qui annonçaient la construction prochaine d'immeubles se dressaient de guingois, déjà en partie rongés et ravagés, au-dessus d'une palissade de chantier ; une caravane où devait certainement se trouver le bureau-conseil accueillant les futurs propriétaires était enlisée jusqu'aux moyeux dans la terre bourbeuse. Des volées d'étourneaux tournoyaient au-dessus des champs, qui n'étaient peut-être déjà plus que des friches indécises. Dans la lumière d'hiver, la terre retournée était d'un brun très clair, avec un soupçon de mauve. J'ai bifurqué sur une route plus passante, longé les vestiges hivernaux hirsutes d'une pépinière flanquant un jardin horticole où l'on cultivait des plantes tropicales, avant d'atteindre un restaurant en plein air qui se donnait de l'*hacienda*. Des guirlandes d'ampoules multicolores festonnaient les arbres aux ramures défeuillées. À côté du portail barricadé de planches se dressaient deux immenses cactus qu'on aurait jurés en carton-pâte. Les serveurs étaient sans doute coiffés de sombreros et l'ambiance devait être assurée le week-end par un orchestre au répertoire d'inspiration mexicaine dont les musiciens – guitaristes du dimanche et frénétiques joueurs de maracas, hommes âgés d'une quarantaine d'années, originaires des villages situés entre Valmontone et Olevano, et désormais trop vieux pour tenter fortune ailleurs – recevaient pour tout salaire de petites doses de téquila et un maigre cachet au moment de la fermeture. Mais à présent tout était clos à double tour. Les musiciens passaient leurs soirées devant leur écran de télévision ou à faire des mots croisés, en attendant le retour du printemps.

La route de Palestrina montait à flanc de coteau, décrivait de grands lacets que bordaient d'un côté de profonds ravins, de l'autre des pentes abruptes semées d'arbres, courait sur un pont enjambant un vertigineux précipice, atteignait enfin le petit village de Cave qui, soit qu'il eût été préservé de la laideur de l'arrière-pays d'Olevano, soit qu'il fût parvenu à la dissimuler aux yeux des voyageurs, s'efforçait de composer dans ses tons d'ocre et de vieux rose un tableau charmant. On démontait justement les étals du marché. Si j'avais étudié avec un soin plus scrupuleux les marchands, certains visages m'auraient peut-être été familiers.

Palestrina était une ville peuplée de chats. Après une violente averse de pluie mêlée de neige, les rues en étaient désertes, à l'exception des chats blancs, jaune sable ou tricolores tigrés qu'on y croisait dans les moindres recoins, au seuil des immeubles, sur les marches des perrons, tapis dans des abris de fortune en lisière des terres en friche. Certains se montraient confiants et pleins d'attente, d'autres, plus méfiants, restaient à l'affût, ils n'étaient pas sauvages et efflanqués comme les chats d'Europe de l'Est, mais semblaient plutôt les gardiens prudents et rusés de lieux secrets, craignant qu'on ne sait qui pût débusquer leur retraite. De loin en loin, un vélomotoriste décrivait ses arabesques dans les rues mouillées de pluie, les versants des collines renvoyaient l'écho de ses pétarades, comme un vélomoteur fantôme qui aurait poursuivi dans les airs, à une faible distance, son double circulant sur la route. La région tout entière retentissait de cette piste sonore sépulcrale et désolée.

Il s'avéra que Palestrina était bien le lieu de naissance de Giovanni Pierluigi, comme on l'appelait ici. On pouvait visiter sa maison de naissance, une bâtisse froide, humide et lugubre que gardait un homme étrange. Je me suis dit qu'il devait passer des heures et des jours, en l'absence de tout visiteur, à se composer sur son lieu de travail le plus pénétrant des regards. Nous avons échangé quelques mots. Il m'assura qu'il ignorait qu'en d'autres lieux Giovanni Pierluigi était appelé Palestrina. Peut-être disait-il la vérité.

J'ai gravi la route pentue jusqu'à l'instant où le cœur de plomb s'est rappelé à mon souvenir. Je me tenais entre de rudes jardins de rocaille et de petites bicoques au toit de tôle ondulée, à la façade tantôt rose, tantôt couleur de rouille, et mes yeux se posaient sur une autre plaine. Au pied de la montagne s'étendait la ville nouvelle de Palestrina. Son plan de construction était aussi anarchique que celui du versant arrière de la colline d'Olevano, mais les habitants y étaient plus nombreux. À quelque distance de là, tranchant sur la grisaille des petits pavillons et les tons ocre des immeubles, le cimetière figurait un petit îlot d'étrangeté que désignaient à la vue des cyprès noirs et touffus dépassant la crête d'un mur d'enceinte blanchâtre – l'apparence que revêtaient toujours ici les champs des morts. Une nécropole qui s'étendait peut-être là de toute éternité, *fuori le mura*, exactement au centre de la perspective vu d'ici, mais également depuis le temple situé un peu plus bas, à la verticale duquel la ville se déployait en terrasses et dévalait droit vers le cimetière. Un peu plus loin à droite, en direction de l'ouest, le paysage s'ouvrait dans toute sa vastitude. On touchait déjà aux confins de Rome. Un très bref instant, j'ai même cru distinguer la mer dans un grand lointain. Au-dessus de cette immensité, d'un horizon lumineux, était accroché un grand nuage bleu foncé avec des renflements brunâtres, qui s'effilochait sur ses bords en de frémissants rubans jaune-vert. La vue, sous la couverture nuageuse, était limpide et nette, jusqu'au moment où la pluie se mit à tomber, estompant tout, où le cimetière lui-même ne fut plus qu'une tache indistincte où les cyprès balançaient leurs cimes.

Je suis allée chercher refuge dans le musée qui occupait le plan supérieur du temple. Les salles regorgeaient de sculptures de pierre, de mobilier funéraire, de parures, de vases et de calices. J'ai contemplé les cippes de tombeaux étrusques, les stèles en pierre de forme conique qui signalaient l'entrée de la tombe, et peut-être aussi – comme ces galets avec lesquels on traçait autrefois, dans les cimetières juifs, la ligne de partage entre les tombes – les limites de celle-ci. Ici s'arrête ton royaume des morts. Depuis un petit surplomb dominant une fosse d'où montait une rumeur d'eau vive, les yeux se posaient sur la *Mosaïque du Nil*, un immense tableau composé de minuscules tesselles qui représentait les paysages, les monstres et les créatures légendaires de l'Égypte, toute une histoire en images se déployant sur les eaux du fleuve immense qui devait avoir aussi inspiré de la crainte aux Romains. Le Tibre roulait vers la mer un flot bien moins majestueux. L'Égypte que reproduisait la mosaïque hébergeait de tristes centaures au corps de mulet, des caméléons, quantité de singes. Des hommes noirs munis d'arcs et de boucliers y figurent des chasseurs. Un hippopotame se tient dans le courant du fleuve. Des hérons semblent fondre en piqué sur un immense serpent à demi redressé qui dévore déjà un oiseau.

Il avait cessé de pleuvoir. Par l'une des fenêtres, j'aperçus à l'ouest le soleil, qu'entouraient des nuages mauves, orange, jaunes, ici et là quelques effilochures brunâtres. Une lumière d'eau alanguie s'épanchait à flots par la fenêtre. C'est à la seule faveur de cette lumière que mon regard fut attiré par l'une des pièces exposées en vitrine : une bague, élément de la parure funéraire d'une femme, mère de deux enfants issus de lits différents, comme me l'apprit la notice explicative. Le bijou en lui-même, le fin anneau de métal, n'avait rien de frappant, mais le portrait en miniature de la défunte était enchâssé dans la monture, un visage grave sur un fond sombre, dans une gangue de cristal que ne déparait aucun défaut, et dont la taille et l'arrondi lui donnaient si bien vie qu'il m'adressait depuis un ineffable lointain un regard pénétrant.

Maria

Des nuages s'avancèrent entre les collines et envelop-pèrent bientôt le paysage tout entier d'une blancheur poisseuse et fraîche. Il tombait une pluie très légère dont les gouttes étaient parfois si fines, si immatérielles que ce n'étaient sans doute que les nuages qui diffusaient leur humidité. Les étendues blanches s'animèrent d'un mou-vement, des trouées s'ouvrirent, je vis émerger le cime-tière, des pans du mur d'enceinte, des parois de tombes, quelques arbres – au milieu du paysage informe qui l'en-tourait, le cimetière paraissait bien plus proche qu'à l'or-dinaire. Puis il disparut de nouveau un instant, quelques rayons de soleil filtrèrent au travers des nuages et éclai-rèrent ses flancs, tandis que tout le reste était encore enveloppé de brumes épaisses. Le cimetière resplendissait d'un éclat doré au-dessus d'un moutonnement de nuages, pareil à une terre promise qui ne se serait dévoilée à per-sonne, car le village était encore dissimulé par les brouil-lards, ou peut-être avait-il tout à fait disparu.

Lors de ma promenade, appareil en main, j'avais égaré le câble du déclencheur à distance. Le cimetière-îlot façonné d'or, perché dans les airs, ne figurerait sur aucune photographie. Dans les premiers instants, je n'avais été préoccupée cependant que de la perte du câble. Il avait été le témoin d'une journée de décembre où, deux ans plus tôt, par un hiver couronné de gui, paisible, clément et gris, nous déambulions au gré des rues en songeant encore à *l'année prochaine* et à *l'année d'après*, plus généralement à *l'avenir*. Dans une boutique vendant du matériel photographique d'occasion, j'avais acheté ce câble pour en remplacer un autre que j'avais perdu. Nous avions tous deux enfoui les doigts dans la pelote que formaient les câbles de déclenchement à distance qui, enroulés sur eux-mêmes dans un panier, paraissaient autant de petits serpents fatigués et confiants que l'hiver aurait à demi figés, et M. en avait finalement ressorti ce câble particulièrement robuste, gainé de plastique gris pâle, dont je m'étais emparée et que j'avais utilisé jusqu'alors, avant de le perdre. Le chagrin que m'inspirait la disparition du câble entrait au nombre des malédictions du deuil, auxquelles je m'étais familiarisée peu à peu : les objets, d'avoir été les témoins du passé, s'en appesantissent d'autant. Nous leur savons gré d'avoir pris part à un instant de nos vies. Ils sont une petite parcelle d'autrefois qui feint de pouvoir amarrer l'imparfait à la rive lointaine du présent. Autant de mornes ruses d'une solitude qui ne sait trop que faire d'elle-même.

L'après-midi, le temps s'est éclairci, et la lumière, sous un ciel d'une pâleur étale, était presque printanière. Au sein de ce paysage étranger, j'appris à lire les déplacements d'espaces qui naissaient des modifications de l'incidence de la lumière. Jamais encore il ne m'avait été donné de porter un aussi vaste regard sur le terrain, et je m'apercevais maintenant que chaque jour apportait sa moisson d'ombres nouvelles, de silhouettes redessinées à neuf, et une colline basse que coiffait le village de Paliano, vers le sud, prenait ainsi à présent plus de rondeur, se dépouillait de toute dureté et paraissait se rapprocher.

Je me suis mise en quête du câble et j'ai reparcouru le chemin que j'avais emprunté pour traverser le cimetière. Les columbariums, ce jour-là, du côté tourné vers la route, me furent un vrai dédale, les allées étaient encombrées d'un fouillis d'échelles, et pour la première fois je fus frappée de constater qu'une des parois percées de compartiments funéraires était presque vide. Des visiteurs avaient déposé au creux des cavités anonymes et vacantes de petites lampes et des bouquets de fleurs ; dans l'une des niches reposait un cadre renfermant une photographie si pâlie que c'est à peine si l'on distinguait encore quelque chose. J'ai sondé le sol à l'endroit où il me semblait avoir rencontré la veille les deux femmes. À l'autre extrémité de l'allée qui courait entre les columbariums, une jeune fille marchait en rond et s'exprimait à voix haute. Dans les premiers instants, il me vint l'idée qu'elle adressait ses paroles à un cher disparu, dont les restes, derrière la plaque de marbre, reposaient dans le *fornetto* délicatement décoré, mais sans doute menait-elle simplement une conversation téléphonique.

J'ai retrouvé mon câble au pied d'une paroi de tombes, dans un tas de détritus qu'on avait rassemblés là à coups de balai, ou que le vent avait amoncelés : menus rameaux d'arbres, feuilles de fleurs en plastique arrachées, mégots de cigarette, et même un briquet vert tout abîmé. La couleur grise du câble s'harmonisait très bien avec le gris béton très clair des niches funéraires et du sol, et je ne dus qu'au scintillement métallique de ses deux extrémités de le remarquer. Il reposait devant une stèle funéraire portant le nom de Maria Tagliacozzi. Elle était morte en août 1972, dans sa soixantième année, laissant derrière elle un frère et plusieurs sœurs. Le nom de la défunte était surmonté d'un médaillon de céramique où était incrustée sa photo. Il me sembla que celle-ci tranchait sur les autres portraits de défunts que j'avais pu observer au cimetière. Une belle femme, à la chevelure libre et bouclée lui descendant aux épaules, à la figure fardée comme pour une entrée sur scène. Un foulard à pois s'enroule autour de son cou. Un visage de la fin des années quarante, peut-être du début des années cinquante. On ne pouvait se défendre de penser à une actrice, ce qui tenait peut-être aussi à sa posture légèrement penchée, à ses yeux levés vers l'objectif du photographe. Les médaillons des autres tombes présentaient des clichés de face, tout à fait figés. En pensée, je me suis évertuée à trouver un film qui se serait accordé avec son visage et l'expression de ses traits, mais aucune idée ne m'est venue. Sur le sol, devant la tombe, reposait une petite lampe d'Aladin dont le cylindre de verre cannelé était légèrement de travers, et la petite ampoule ne fonctionnait pas, bien que le câble d'alimentation de la lampe fût branché. Peut-être aurait-il fallu changer l'ampoule. Qui s'occupait de la lampe funèbre, ici ? Son frère, un homme déjà âgé, peinant à respirer, ou l'une de ses sœurs ? C'était peu vraisemblable, Maria Tagliacozzi aurait eu aujourd'hui 103 ans. Avait-elle des neveux et des nièces ? Je me suis promis de lui apporter une fleur à l'occasion de ma prochaine visite. Pour le reste de mon séjour à Olevano, j'irais me recueillir sur la tombe de Maria Tagliacozzi. Au moins mes visites quotidiennes au cimetière auraient-elles un sens.

J'ai emprunté le long chemin qui courait au travers des oliviers et bordait sur un côté les vignes du vieil homme. Tout semblait prêt à accueillir le printemps, même si l'on voyait monter encore de la plaine et de tous les vallons la fumée blanche des feux de feuilles et de branchages. Brasiers salvateurs et sacrifices par le feu. Sans les oliviers, cette région serait tout à fait perdue.

Le soir tombait déjà quand je suis passée devant les vignes. Au bord du chemin, dans l'herbe blafarde, des chats faisaient le gros dos. En contrebas du vignoble, la vie reprenait ses droits dans des jardins plongés jusqu'alors dans un sommeil profond. Des villageois s'affairaient dans de petits cabanons bâtis à la diable, des chiens bondissaient le long des clôtures. Sur ce terrain, on faisait un sort à l'hiver et préparait l'avènement du printemps. Je pris pour m'en retourner au village un long détour qui me conduisit au pied de la colline, presque au niveau de la Piazzale Aldo Moro, en bas de la petite rue principale. Les réverbères diffusaient leur lumière jaunâtre, les boutiques étaient éclairées. Il n'y avait guère de passants en chemin. J'attaquais à peine la montée qu'une clameur monotone résonna à mes oreilles. Une voix de femme. « Tekiah ! Tekiah ! » me sembla-t-il comprendre, mais je me tenais à une bonne distance et il ne m'échappait pas qu'il devait s'agir d'une illusion. La femme appelait, appelait encore, sans que le volume sonore ni l'intensité de son cri ne fléchissent. Comme je m'approchais, je la vis plantée devant une grande bâtisse à l'angle d'une rue, là où la venelle qui desservait la poste et l'hôtel de ville débouchait dans la grand-rue, et je m'aperçus qu'elle criait « Maria ». « Maria ! Maria ! » Inlassablement, sans ménager la moindre pause. Elle restait figée devant une maison imposante, un bel édifice ancien à la façade percée de nombreuses fenêtres, avec un large porche ouvragé. À mon grand étonnement, il n'avait encore jamais frappé mon attention. Il y avait de la lumière à certaines des fenêtres, mais on ne voyait personne circuler dans les pièces. Le tableau de sonnettes était éclairé, la maison devait être partagée en six logements au moins. Un peu plus haut, sur la pente de la colline, une lumière morne baignait les étals de fruits et légumes de l'épicier arabe. Personne ne semblait avoir remarqué la femme. Elle recula d'un pas dans la rue, comme pour jouir d'une meilleure vue à l'intérieur de la demeure, et se remit à appeler Maria. La rue tout entière retentissait de ses cris, mais personne de ce nom ne paraissait à la fenêtre. L'âge de la femme était difficile à déterminer. Peut-être avait-elle le début de la cinquantaine. Elle était vêtue d'un par-dessus d'hiver d'une teinte claire qu'une ceinture serrait à la taille. La coupe en était nettement plus moderne que celle des vêtements qu'arboraient la plupart des femmes du village. Il y avait dans la scène tout entière, les cris de la femme, ses regards levés vers les fenêtres, cette façon qu'elle avait de se figer net, de reculer d'un pas, de marcher de long en large devant le porche sur une très mince bande de trottoir, de mettre la main en conque sur son oreille comme si elle guettait éperdument le moindre son échappé des profondeurs de la maison, un signe, un geste de Maria, dans sa mise et la monotonie de ses appels par-dessus tout, un je-ne-sais-quoi de théâtral – elle livrait une performance destinée à un public qui me demeurait insaisissable et, tapi quelque part dans l'ombre, tout à fait silencieux, retenait peut-être son souffle tant il était captivé.

Commerce

Tous les quinze jours, il passait au village, à bord d'une fourgonnette à trois roues qui ravivait en moi de lointains souvenirs d'enfance, un marchand d'agrumes. « La Sicile à vos portes », annonçaient de manière alléchante l'inscription qui ornait la portière et les annonces enfiévrées du haut-parleur trônant sur le toit, mais il était certain que le triporteur n'arrivait pas droit du Sud. Je me suis imaginé de vastes hangars, quelque part le long de la route qui reliait Valmontone à Frosinone, peut-être à proximité du restaurant-hacienda, où l'on entreposait des monticules et des monticules d'oranges que les marchands ambulants prétendument siciliens chargeaient à bord de leurs triporteurs d'une autre époque, avant de parcourir, auréolés du prestige douteux que leur conférait leur terre natale réelle ou fantasmée, les petits villages de montagne, pour faire commerce de ces oranges amères que personne ne voulait récolter. Le coffre de la fourgonnette regorgeait d'oranges sanguines – l'homme dispensait à ses *moro* les soins les plus tendres –, mais également d'oranges « blondes », de clémentines et de citrons. En contrepoint des retentissantes annonces du haut-parleur, le chauffeur utilisait une petite cloche et un avertisseur crachotant. Certains des habitants d'Olevano se fournissaient chez lui, et la gardienne de mon immeuble était au nombre de ses clients. Quand elle se tenait devant le véhicule du Sicilien, je la voyais jeter autour d'elle des regards fébriles, comme si elle ne tenait surtout pas à ce qu'on l'aperçût. Il m'arrivait d'acheter au marchand quelques oranges sanguines. L'homme attachait alors sur moi des yeux désappointés, où se lisait même une pointe de mépris : je ne lui avais pas acheté quatre kilos d'oranges, mais quatre pièces seulement. Je ne pouvais pas lui expliquer que je ne procédais en somme qu'à un achat de deuil, et m'essayais à une sorte de rite funèbre. M., pendant toute l'année, attendait avec ferveur les quelques semaines où il pourrait se délecter d'oranges sanguines. En outre le triporteur, la voix crépitante du haut-parleur, et la clochette que le marchand faisait tinter en passant le bras par la vitre, me rappelaient mon enfance, quand je posais des yeux admiratifs sur ces triporteurs italiens que je trouvais bien plus beaux que les grossiers véhicules utilitaires à trois roues à bord desquels les marchands de pommes de terre, en automne et en hiver, parcouraient les routes des bords du Rhin. Les pommes de terre, par sacs de cinquante kilos, étaient transportées à l'intérieur de la cave par un jeune commis qui fléchissait l'échine, le *bredin* que le marchand de pommes de terre affectait aux plus basses besognes. Pendant ce temps-là le chauffeur encaissait l'argent.

Des heures durant, l'homme aux oranges sillonnait le village, j'entendais jusqu'à la tombée du soir le timbre de l'avertisseur, le tintement de la clochette, les annonces que le haut-parleur diffusait avec une inlassable obstination.

Il ne cessait d'avoir des altercations avec les autres automobilistes. C'est qu'il progressait à une allure très lente, fouillant du regard les rues en quête de clients, et, dans les venelles, virait au plus près des maisons et rasait sans plus s'en soucier les voitures stationnées là. À midi, il s'octroyait une pause aux abords du cimetière. Il se garait dans une sorte de renfoncement à deux pas du grand portail. Quand les rayons du soleil perçaient les nuages, ils éclairaient l'intérieur de son véhicule. C'est là que je l'ai vu dormir un jour dans la fourgonnette, la bouche à demi ouverte, la joue collée contre la vitre. Il était le seul marchand ambulant de la région à utiliser une telle antiquité, cela devait être conforme au rôle de marchand d'oranges sicilien qu'il lui fallait incarner, et les petites autos passaient les mois d'été plongées dans un long sommeil, enveloppées d'amers effluves d'orange, dans l'entrepôt vidé de ses fruits où régnait en cette saison une chaleur brûlante.

À plusieurs reprises, un réparateur itinérant vint proposer ses offices. Il ne passait que le dimanche, et se faisait fort d'effectuer tout travail de maintenance sur les *cucine a gas*. Cédant à un penchant maladroit pour les enjolivures, il s'exclamait toujours alors *gásse*, comme s'il s'agissait d'un mot de deux syllabes. Il en accentuait il est vrai la première, mais l'agrémentait d'une arabesque qui pour être brève n'en était pas moins nette. *Lavoro subito e immediatamente !*, tonitruait son haut-parleur, qui diffusait entre les annonces une sorte de marche militaire. Sans doute était-elle censée en imposer aux villageois, et donner tout son poids à la question suivante : Votre *cucina a gásse* n'aurait-elle pas besoin d'une réparation ?

En êtes-vous bien certains ? N'avez-vous pas senti depuis quelque temps comme une odeur de *gásse* ? Cette dernière phrase faisait figure d'ultime ajout à son répertoire, et il n'y avait vraisemblablement recours qu'à l'instant où il constatait qu'aucune ménagère ne s'était encore précipitée dans la rue pour le prier, en se tordant les mains, de sauver le déjeuner qu'elle avait mitonné. Le technicien gaz sillonnait lui aussi les rues pendant toute la journée, faisant à l'occasion un petit crochet par Bellegra ou poussant jusqu'à Roiate, un hameau de montagne où ne résidaient que de très vieilles gens, mais il ne s'absentait jamais plus d'une heure. En fonction de l'itinéraire qu'il empruntait et des conditions météorologiques, ses annonces et la marche militaire étaient tour à tour limpides ou feutrées, et, sur le versant arrière de la colline d'Olevano, le long de la route qui traversait les lotissements en partie habités, les parois rocheuses en renvoyaient le vacarme, le son et son écho entraient en collision, se chevauchaient, se rendaient mutuellement incompréhensibles, ne laissaient plus subsister dans l'espace que ce seul mot : *gásse*. Le printemps s'annonçait, les jours étaient plus lumineux, les soirs moins précoces, les mimosas commençaient à fleurir et les oliviers s'entouraient de petits narcisses blancs et d'ornithogales en ombelles, l'herbe des pâtures de montagne et des plaines était d'un vert plus intense, des trous circulaires s'ouvraient au flanc des talus, où je soupçonnais la présence de serpents qui ne tarderaient plus à sortir de leur torpeur hivernale, et, jusqu'aux heures du soir que baignait un crépuscule d'un bleu très tendre, encore fraîches mais toutes vibrantes du chant des merles, j'entendais résonner l'angoissante question du réparateur ; il avait entre-temps abandonné l'espoir de trouver des cuisinières à réparer, le *subito e immediatamente* lui-même avait battu en retraite, et seule cette interrogation retentissait encore dans l'air : N'auriez-vous pas senti depuis quelque temps comme une odeur de *gásse* ?

Campo

À intervalles irréguliers, j'entendais les autocars gris et bleus de la régie régionale gravir dans de grands vrombissements la route en lacets escarpée et, grinçant de tous leurs freins, la redescendre dans un soupir. C'étaient eux qui assuraient la liaison entre Olevano et les terres environnantes. Ceux qui montaient la pente desservaient Bellegra et, niché plus profondément encore dans les montagnes, le village de Rocca Santo Stefano, mais également deux fois par jour Subiaco dans l'arrière-pays ; ceux qui la descendaient prenaient la direction de Palestrina et de Rome.

Depuis le petit balcon où je voyais reposer dans l'ombre, aux premières heures du jour, sur la crête de la colline, la masse d'un gris éteint du cimetière, le regard courait entre des rangées d'arbres et des maisons et filait droit vers la gare routière située au pied du village, juste en face de l'entrée du tunnel. Les villageois qui attendaient là composaient à mes yeux autant de petits personnages s'affairant autour des autocars qui arrivaient, repartaient, et je pouvais contempler au moment du déjeuner, quand l'école était terminée et que de nombreuses personnes rentraient en même temps chez elles pour faire la sieste, un grand désordre d'autocars, de voitures et de passants. La gare routière était un édifice de béton massif et râblé que surmontait un toit en saillie sous lequel les usagers pouvaient se garantir de la pluie quand la salle d'attente, derrière la paroi vitrée, n'avait pas encore ouvert ses portes. La salle était flanquée d'un guichet derrière lequel je n'aurai jamais vu le moindre employé, et dans le prolongement duquel se trouvait un bar. Par les fenêtres de celui-ci, on apercevait la plaine, une route de construction récente qui serpentait au bord d'un ravin et menait aux quartiers de la ville basse, une décharge qui occupait le site de l'ancien belvédère et où s'entassaient quantité d'objets de la vie quotidienne mis au rebut. Peut-être n'avait-elle vu le jour que par hasard et sans qu'on se fût concerté, et y déposait-on temporairement des biens dont on avait déjà à demi pris congé, sans pouvoir toutefois se résoudre à tirer dessus un trait définitif. Le tunnel et l'arrêt d'autocar encadraient la voie d'accès à la vieille ville comme deux épouvantails destinés à faire obstacle aux étrangers, et dont la vue vous incitait à rebrousser chemin. En été, les platanes et les tilleuls parés de leurs feuilles devaient tempérer cette impression angoissante et vous inviter cordialement à poursuivre votre route, à prolonger le voyage, mais à présent, en hiver, leurs branches dépouillées paraissaient simplement souligner avec tristesse une mise en garde.

Par temps de brume, la gare routière s'effaçait à mes yeux, mais le grondement et les ratés des moteurs diesel n'en étaient que plus sonores, et les voix des usagers invisibles me parvenaient avec plus de netteté que les jours où le ciel était parfaitement dégagé. De loin en loin, il me semblait même reconnaître des prénoms qu'on clamait à pleine voix.

Depuis un certain temps déjà, l'idée d'entreprendre une excursion à titre d'expérience m'occupait l'esprit. Un jour enfin je pris l'autocar pour Rome. C'était au petit matin, les premières lueurs du jour ne s'esquissaient encore qu'à peine. Des villageois, tête basse et mine maussade, le menton enfoncé dans le col de leur manteau, patientaient déjà dans la lumière des réverbères. Plusieurs autocars émergèrent au même instant de la bouche du tunnel. Tous avaient Rome pour terminus, et les banquettes en étaient encombrées de passagers. La plupart d'entre eux devaient se rendre sur leur lieu de travail ou à l'école, un homme et une femme d'un certain âge étaient assis côte à côte, ils se cramponnaient tous deux à une petite valise en cuir d'un autre temps, et je me suis dit que la femme devait accompagner l'homme à l'hôpital. Ou peut-être était-ce l'inverse. En bas, dans la plaine, la nuit s'était suffisamment dissipée pour qu'on vît luire d'un éclat pâle et mat l'épaisseur de givre qui reposait sur les campagnes, sans scintiller toutefois, car la lumière était encore trop chiche. À Genazzano et Palestrina, quelques passagers descendirent et se dispersèrent dans le froid rigoureux du matin.

L'autocar longea le mur d'enceinte du cimetière de Palestrina. Dans l'aurore, il faisait figure d'atroce bloc de béton enclavé entre les constructions trapues, les ateliers, les boutiques et les cafés de la ville basse, dont le lâche égrènement de maisons avait déjà quelque chose de citadin qui annonçait les faubourgs de Rome. L'autocar atteignit bientôt Agnanina, le terminus de la ligne de métro. Un rituel d'approche de la ville, étape par étape. Entre des constructions industrielles et des bretelles d'autoroute se déployait à perte de vue un no man's land gris, le regard s'ouvrait sur des étendues désertes et sans peuplement qui hésitaient encore entre la ville et la campagne, on ne faisait jamais qu'y passer en voiture, le sol en était trop lisse et nivelé pour que les possibles puissent s'y enraciner. Déjà affectées à des tâches purement utilitaires, elles décourageaient toute description. Une nouvelle forme de défiguration du paysage, des terres mutilées, frappées d'anonymat, plus confinées, plus illisibles encore que les marges chères à Pasolini où se dressaient d'atroces immeubles modernes.

De toutes parts affluaient des autocars d'où s'échappaient par flots entiers une population à demi rurale, des femmes, surtout, qui devaient travailler dans des boutiques ou des bureaux, et des étudiants. Ici comme partout ailleurs, des Africains fébriles et désemparés se rassemblaient en petits groupes, sans qu'on sût trop s'ils avaient un plan en tête ou s'en remettaient au hasard. Dans la lumière glacée du matin, ils sautillaient d'un pied sur l'autre, jetaient autour d'eux des regards circulaires, échangeaient de rares paroles, n'attendaient peut-être, pour se mettre en chemin vers la ville, qu'un signe de connivence connu d'eux seuls.

Sur le parvis de la gare de Rome-Termini, je sentis soudain refluer en moi tout désir de revoir la ville. J'y associais vaguement une tristesse inconsolable que je ne parvenais cependant pas à resituer précisément dans l'espace et le temps, il ne subsistait qu'une froide sensation d'angoisse que traversaient des vues du Tibre, de ponts jetés sur le fleuve, d'échappées vers des berges désolées et nues qui n'entretenaient aucun rapport avec la ville qu'elles bordaient. J'ai pris un autobus et suis descendue sur la Piazza Bologna, peut-être parce que ce nom de lieu m'inspirait confiance, ou parce que la Piazza Bologna réveillait en moi l'écho d'un autre souvenir, tout aussi mal assujetti dans ma mémoire, mais auquel j'espérais pouvoir me raccrocher en dépit de tout. Quand je suis descendue, je n'ai rien trouvé pourtant qui pût me garantir une protection bienveillante. J'ai emprunté une direction au hasard et suivi une grande artère dont la terne monotonie provinciale suscita mon étonnement. Il n'y avait que très peu de piétons dehors, à cette heure de la journée personne ne s'intéressait encore aux magasins proposant des articles de confection bas de gamme, quelques jeunes gens s'agglutinaient à l'intérieur de petites boutiques de photocopies. Dans des épiceries pas plus grandes qu'une boîte d'allumettes, dont seuls quelques clients de hasard devaient former la fugitive clientèle, des femmes indiennes ou pakistanaises étaient retranchées près de la porte dans un espace minuscule, derrière leur caisse. Un peu plus tard je me suis retrouvée au pied d'un haut mur derrière lequel je m'attendais à trouver un parc, jusqu'à ce que j'aperçoive des kiosques de fleuriste. Ils étaient le pendant des kiosques du cimetière d'Olevano, en plus imposant et dans des tons plus criards. Les fleurs des bacs semblaient avoir été classées par couleurs : les rouges d'un côté, de l'autre les jaunes, les blanches, toutes paraissaient artificielles mais, à mieux y regarder, il s'agissait de fleurs de serre d'une uniformité sans noblesse, nues et dépouillées de toute feuille inutile, des gerberas, des chrysanthèmes et des lys.

Sur le parvis du cimetière, un véhicule des *onoranze funebri* s'avançait lentement en direction du portail. Le cortège funèbre était formé de cinq ou six voitures citadines couvertes de poussière aux vitres desquelles se pressaient des membres de la famille qui affichaient tous la même mine indifférente ou renfrognée. Peut-être enterraient-ils un oncle mal-aimé dont ils lorgnaient du coin de l'œil l'héritage. Savait-on jamais.

J'ai parcouru les allées de l'immense champ des morts de Campo Verano, un cimetière densément peuplé. Les parois de *fornetti* s'apparentaient ici à de véritables immeubles, il en existait par cités entières et leur alignement était interrompu ici et là par des carrés où se dressaient de fastueux tombeaux et des mausolées dont l'architecture variait au gré des modes, allant du style Art nouveau jusqu'au Bauhaus en passant par le béton fruste et sans apprêt des années soixante-dix ; des logements, des maisons, des villas, des palais pour les morts, toute une nécropole partagée en quartiers cossus et miteux qu'enserraient les bretelles d'autoroute, les lignes de tramway et les voies ferrées de la cité des vivants, et où des auxiliaires du souvenir s'affairaient à déplacer les échelles, briquer les stèles, déposer gerbes et bouquets.

Mes pas me menèrent enfin au carré juif. Il était moins dense, plus lumineux, les arbres noirs qui en désignaient l'emplacement s'étaient dépouillés de leur rigueur. Moins écrasé de pompe funèbre, il était organisé selon un ordre moins strict. Le mur qui séparait le carré du reste du cimetière présentait des fissures à l'endroit où étaient enchâssées les plaques funéraires, le crépi couleur ocre s'écaillait par pans et mettait à nu les petites briques anciennes.

Le nom qu'il me fut donné de lire le plus souvent sur les stèles était Astrologo, et je me suis demandé machinalement sur quelles étoiles piquetant le ciel de Rome ces augures avaient pu jeter leur dévolu. Sur les tombes reposaient des galets et des petits cailloux, quelques fleurs artificielles au lustre pâli. Des bacs à fleurs renversés, des médaillons funéraires à la céramique craquelée. Pour la première fois, il m'est venu à l'esprit que ces portraits funèbres, quel qu'en fût l'emplacement – villages de Styrie, Tarnów, Olevano ou même ici, à Campo Verano, à deux pas de la gare de Rome-Tiburtina – étaient une supplique, un cri d'angoisse du visible auquel la photographie donnait une résonance plus grande que le simple nom, une imploration faite aux vivants de ne surtout pas oublier. Je me suis imaginé les malheureux qui, contraints pourtant de compter le moindre sou, raclaient le fond de leurs poches et, le cœur serré, se rendaient au studio de photo pour se faire faire un portrait funèbre, ou ceux qui, déjà à demi dévorés par la maladie, guettaient le premier photographe ambulant venu ; enfin la peur de ceux qui n'avaient plus la force ni les moyens de s'offrir ce luxe. Puis le fardeau incombant à ceux qui restent – faire réaliser un médaillon en porcelaine émaillée à partir de la photographie –, la lourde charge et les embarras qu'entraînait la présence de ce portrait qui voulait à toute force retenir l'attention des vivants, les regarder au fond des yeux, leur crier on ne savait quoi mieux que des mots n'auraient jamais su le faire.

Cerveteri

J'avais pris place dans un tramway et regardais défiler derrière la vitre le mur d'enceinte du cimetière, des masures aux façades décaties, de larges allées bordées d'arbres aux ramures défeuillées et d'espaces verts en pente qui me paraissaient lointainement familiers, sans que je parvienne à mettre un nom dessus. Il m'était impossible de situer avec précision les bribes de souvenirs qui remontaient à ma conscience, jusqu'à l'instant où j'aperçus la pyramide, et juste derrière le mur du cimetière où se trouvait la tombe de John Keats. Je gardais le souvenir lointain d'une pyramide toute différente, plus petite, plus étroitement enserrée par le flot des voitures, mais qui faisait cependant figure de symbole plus saillant. Un tombeau dont le bâtisseur avait à jamais fait vœu d'étrangeté. À Palestrina, quand j'avais contemplé la *Mosaïque du Nil*, il ne m'était pas revenu à l'esprit. On trouvait pourtant trace à Rome de la civilisation égyptienne, et je l'avais oublié.

J'ai poursuivi ma route jusqu'à Trastevere, où m'attendait un toit. Le logement était situé au sein d'un bloc d'immeubles datant des années soixante. Dans des films, j'avais vu des femmes blondes portant de grandes lunettes de soleil, la tête et le cou enveloppés d'un mince foulard de soie, franchir le seuil de bâtiments semblables et prendre place sur le siège arrière d'une Vespa. Un lourd porche d'entrée, quelques degrés de marbre. On avait remisé dans un coin du vestibule un arbre de Noël, sans lumières, mais dont les rameaux en plastique s'ornaient encore de quelques paillettes. La concierge, une Roumaine originaire du delta du Danube, me montra le chemin de l'ascenseur et m'indiqua où je pourrais faire quelques achats. La femme s'était affublée d'un nom à consonance anglaise par lequel elle tenait absolument à ce qu'on l'appelle, et officiait dans une petite loge lumineuse située à l'extrémité du vestibule qu'éclairait une lumière morne. Depuis son poste, elle devait avoir constamment dans son champ de vision l'arbre de Noël mis au rebut, et attendre chaque jour que quelqu'un l'emporte, le descende dans la cave ou s'en débarrasse sans plus de façons. Au déclin du jour, la pluie se mit à tomber et il se leva un vent violent contre lequel je dus livrer bataille quand, sur le chemin de l'épicerie, il me fallut traverser le carrefour situé devant la gare de Trastevere. Les autobus, les tramways, le hall de la gare déversaient des flots de voyageurs qui tous descendaient la pente, droit vers l'autre côté des voies. Un grand nulle part commençait là entre de larges bretelles d'autoroute, semé de supermarchés et de barres d'immeubles dont les fenêtres pour la plupart n'étaient pas encore éclairées. Sous la pluie dont les gouttes tombaient à l'oblique, j'ai peu à peu perdu tous mes repères.

Pendant la nuit, j'entendis le vent hurler autour de mon logement en soupente. La pluie tambourinait contre les vitres. Un fracas métallique retentissait dans la véranda – quelques antennes, peut-être, des paraboles, l'auvent d'une entrée. Dans l'appartement situé en dessous du mien, un homme et une femme menèrent une conversation jusqu'à une heure avancée de la nuit. En de très rares occasions, leurs voix s'enflaient et se faisaient plus enflammées, et si je n'avais pas entendu de temps à autre des pas, des chaises qu'on déplaçait, de soudains silences, j'aurais pu prendre ce dialogue pour un programme de télévision.

Le lendemain matin, la pluie s'était tue et le vent s'était couché. Par les fenêtres qui donnaient sur la cour, j'ai observé la naissance du jour. Sur les crêtes de lointaines collines, le ciel s'est teinté de gris, puis de rose, et, comme en un tableau renversé, j'ai vu se découper contre les rougeurs du petit matin la silhouette des montagnes qui se dessinaient avec netteté sous mes yeux avant le coucher du soleil, à Olevano. Après une nuit agitée qui m'avait presque fait oublier où je me trouvais et qui j'étais, ce spectacle me fut un soutien et même un réconfort inattendus. Depuis la véranda qui surplombait le Viale di Trastevere, on apercevait, sous une lumière de matin d'hiver, le versant arrière du mont Gianicolo, qui s'allumait en cet instant d'un rouge-orange encore hésitant, tout comme la vieille ville d'Olevano quand je la contemplais au petit jour. Gianicolo, je crus entendre ce nom résonner dans la bouche de mon père, sa voix soudain fut proche à mon oreille et remit chaque chose à sa place au sein du paysage qui m'entourait. Rome. Trastevere. Sur le chemin de Cerveteri. Je parvenais de nouveau à situer le cours du Tibre, Ostie, la voie Appienne, autant de sites auxquels se rattachaient les bribes de souvenirs qui hier encore erraient dans mon esprit sans s'y fixer jamais. J'étais de nouveau en un lieu sur lequel je pouvais poser des mots.

Après m'être rendue à la loge pour remettre mes clés à la concierge, j'ai pris le train pour Ladispoli. Je me tenais dans le vent de mer qui balayait en rafales la petite esplanade devançant la gare, et, au spectacle des blocs d'immeubles que l'hiver avait vidés de leurs habitants, l'Angleterre resurgit soudain à ma mémoire. Des mouettes, le vent, un ciel tirant sur le turquoise que pommelaient de minuscules nuages recelant de discrètes ombres bleues, tout concourait à chasser d'un revers de main l'Italie. Cela tenait peut-être à la lumière, qui, ici, sur ces marais littoraux enclavés entre mer et collines, cette bande de terre rase où affleurait de toutes parts une nappe phréatique légèrement saline, et que la mer et l'arrière-pays volcanique semblaient se disputer en une perpétuelle partie de dés, avait la vibration propre à tous les territoires qui hésitent quant à leur appartenance. Et, si l'on tendait bien l'oreille, on entendait peut-être même le léger cliquetis des dés à jouer qui s'entrechoquent.

L'autocar menant vers l'intérieur des terres est arrivé et j'ai laissé derrière moi la mer, toute ressemblance lointaine avec la lumière et les ciels d'Angleterre. Des cyprès et des pins pignons se sont offerts à ma vue, les collines à la croupe arrondie des vallonnements de l'arrière-pays. Pendant un temps encore, le paysage qui se déployait des deux côtés de la route conserva cependant un caractère universel. Des jardins maraîchers, des entrepôts, de petites usines le long des voies rapides. L'artère grise de la Via Aurelia coupait la route conduisant à Cerveteri et, comme toutes les voies de grand passage, semait sur ses bords en autant de petites excroissances des zones commerciales où devaient se créer à d'autres heures de la journée des embouteillages, quand les voyageurs venaient puiser dans la consommation quelque réconfort.

Jamais dans mon enfance je n'étais allée à Cerveteri. Nous avions prévu d'entreprendre cette excursion, M. et moi. Une journée à Rome, une demi-journée sur la côte, c'était ainsi que nous nous étions représenté les choses. Déambuler parmi les tombes. C'est à Cerveteri que s'ouvre l'histoire du jardin des Finzi-Contini, elle commence par une visite de cette nécropole qui, comme je devais m'en aviser en cet instant, était séparée de la ville des vivants, où se dressaient d'inévitables fortifications, par une sorte de haut-plateau de modeste étendue que ponctuaient de foisonnants buissons. Sous la lumière d'hiver, ce petit plateau lui-même était semé de tertres funéraires, l'étendue des chambres sépulcrales au-dessus desquelles s'arrondissaient des dômes de pierre que les herbes folles, les lichens et les narcisses sauvages avaient colonisés, devait être immense ; ils figuraient autant de « domiciles secondaires », pour reprendre les mots de Bassani, que les vivants se faisaient ériger pour la postérité, ou qu'ils soignaient et entretenaient parce qu'ils étaient la demeure des défunts, avant d'y emménager eux-mêmes un jour. La nécropole, cette mer houleuse de dômes que la végétation peu à peu avait envahis, et qui hébergeaient chacun les défunts d'une famille, me parut bien plus vaste que la cité des vivants. À l'instant où j'étais descendue de l'autocar, celle-ci m'avait semblée très peu peuplée et j'avais été frappée par son silence.

Seule une petite partie de la nécropole était accessible au promeneur. D'antiques chemins pavés couraient entre les tertres funéraires, ici et là quelques bouquets d'arbres, de minuscules bosquets, à main droite la vue s'ouvrait vers la mer, les collines, d'autres tertres funéraires encore posés dans l'herbe très pâle. Je nous voyais déjà cheminant tous les deux entre ces tombes. Pénétrant dans les chambres sépulcrales et en contemplant le mobilier funéraire, les lits de pierre, les objets fidèlement reproduits, avec une tendre délicatesse, qui en ornaient les murs sous la forme de bas-reliefs bicolores finement ouvragés, comme si cela suffisait bien ainsi, comme si les morts s'y entendaient à percer la froide épaisseur des murs pour saisir l'autre face de l'objet ou de l'animal, celle qui demeurait invisible à nos yeux, et la tenir un instant dans leurs mains que la vie avait désertées.

Les chambres sépulcrales revêtaient quelque chose d'étrangement solennel. Cela tenait peut-être aussi à ce que je parvenais à m'imaginer, avec une netteté que je n'avais connue dans aucun autre lieu d'Italie, la présence de M. à mon côté sur ces chemins, à me représenter sa démarche, son regard, le timbre de sa voix. Les mots du prologue de Bassani, sur lesquels j'avais si longtemps buté, me revinrent en mémoire : *l'eternità non doveva più sembrare un'illusione* – ici, l'éternité ne devait plus sembler une illusion. Je ne saurai dire si le sens s'en éclairait mieux à présent, mais ils s'étaient mués en une image : la roche, les mousses, les herbes folles que rehaussait ici et là le bleu-vert des feuilles linéaires et plates des narcisses sauvages, où ne s'ouvraient pas encore de boutons. Des serpents nichaient-ils ici, parmi les broussailles, dans les anfractuosités de ces pierres qui étaient assurément brûlantes en été ? Lors des mois chauds, les promeneurs qui circulaient entre les tombes devaient produire un trop grand vacarme.

Cependant que je me remettais en chemin vers la cité des vivants, je me suis demandé pourquoi mon père ne nous avait jamais emmenés ici. Tarquinia après tout n'était pas bien loin, pour quelle raison n'avait-il pas quitté la Via Aurelia pour gravir les pentes de la colline, lui qui ne pouvait pas ignorer que ce site était celui d'une nécropole ? Connaissait-il cette phrase au sujet de l'éternité, qui ici ne devait plus sembler une illusion, une simple fable, une vaine promesse dont les prêtres nous bercent ?

Le soleil dardait maintenant des rayons aveuglants. Un vent de mer très frais soufflait de temps à autre par bourrasques soudaines. Je me tenais à l'arrêt d'autocar, sur la place du marché déserte, et me préparais déjà à une longue attente. Un Africain vint prendre place à côté de moi. Une indescriptible fatigue semblait l'accabler. Il appuya la tête contre la paroi arrière de l'abribus, et je me suis dit qu'il allait s'endormir. Si je n'avais pas craint de le vexer, je me serais levée pour lui abandonner la banquette tout entière. Mais au terme de quelques minutes il engagea la conversation en français, avec les roulements de *r* et les nasales caractéristiques de l'accent des Africains de l'Ouest. Il faisait crépiter entre ses mains un sac en plastique, et je m'attendais déjà à le voir me proposer des chaussettes pour homme, mais, après y avoir fourragé quelques instants, il retira de son sac des lunettes de soleil. De piètres contrefaçons de marques célèbres. Il ne les sortit il est vrai qu'à demi, attacha sur moi un regard et, sans un mot, les laissa glisser de nouveau au fond du sac. Là-dessus il me demanda ce qui m'amenait à Cerveteri. Je lui ai dépeint la nécropole. Peut-être n'ai-je pas su choisir les mots justes, car il me regarda avec une expression si perplexe que je me suis sentie confuse de mes propres explications. Je fus soulagée à l'instant où l'autocar arriva. Le jeune homme ne monta pas à son bord, mais il leva sa main à la large paume pour m'adresser un salut quand le car s'ébranla. *Chronique d'un été*, ai-je songé une fois installée sur mon siège. Et en même temps : Pasolini. Son *Carnet de notes pour une Orestie africaine*. C'était le dernier film que nous avions vu ensemble, M. et moi. Nous nous étions trompés de date, et c'est un autre film de Pasolini qui nous avait amenés ce jour-là au cinéma : *Uccellacci e uccellini. Des oiseaux, petits et gros.* Nous ne l'aurons jamais vu ensemble.

Via

Je suis descendue en gare d'Ostiense. Une réminiscence m'avait effleurée, la vue des murs arrière des maisons qui bordaient la voie ferrée avait éveillé en moi quelque chose qui ne tarda cependant pas à s'abolir quand je suis descendue sur le quai. Peu de temps après, mes pas me ramenèrent aux abords de la pyramide. La voie Appienne m'est alors revenue en mémoire, un matin de printemps voici des décennies, dans le ciel voilé de brouillards élevés une lumière blanche filtrait au travers d'arbres sombres et éclairait des pavés qu'elle rendait luisants, sans qu'ils fussent mouillés. La veille encore, il neigeait à Rome, mais le printemps avait éclaté aussitôt après dans toute sa force, et le souvenir de ce matin chaleureux et calme le long de la voie Appienne m'était resté, revenant peupler mes rêves.

Dans l'après-midi, le ciel s'est couvert et un vent aigre s'est mis à souffler. Par ce jour de semaine en février, on ne croisait à peu près personne sur la voie Appienne, et c'est à peine si une voiture aux vitres teintées rejoignait de temps en temps l'une des villas luxueuses qui se trouvaient derrière l'étendue des tombeaux. Les gens qui résidaient dans les villas ne savaient peut-être pas que les territoires des vivants devaient être soigneusement tenus à l'écart des terres où logeaient les morts. Les chemins des vivants, les routes qui menaient vers les lointains de Rome, dans le vaste monde, ou reconduisaient tout au contraire les lointains voyageurs jusqu'aux portes de la ville, étaient bordés par les demeures des morts ; c'étaient eux qui escortaient les vivants, et non l'inverse. Et s'établir au bord des routes ne valait que pour l'éternité. Celle-ci ne semblait plus ici toutefois qu'une simple pensée en passant, elle ne s'attachait aucunement à ne pas paraître *une simple fable, une illusion.* Tout le long des routes antiques, les morts invitaient les vivants à ne pas s'attarder, aussi longtemps qu'ils pouvaient encore parcourir du chemin.

La route déserte, le vide blafard de ce terrain auquel l'hiver avait retiré toutes ses couleurs me charmaient, je me plaisais à observer les personnages qui, graves et comme intouchables en dépit des ravages du temps sur le marbre d'une blancheur égale, composaient les bas-reliefs des monuments funéraires, et préfiguraient peut-être les médaillons qui plus tard les prendraient pour modèles. Leur regard toutefois était tourné vers l'intérieur, il ne cherchait pas les yeux de l'observateur ni ne leur adressait une supplique, mais restait au contraire rivé sur quelque chose qui était inaccessible au contemplateur et lui demeurait invisible. Il y avait dans cette volonté sereine d'éviter tout contact oculaire avec l'extérieur une acceptation de la mort sans doute bien plus grande que dans le chantage au souvenir qu'exerçaient, dans les cimetières enclos de murs lisses et de cyprès noirs, les portraits de céramique portant témoignage d'un instant depuis très longtemps tombé dans l'oubli.

En face du dernier tombeau, qui présentait un bas-relief blanc, une maison se dressait à l'abri d'une haie. Quand j'ai levé mon appareil pour prendre en photo la stèle, trois chiens blancs sont accourus du jardin qui s'étendait derrière la haie ; trois bêtes imposantes, à poil long, qui se couchèrent sur le sol dans le plus profond silence et, la tête dressée, les pattes tendues, prirent leurs aises et rivèrent leurs yeux sur moi. Il régnait sur la voie Appienne un calme parfait. Sur une vaste étendue de terrain blafarde, par-delà les sépultures, j'ai vu un milan royal décrire ses cercles. Quand je me suis retournée vers les chiens, il m'a semblé qu'ils avaient progressé de quelques centimètres sur la route. Leur posture restait inchangée. Tout en eux s'était figé, pas un seul poil de la queue ne frémissait, leurs museaux pointus étaient parfaitement immobiles. On ne distinguait même pas le léger mouvement de la respiration à leurs flancs. Le cou roide, les pattes tendues, ils étaient couchés l'un à côté de l'autre ou l'un derrière l'autre, en fonction de l'angle selon lequel on les observait, et on aurait dit qu'ils voulaient inviter le passant de hasard à établir une comparaison avec la stèle du tombeau, dont le bas-relief présentait les bustes de trois personnages.

Vue d'ici, la route qui me reconduirait au centre-ville semblait ne jamais devoir prendre fin. En outre je frissonnais à l'idée de passer devant les chiens. Ils marquaient une frontière à laquelle je ne comprenais rien et dont au fond je ne voulais rien savoir. J'ai suivi la voie Appienne et me suis encore éloignée de la ville. Des deux côtés de la route se déployait à présent une étendue dégagée, j'ai aperçu dans un profond lointain un axe de grande circulation, un troupeau de moutons paissait l'herbe d'un pré, derrière un pin parasol à la ramure croulante s'esquissaient la silhouette d'une vieille usine, une petite cheminée de brique, un toit sombre légèrement penché. Ce n'est qu'à cet instant que j'aperçus les nombreuses corneilles perchées dans les arbres nus, à l'autre extrémité du pâturage ; dans le ciel, le milan royal tournoyait encore. Nous voici chez Pasolini, me suis-je dit, sans qu'aucune scène de film précise me revienne en mémoire, peut-être ne fallait-il imputer cette impression qu'aux touffes d'herbe jaunâtre à pointe fine, comme il en pousse sur les sols marécageux ingrats, elles effleuraient peut-être au détour d'un plan les jambes d'un personnage, ou alors cela tenait au pin parasol à demi couché, au vide, au ciel d'un gris sans mélange, à la route bordée de tombeaux qui courait dans mon dos ou à la désolation de l'arrière-plan, à ce territoire-frontière en proie à tous les bouleversements, aux friches blafardes du mythe à la lisière des anciens quartiers de taudis de l'est de Rome.

J'ai dû hâter l'allure pour ne pas manquer le dernier autocar pour Anagnina. J'ai suivi les routes que je parvenais à repérer sur ma vieille carte géographique d'une précision sommaire, mais elles se révélaient toutes des voies sans issue. J'ai franchi un canal aux eaux nauséabondes et me suis bientôt retrouvée à errer dans un lacis de ruelles courant entre des garages et des ateliers. Des hommes assis sur des pliants à l'équilibre instable buvaient des bières ; ils m'adressèrent des regards pleins de méfiance. Des garçons juchés sur des vélomoteurs circulaient dans les petites rues au sol raboteux qui toutes débouchaient sur une immense casse automobile. Des chiens se ruaient avec fureur contre une clôture, jusqu'à l'instant où apparut un homme qui leur intima l'ordre de se coucher. Peut-être pensait-il avoir flairé une bonne affaire, l'aubaine d'un coffre plein d'objets de grande valeur piqués de rouille, aussi était-il accouru dans ma direction. Il resta aussi perplexe que moi devant la carte que je déployai sous ses yeux, mais, à l'instant où le nom d'Anagnina passa mes lèvres, il agita la main et, désignant un étroit passage entre la clôture du terrain et une cahute qui lui était attenante, m'indiqua le chemin à suivre. Peu de temps après, je me suis retrouvée comme par enchantement sur le bas-côté d'une grande route. À portée de vue : des barres d'immeubles, des commerces, un arrêt d'autobus desservant la ligne d'Anagnina.

Sur tous les quais de la gare routière, des personnes rompues de fatigue patientaient. Le soir tombait, les cars qui arrivaient des faubourgs ne transportaient plus que de rares voyageurs. La ville et ses campagnes se séparaient de nouveau pour la nuit. Quelques passagers attendaient déjà l'arrivée du car en direction d'Olevano. Les membres d'une famille indienne, les bras lestés d'immenses sacs en plastique provenant d'un supermarché asiatique ; quelques Somaliens ; une Africaine qui, flanquée d'un enfant, menait une conversation téléphonique en français et roulait les *r*. Deux hommes vêtus de bleus de travail discutaient en russe. A l'instant de monter à bord, j'ai reconnu une femme qui avait emprunté la veille au matin, à Olevano, le même autocar que moi. Je l'ai saluée sans plus y réfléchir. Levant des yeux où se lisait une grande fatigue, elle m'adressa pour toute réponse un regard perplexe.

La nuit ne tarda pas à tomber. L'autocar paraissait emprunter un autre itinéraire qu'à l'aller, il progressait avec lenteur sur une voie rapide parmi les embouteillages et faisait halte dans de petites stations très espacées les unes des autres, où des voyageurs encombrés de sacs et de cartons l'attendaient. Presque personne ne parlait italien. La chaussée dominait les terres environnantes, on apercevait en contrebas de la route des commerces de gros vendant des denrées alimentaires d'importation, des boutiques de robes de mariée, des restaurants aux néons clignotants dont les locaux accueillaient noces et banquets, des magasins proposant des carreaux de céramique pour salle de bains, des dalles de sol bon marché, des téléphones portables, des antennes paraboliques ; tout un fouillis d'hôtels, de pensions, de bouges aux fenêtres éclairées d'une lueur rouge. De toutes parts s'allumaient, scintillaient, vacillaient des enseignes au néon en partie défectueuses, des acheteurs lestés comme des ânes de bât sortaient des boutiques, s'apprêtaient à gravir le talus qui bordait la chaussée et, enjambant la glissière de sécurité, à trotter jusqu'à l'arrêt d'autocar le plus proche. J'avais perdu entre-temps toute conscience du lieu où j'étais. Cette route bordée de commerces et d'enseignes au néon aurait tout aussi bien pu se trouver à Belgrade, à Bucarest, peut-être même aux marges orientales de Londres. Tout n'était que passage. Les voyageurs fatigués qui peuplaient l'autocar venaient tous de quelque part et se rendaient autre part, parce qu'ils étaient des hommes, comme dit le poète.

À partir de Palestrina, le car se vida peu à peu de ses passagers. La famille indienne descendit à Cave, les Somaliens à Genazzano, l'Africaine avec l'enfant dormait quant à elle profondément. Peut-être avait-elle manqué son arrêt, ou vivait-elle encore plus loin qu'Olevano.

100

L'autocar, quittant la grande route qui menait à Frosinone, s'engagea dans la petite plaine, et je reconnus le village d'Olevano sur le faîte de la colline, baigné de la lumière jaune des réverbères, je vis le cimetière flotter dans la lueur des innombrables veilleuses funèbres, à droite du village, un peu plus haut sur le versant, et je compris que la maison où je logeais, et que je ne parvenais pas à distinguer encore depuis les basses terres, se trouvait exactement au milieu. Quand l'obscurité était faite, le cimetière se dépouillait de toute lourdeur et ses lignes s'adoucissaient, il m'apparaissait un bref instant comme un îlot de réconfort. Pendant la nuit aussi bien que dans la journée, le cimetière aux lueurs blanchâtres et le village nimbé de jaune offraient une frappante opposition, ils étaient deux mondes contraires dont les ombres et la lumière obéissaient à leurs propres règles ; mais, les contemplant depuis la plaine, avec Rome dans mon dos, ils m'apparurent en cet instant comme deux réceptacles, deux coffrets luminescents qui n'attendaient plus pour dévoiler leurs richesses qu'une main daigne les ouvrir.

Carnevale

Par les journées sans soleil, l'air de printemps apportait un gris d'une essence toute nouvelle. Il était vibrant et très lumineux, ne tolérait pas d'ombres mais conférait au paysage une plus grande profondeur ; je voyais les chaînes de collines s'échelonner jusqu'à la grande montagne sur le versant arrière de laquelle devait s'étendre Palestrina, je distinguais à leur saillante blancheur, sur les coteaux boisés regardant au nord, le tracé de chemins que je n'avais jamais remarqués encore, et la plaine elle-même se bosselait de pentes et de petites montées qui apportaient chacune une nouvelle nuance de gris-bleu. Olevano jetait ses amarres dans toutes les directions : depuis San Vito jusqu'au versant lointain où se dressaient les pins-guerriers, je pouvais suivre à l'œil nu le déploiement des montagnes, des vallons et des croupes de collines ; coincés entre la rocaille et de rares coins de verdure, des petits villages et des hameaux émergeaient à ma vue, et je me demandais à quoi pouvait ressembler Olevano pour les habitants de ces lieux. Quel regard posaient-ils sur le dialogue qu'entretenaient le village et le cimetière, sous quel jour apparaissaient-ils à ces lointains observateurs, comment se partageaient pour eux la rudesse et la douceur des formes, la froideur et la chaleur des couleurs, dans ce village où ils ne mettraient peut-être jamais les pieds ?

J'ai emprunté d'autres ruelles, d'où l'on n'apercevait ni la maison sur la colline, ni le cimetière. Elles se déployaient autour du parvis de la tour et d'une grande église où des femmes étaient perpétuellement affairées à ranger et dresser l'autel, à le parer de fleurs et de cierges. Elles me jetèrent des regards peu bienveillants, pressentant à juste titre que leur pieuse ardeur me faisait défaut. Coincée entre de vieilles demeures, l'église, un édifice massif datant d'il y a deux siècles, était parfaitement affreuse, mais, par-dessus la crête d'un des murs de son petit parvis, le regard plongeait vers un vallon boisé, se posait sur un fossé au fond duquel coulait une rivière que je n'avais encore jamais aperçue. Personne ne fut en mesure de me dire comment elle s'appelait, et l'on se contenta d'observer qu'elle se jetait dans le Sacco, cours d'eau qui avait donné son nom à la plaine s'étendant au pied de la colline d'Olevano. Depuis ces venelles, ces marches pentues, ces passages qui étaient autant de tunnels, la vue s'ouvrait sur un tout autre paysage, plus âpre, qui ne se rattachait plus à la plaine mais n'était qu'un étagement d'éminences, de pentes et de tertres où le regard était attiré par les particularités du relief : rocaille, buissons, petits bois, la terre d'un brun pâle des chemins et des sentiers qui déroulaient leurs méandres.

Le carnaval fut célébré par un dimanche glacial. Entre midi et deux heures, il régnait comme toujours au village un grand calme, seuls quelques adolescents rôdaient sur la Piazzale Aldo Moro autour des étals dressés par les marchands et des manèges. Ils fumaient, buvaient de la bière, se livraient à leurs petites affaires dans un coin. Un peu plus haut sur le versant, des enfants déguisés, les membres transis, trottaient à pas furtifs dans les ruelles, ils étaient coiffés de perruques jaunes et des sortes d'immenses moustaches de chat ondulaient autour de leur tête, une petite fille vêtue d'une longue jupe à paillettes rose fit un faux pas et s'affala sur les marches d'un escalier, je vis des larmes rouler sur son visage rougi de fard, parce qu'elle s'était fait mal, ou parce que les autres enfants se moquaient d'elle, ou parce que son petit sac à sequins était désormais souillé. Puis tous les enfants s'égaillèrent à l'instant où un passant, entonnant d'une voix féminine une vieille rengaine populaire et faisant tinter au creux de sa main un trousseau de clés, tourna l'angle de la rue. Était-ce un homme, une femme ? Et pourquoi les enfants avaient-ils décampé ainsi, comme s'ils s'étaient donné le mot ? La voix avait des accents cristallins, mais le corps pataud aux pieds immenses était celui d'un homme. La lourde silhouette se campa devant la porte d'entrée d'une maison et fourragea longuement dans la serrure, jusqu'à ce qu'enfin le pêne glisse dans la gâche.

L'après-midi, je suis allée me promener parmi les oliviers. Dans cette grisaille uniforme et lumineuse, ils avaient perdu toute verdeur et n'étaient plus que de ternes membrures d'argent surmontant des troncs d'un gris très foncé. Au village, on célébrait maintenant le carnaval, et la fête en était encore à ses prémices. Depuis la grand-place de la ville basse, un chahut de voix enfantines montait jusqu'à moi ; la petite princesse à la démarche trébuchante devait elle aussi se trouver là. J'entendais éclater par soudaines bouffées des mélodies populaires et, comme à l'occasion de la fête de la Befana, la voix d'une femme qui dispensait manifestement des instructions aux carnavaliers. Tour à tour résonnaient des chansons, la voix de l'animatrice, une nuée de cris d'enfants, les accents de la musique à nouveau. J'ai vu une voiture noire s'arrêter sur le bas-côté de la route, en bordure du champ d'oliviers. Un homme vêtu d'un élégant manteau, les mains gantées, en est descendu. Il pressait contre son oreille un téléphone portable et parlait d'une voix animée. Sans interrompre la conversation, il ouvrit la portière avant droite et aida une femme d'un certain âge à s'extraire du véhicule. La passagère arborait un pardessus voyant dont la dominante rose-orange tranchait avec rudesse sur le gris argenté des arbres, des feuilles qui frissonnaient au vent, sur les tons de ce paysage enveloppé d'une lumière blanchâtre, et avait un je-ne-sais-quoi d'âpre et de rugueux qui faisait songer à la chair de la papaye, à la cicatrice d'une brûlure. L'homme, tout en rassurant la femme de quelques gestes, s'enfonça plus profondément au cœur des oliviers, et sa voix se fit plus fébrile, plus pénétrante et plus feutrée. La dame âgée se mit en marche et attaqua la pente de la colline. Vêtue de son manteau informe, elle s'en allait à pas très lents, et le rose-orange acide jurait cruellement avec les couleurs mates du paysage. Des pompons gros comme le poing pendaient au col de son manteau et se balançaient au rythme de ses pas. Peut-être avait-elle le cœur lourd, ou souffrait-elle de quelque faiblesse de ce côté-là, et c'est pour cette raison qu'elle gravissait le versant à pas comptés, avant de disparaître derrière un tournant, tandis que le grondement de la musique retentissait en bas au village et absorbait les mots que l'homme prononçait au téléphone. Puis la musique s'arrêta soudainement, le silence s'instaura quelques instants, la vallée tout entière parut se remettre du tintamarre. Seules les paroles de l'homme restaient figées dans l'air, sèches et tranchantes. Il leva les yeux, constata que la dame âgée ne se tenait plus à côté de la voiture, mit un terme à la conversation téléphonique. À grandes enjambées fébriles qui s'accordaient mal avec sa mise d'une impeccable distinction, il gravit la pente de la colline. « Mamma ! » s'écria-t-il d'une voix épouvantée, « Mamma ! ». Il tourna le coude du chemin et je l'entendis lancer son appel plusieurs fois encore. Au creux de la vallée, des cris d'enfants s'élevèrent, la voix de l'animatrice retentit et, un instant plus tard, les martèlements sourds de la musique reprirent de plus belle.

Ce dimanche-là, il régnait au cimetière une animation moins vive qu'à l'ordinaire. Sans doute était-il difficile de concilier célébration du carnaval et visite aux morts. Le vacarme des festivités montait cependant jusqu'à ces hauteurs, et atteignait en tout cas les premiers carrés du cimetière, derrière le grand portail que flanquaient les deux étals de fleurs. Les kiosques faisaient relâche le dimanche du carnaval. Je me suis rendue sur la tombe de Maria Tagliacozzi, et j'ai constaté que quelqu'un y avait déposé un petit bouquet de fleurs. Elles étaient certes en plastique, mais les tons n'en offusquaient pas la vue. Une petite composition de fleurs blanches en forme d'étoile qui tenaient le milieu entre le jasmin et les lys, et dont les feuilles en plastique sans particularité saillante ne s'accordaient avec aucune des deux espèces florales, était posée sur le sol de pierre, à côté de la petite lampe qui ne fonctionnait toujours pas.

Le lendemain, je me suis rendue à la mairie pour obtenir des renseignements au sujet de Maria Tagliacozzi. L'*assessore* vers lequel on m'orienta occupait un bureau minuscule dont les fenêtres donnaient sur le coin de rue où j'avais entendu, quelques soirs plus tôt, une femme crier « Maria » avec une implorante obstination. L'homme m'adressa un regard plein de méfiance. Le nom ne lui disait rien. Il émit quelques hypothèses, me demanda si la sépulture était entretenue. « Depuis hier seulement », lui répondis-je, « quelqu'un y a déposé un bouquet de fleurs en plastique. » L'employé de mairie esquissa un geste de dédain. « Alors, ce n'est pas une personne d'Olevano », trancha-t-il avec aplomb. « Nous n'utilisons que des fleurs naturelles. » Aussitôt il se ressaisit et, comme s'il craignait d'avoir commis quelque impair, convint que les fleurs artificielles présentaient de nombreux avantages pour les parents de défunts qui ne résidaient pas au pays.

« Elle est peut-être originaire de Tagliacozzo », conclut-il à la manière d'un employé d'agence de voyage, « Tagliacozzo est un lieu tout à fait charmant. »

Strade

À Olevano, les jours des chats alternaient avec les jours des chiens. Les journées vibrantes d'attente où le vent restait couché étaient dévolues aux chats. Ils rôdaient par les rues du village et, gris, jaune sable ou bruns tigrés, se tenaient tapis dans les moindres recoins, comme s'ils étaient l'émanation même des moellons dans lesquels la plupart des vieilles maisons étaient bâties. Ils se montraient méfiants, farouches et sur la réserve, sans rien de la piquante effronterie des chats de Rome ou de la côte. Par les journées calmes et ensoleillées, ils flanquaient le banc installé devant le bar du village, pareils à de petites divinités couvant d'un regard protecteur les fumeurs et la jeune femme aux manières frustes qui promenait son landau, ou s'en allaient paresser sur le parvis de l'église San Rocco. Ils prenaient soin d'éviter le cimetière. Le fracas des échelles les effarouchait peut-être, ou l'absence d'oiseaux les incitait à le fuir. En de très rares occasions, un chat au pelage d'un blanc sale et à la tête toute ronde s'avançait entre les buissons, en contrebas de la véranda, dans l'attente de quelques faveurs. La gardienne soucieuse d'ordre le chassait sitôt qu'elle l'apercevait, aussi le chat avait-il pris l'habitude de rester blotti dans les fourrés en attendant son heure. Il m'arrivait de lui jeter les reliefs de mon repas et de lui permettre de s'étendre au soleil sous la véranda, quand j'étais plongée dans la lecture d'un livre ou, m'appuyant contre le garde-corps, guettais les moindres changements affectant le paysage, comptais les colonnes de fumée des feux de rameaux et suivais avec attention le tracé des chemins qui parcouraient les campagnes. J'envisageais d'entreprendre une marche qui m'aurait permis d'approfondir ma connaissance du terrain, mais le courage me faisait encore défaut. La gardienne voyait d'un mauvais œil les intrusions du chat au poil d'un blanc crasseux au sein des domaines qui relevaient de son autorité, et elle se montra plusieurs fois excédée. Quand elle se croyait seule, il lui arrivait même de saisir le premier objet qui lui tombait sous la main pour le lancer vers le chat ; son goût de l'ordre et du rangement était si prononcé qu'il devait d'ailleurs lui en coûter.

Derrière la maison, une toute petite route descendait le versant arrière de la colline en direction de la vallée. Elle portait le nom d'un peintre allemand. Il était mort très précocement, et je n'arrivais pas à comprendre pourquoi ce chemin raboteux qu'on avait ménagé à flanc de rocaille portait son nom. Cela tenait peut-être à la vue dont on jouissait sur l'édifice rougeâtre de la Villa Serpentara, la *folie* romaine d'un riche Allemand du début du siècle dernier ; elle était nichée parmi les chênes rouvres, en face, sur un versant reboisé, de l'autre côté de la vallée, et, selon la perspective qu'on adoptait pour l'observer, se dressait juste en dessous du cimetière de Bellegra, immense balcon fortifié surplombant un abîme.

À son extrémité supérieure, la petite route était bordée de pins de haute stature qui tous présentaient au niveau des fourches de la ramure ces cocons blanchâtres qui avaient frappé mon attention, peu de temps après mon arrivée. Des volées de mésanges noires étaient perchées à la cime des arbres. Un peu plus bas s'étendaient des terrains de sport à l'abandon où des groupes de jeunes gens disputaient de temps à autre une partie de football. Dans les buissons qui bordaient l'aire de jeu, un monticule de détritus prenait chaque jour plus d'ampleur, il grouillait là des chats errants qui devaient faire leurs délices des déchets de table et des denrées alimentaires dont la date de péremption était dépassée. Dans le silence des nuits de lune, il m'arrivait même de les entendre grogner et feuler quand ils se livraient bataille. Levait-on les yeux vers la crête de la colline qu'on apercevait au-dessus d'un enchevêtrement de broussailles touffues l'angle saillant du cimetière, où les cyprès balançaient leurs cimes, adressant un raide et sibyllin salut aux pentes situées un peu plus bas, au foisonnant rebus qui s'était amoncelé sur les bords de ce chemin particulièrement escarpé. Derrière les terrains de sport, celui-ci longeait la base d'intervention du SAMU et menait à la grande route qui, à une centaine de mètres à peine, débouchait du tunnel. Un professeur en retraite, qui mettait sa connaissance du village au service des promeneurs, et dont les lèvres bleues de malade du cœur soulevaient mon inquiétude, m'expliqua un jour à ce croisement routier précis, dans l'assourdissant vacarme des autobus et des voitures dont la vallée et le tunnel amplifiaient l'écho, que les briqueteries de la région étaient implantées autrefois dans la dépression de terrain où se trouvaient aujourd'hui la place du marché et le terrain de football. On produisait dans la vallée des tuiles de toit, des briques de construction, des carreaux de terre cuite, et les versants environnants avaient vu disparaître peu à peu leurs forêts pour alimenter les fours en bois. Dans ce creux de terrain, le vent ne se frayait un chemin qu'à grand-peine, l'air y était d'une lourdeur suffocante. Quand les fumées échappées des fours à briques s'y mêlaient, il devait être plus accablant et poisseux encore et écraser de tout son poids les escarpements nus.

Les jours de tempête, quand une tremblante inquiétude emplissait tout entière la vallée qui se déployait vers le sud, et s'insinuait jusque dans les moindres anfractuosités du terrain, les chats restaient invisibles. En contrepartie, on voyait rôder quantité de chiens, seuls ou rassemblés en petites meutes. Ils se faufilaient à travers les clôtures et s'attaquaient aux poubelles, ou se poursuivaient l'un l'autre. Une fois la nuit tombée, leurs aboiements rauques se glissaient sous les bourrasques et on aurait dit qu'ils prenaient en chasse les vélomotoristes qui, comme en proie à un démon lors de ces nuits de tempête, sillonnaient pendant des heures les rues du village, faisaient mugir leurs moteurs et crisser leurs freins. Ces nuits-là, les hurlements du vent, les aboiements épars des chiens, la frénésie qui s'emparait des vélomotoristes rendaient tout sommeil impossible, et c'était presque un soulagement que d'entendre vers le point du jour les premiers autobus monter et descendre la colline en vrombissant puis soupirant, les cars qui emportaient à leur bord écoliers, navetteurs et réfugiés, lâchant dans leur sillage des gaz d'échappement noirâtres. Le matin et dans l'après-midi, le vacarme de

111

leurs moteurs qui semblaient presque rendre l'âme dans les virages raides ne fléchissait pas, mais, au terme des nuits de tempête, ce retour à un certain ordre des choses au lever du jour était une délivrance. Il mettait fin au hurlement des moteurs et aux jappements des chiens. Ils devaient être eux aussi en manque de sommeil, et iraient se coucher quelque part sous le vent en attendant l'accalmie.

Les jours où les chasseurs sortaient, les chats restaient également à couvert et abandonnaient le terrain aux chiens qui, le souffle haletant, trottaient parmi les oliviers et s'efforçaient de situer l'origine des coups de feu dont les pentes rocheuses et les murs du village renvoyaient l'écho. On chassait par les belles journées silencieuses et sereines, quand le soleil se décidait par exemple à percer les nappes de brouillard élevées, quand le paysage gris-bleu était baigné d'une lumière blême qui ne jetait pas d'ombre, et qu'une sorte d'allégresse semblait presque s'instaurer en chacun. Personne ne fut capable de me dire quel gibier on chassait par ces journées qui préludaient au printemps. Je me gardais en tout cas de partir en promenade ces jours-là, depuis que j'avais eu la surprise d'entendre à plusieurs reprises des coups de fusil dans les bois qui dominaient le cimetière et dans les oliveraies situées par-delà les vignes. Il m'avait alors semblé que les chasseurs étaient tout près. Mais je n'en aurai jamais aperçu aucun, ni n'aurai vu un seul chien rapporter à son maître quelque proie. Après chaque détonation, j'entendais simplement monter du village les aboiements des chiens dont la fureur s'exaspérait. La langue pendante, ils n'y tenaient plus et brûlaient de se mettre en chasse.

Par l'une de ces journées, j'entrepris en compagnie de l'enseignant en retraite, auquel on donnait avec déférence du *professore*, une promenade qui me permit d'observer pour la première fois de l'extérieur le flanc sud-ouest du village, les murs aux baies en plein-cintre sur lesquels étaient assises à flanc d'abîme les maisons de la cité, inexpugnable et si dérisoirement fragile. Juste en dessous des contrevents entrebâillés, derrière lesquels on devait vivre avec la perpétuelle conscience de ce précipice sous ses fenêtres, du linge était étendu à sécher.

Dans la partie basse du village, sur un petit plateau, se trouvait une église renfermant un portrait de Marie auquel le professeur consacrait toujours une halte pendant son circuit. La légende, m'expliqua-t-il, voulait que des anges eussent apporté le tableau à Olevano. La Vierge avait de longues mains graciles à la Duccio di Buoninsegna, l'enfant potelé qu'elle tenait sur son giron avait en main une rose rouge et portait un collier rouge qui évoquait une sorte d'amulette. Entre Olevano et Rome, des anges avaient déposé dans plusieurs églises semblables tableaux de Marie. Tous étaient de la même main. Un peintre albanais. Oui, j'avais bien entendu, un peintre albanais, venu du pays blanc qui s'étendait de l'autre côté de la mer ; il arrivait à l'occasion que l'Italie elle-même penche un peu vers l'Est. Le portrait de Marie se trouvait sur un pan de mur dégagé qu'un étroit passage séparait du mur principal de l'église. La face arrière du petit mur était couverte d'inscriptions. Autrefois, m'expliqua le professeur, seules les femmes avaient le droit d'écrire là leurs doléances. Aujourd'hui, plus personne n'y prêtait attention. Certaines phrases, tracées d'une main tremblante, ne se déchiffraient plus qu'à peine. Elles remontaient à plus de cent ans et devaient avoir été rédigées par des villageoises et habitantes de hameaux issues de la première génération de femmes qui sût maîtriser l'écriture. Il y avait là des suppliques gravées dans la pierre, écrites en lettres calligraphiées, griffonnées à la hâte : pour que des fils s'en reviennent sains et saufs du front ou recouvrent la santé, pour que des fils voient enfin le jour, pour que des fils sortent de prison. Les pleurs, les élans, les murmures, la souffrance et les angoisses des femmes d'Olevano tout au long du vingtième siècle avaient pris chair dans ces lignes d'écriture qu'encadraient des requêtes plus récentes rédigées au stylo feutre : vœux de réussite à un examen, réconciliation avec un être cher, achat d'un nouveau vélomoteur.

Dehors, sur le parvis de l'église, des coups de feu montaient de la petite vallée qui regardait à l'ouest. Depuis la tour médiévale, on jouissait d'un bon point de vue sur elle. L'air retentissait des détonations, de leur écho, des jappements furibonds des chiens sur l'autre versant du village. Le professeur désigna d'un geste une petite étendue en terrasse qui, perdue parmi les broussailles en contrebas de la muraille d'enceinte du village, ne se distinguait plus qu'à peine. C'est là, en retrait du cimetière, qu'on enterrait autrefois les enfants morts sans avoir reçu le baptême. Et un peu plus loin, au niveau de la première porte donnant accès au village en bas de la colline, se trouvaient les vestiges de l'ancien hôpital de quarantaine qui accueillait les ouvriers itinérants venus à Olevano pour déboiser les forêts. Ils arrivaient de très loin. On voyait affluer alors des plus profonds lointains des travailleurs de force qui tôt ou tard poursuivraient leur route. « Ainsi, tenez, ces crêtes de montagne », me dit le professeur en pointant du doigt les pentes qui s'étendaient derrière San Vito Romano, où se dressaient de toute leur hauteur les pins-guerriers, « ce sont autant de chemins. Les montagnes revêtaient en ce temps-là une importance plus grande que les fleuves. C'étaient elles qui portaient les routes. *Le strade fanno storia* », ajouta-t-il alors, comme un point final. Des chasseurs remontèrent du vallon, des chiens dociles et haletants leur effleuraient les jambes, les hommes tenaient en leur poing, réunies en faisceaux, les proies du jour – lapins et oiseaux – qu'ils jetèrent dans le coffre d'une voiture à demi dissimulée par des buissons, avant de les couvrir d'une bâche en plastique noire. Le véhicule était garé juste derrière la chapelle consacrée à Santa Anna, sainte et secrète patronne des enfants non baptisés reposant au cimetière *fuori le mura*. Faisant fi des lois régissant la damnation éternelle, elle se faisait fort de les conduire, tous autant qu'ils étaient, de leurs limbes au Paradis. Les portes de la chapelle étaient toujours ouvertes, pour le pèlerin de hasard en quête d'un toit. Telle était la tradition ici.

Les chasseurs s'en allèrent, midi sonnait, et j'ai demandé au professeur, dont les lèvres, soit qu'il eût faim, soit qu'il fût transi de froid en dépit du soleil, étaient devenues d'un bleu très prononcé, où se trouvait l'ancien cimetière, celui où l'on enterrait les défunts avant d'ériger la loge de béton des *morţi*, là-haut à droite sur la colline.

Il s'avéra que les *morţi* des premières générations reposaient au village, sous l'atroce bloc de pierre de la grande église. Au-dessus de leur tête, les *viĭ* foulaient à pas traînants ou furtifs le sol de travertin, à l'occasion d'offices et de prières, quand les femmes animées d'un zèle fervent rangeaient, apprêtaient, paraient l'autel. Les *morți*, sous l'église, étaient scellés entre rocaille et béton dans une sorte d'immense *fornetto*, sans fleurs ni lumière perpétuelle, mais au moins étaient-ils parmi les *vii*.

Journée de la femme

Début mars, sur les coteaux sud d'Olevano, les mimosas amorcèrent leur floraison. Au milieu des ronciers, d'arbustes nains à feuillage persistant, de saules encore nus et de hampes de roseaux livides, leurs nuages jaunes éclataient de toutes parts. Dans les friches, entre les olivaies et les vignes, j'entendais des bruants proyers et des alouettes des champs, les notes toujours recommencées du pivert. Le soir, les merles chantaient. Dans une armoire du logement que j'occupais, j'avais déniché des jumelles. Je m'en servais maintenant pour observer la région, campée sur la véranda. Dans la plaine, je parvenais à distinguer des cultivateurs de légumes s'affairant dans leurs champs, des ouvriers agricoles occupés à attiser les feux de branches d'olivier. Je discernais vers l'ouest, au flanc de collines que couvraient des forêts clairsemées, des chemins menant vers les hauteurs, où circulaient aussi de rares véhicules, et, sur des pentes plus lointaines, de modestes hameaux qui, observés à l'œil nu, revêtaient l'apparence de simples formations rocheuses. En dessous de la crête montagneuse où s'alignaient les pins parasols, mes yeux débusquèrent un troupeau de moutons. Pareil à une ombre blanche, il se déplaçait avec lenteur sur le sol.

Vers le sud, mon regard était sans cesse attiré désormais par le village de Paliano. Il coiffait une colline dont l'arrondi semblait avoir été façonné par la main de l'homme, et des bois s'étendaient en contrebas des zones d'habitation. Contemplée à travers les jumelles, la forêt de conifères, ordinairement d'un bleu d'ombre, se révélait parsemée de petits îlots d'arbres à feuilles caduques rougeâtres et dépouillés. Au crépuscule, je voyais çà et là des lumières aux fenêtres des maisons. Le paysage tout entier, quand on le considérait au prisme des jumelles, subissait une transformation étrange et insolite qui me rappelait les premières expériences de métamorphose de l'enfance, ce jour où mon frère avait reçu en présent une paire de jumelles, et où nous avions soudain découvert, depuis la plus haute fenêtre de notre maison, de nombreux détails sur l'autre rive du Rhin, qui ne nous était apparue jusqu'alors que sous la forme d'un buissonnement bleuâtre et évanescent d'arbustes que fermait à l'arrière-plan un rideau d'arbres, sans aucun lien avec le paysage fluvial auquel nos promenades sur le chemin de berge nous avaient familiarisés de très près. À travers les jumelles, la bande de rive, où l'échelonnement des choses était inversé, se changeait en une terre inconnue, à la faveur des nombreux détails aux contours légèrement estompés : l'eau, puis le soutènement de rive, les buissons d'épines et derrière enfin les arbres de la promenade, qui depuis la terre occupaient naturellement le premier plan. Le soutènement de rive était accidenté et comme maculé de taches, le bord extérieur d'un repère de kilomètres fluviaux faisait figure de mystérieux et secret symbole. Tout en somme se passait comme si, à travers les jumelles, se déployait la *possibilité* d'un paysage, aussi bien dans l'étagement insolite des bandes de terrain que dans la singulière précision du regard, une possibilité où l'on pouvait s'abîmer comme au fond d'un précipice, pour peu qu'on sût oublier un moment les conditions du monde réel, les distances et les rapports d'échelle.

Observé à l'œil nu, Paliano, dans la lumière de printemps, était une colline douce que coiffait une poignée de maisons qu'on devinait plutôt qu'on ne les apercevait ; à travers les jumelles, il se changeait en une terre de prodiges qui n'existait qu'à l'extrémité des lunettes, en un village miniature peuplé de minuscules personnages – il se parait à mes yeux d'un certain charme, mais n'en était pas moins étrangement insaisissable, car à peine avais-je reposé les jumelles pour le contempler de nouveau à l'œil nu qu'il revenait occuper sa place au sein du paysage de plaine et de collines étagées qui se déployait entre le Monte Celeste d'Olevano – j'avais enfin appris le nom de cette montagne – et les monts Lépins au sud-ouest.

Cette année-là, la Journée de la femme tomba un dimanche. Au cours des nombreuses années où je n'avais plus entrepris de voyage en Italie, cette journée chômée autrefois consacrée aux manifestations, aux meetings et aux revendications politiques s'était muée en une sorte de fête des mères à l'occasion de laquelle les confiseries vendaient quantité de mignardises jaunes affectant la forme de brins de mimosa et les pâtisseries des gâteaux mimosas avec des décorations en pâte d'amande, les parfumeries ornaient de mimosas en plastique leurs emballages cadeaux, et où l'on pouvait acheter à tous les coins de rue des bouquets de mimosas. Ceux-ci, en dépit de leur profusion, n'avaient pas épuisé les réserves végétales, il se trouvait encore aux quatre coins du paysage, quand je me suis mise en chemin pour Paliano aux premières heures du jour, suffisamment de mimosas en fleurs pour l'éclairer de leur jaune duveteux et le décorer en l'honneur de la Journée de la femme.

Le trajet ne fut pas de tout repos. Les routes ne correspondaient pas à celles qui figuraient sur la carte géographique que j'avais dénichée dans la même armoire que les jumelles, elles s'arrêtaient net, étaient soudain bloquées par les véhicules de riverains qui demeuraient invisibles, ou bifurquaient sans prévenir dans une toute autre direction qui n'était pas indiquée sur la carte. La gardienne avait eu beau me prévenir que Paliano n'était pas tout près, je n'y avais pas prêté foi, mais elle avait raison, et il me fallut attendre d'être engagée sur la large route nationale qui reliait Valmontone à Frosinone pour trouver enfin une voie menant au village.

Le Paliano accessible au promeneur n'entretenait qu'un lointain rapport avec le lieu que j'avais pu contempler à travers les jumelles. Il était midi, le soleil versait une lumière tranchante, on ne croisait personne par les rues ; ici et là, quelques marchands de mimosas guettaient encore un époux ou un fils pris de tardifs remords ; sur les tablettes d'un pâtissier, trois gâteaux de fête attendaient encore leurs acheteurs. Des bruits de couverts retentissaient dans les logements, les fenêtres ouvertes laissaient échapper des clameurs, tous les restaurants et cafés avaient fermé leurs portes à l'exception du Bar des Sports. Une poignée de jeunes gens se tenaient sur la petite place du village, ils se cramponnaient fermement au guidon de leur vélomoteur et, la mine revêche, exprimaient ainsi l'aversion que leur inspirait la Journée de la femme, du moins sous cette forme jaune et acidulée. La forteresse qui occupait le centre du village se révéla être une prison et un établissement de soins hébergeant les détenus atteints de tuberculose, des spirales de barbelés s'enroulaient sur la crête d'un mur et, devant une petite porte, au pied de l'immense et menaçante muraille lisse de la citadelle, un policier en faction était assis sur une chaise en plastique et profitait du soleil. Un chien au museau pointu était couché à ses pieds, sur le sol que les rayons du jour chauffaient. Les visites aux détenus étaient peut-être prévues dans l'après-midi, et les mères, les femmes, les fiancées et les sœurs passeraient alors devant le policier pour pénétrer à l'intérieur de l'édifice lugubre. Les prisonniers avaient peut-être confectionné de petits rameaux de mimosa en pâte à sucre ou en papier de couleur qu'ils offriraient à leurs visiteuses à l'occasion de la Journée de la femme.

Depuis un promontoire où régnait un froid hivernal, le soleil n'y ayant pas encore percé, Olevano, la maison assise sur la colline, le cimetière s'offraient à ma vue, et tout cela me laissait l'impression d'une scène de théâtre, d'un décor qu'on aurait naïvement aménagé ou simplement collé sur la toile de fond des monts Prénestins qui, d'un gris verdâtre, piqués ici et là de rares bouquets d'arbres, se dressaient derrière San Vito Romano, et dont le faîte portait l'alignement de pins ensorcelés que j'apercevais depuis ma véranda. J'avais oublié d'emporter les jumelles pour découvrir sous un jour féérique Olevano, et

121

j'avais toutes les peines à m'imaginer que j'avais pu passer des jours et des jours clouée là-bas au sein de ce mince décor, laissant errer mes regards sur l'étendue du paysage où je me trouvais à présent.

Me fiant à quelques panneaux, j'ai mis le cap sur un restaurant censément ouvert. La route suivait la crête d'une colline, bordée sur ses deux flancs par des terrains dégagés aux pentes abruptes et des alignements de petits pavillons avec panorama sur la vallée ; certains évoquaient de simples baraquements de fortune, d'autres tout au contraire étaient orgueilleusement décorés d'accessoires fabriqués en série : lions de plâtre, lampadaires tarabiscotés, portillons évoquant des portails d'église en miniature. Le restaurant était situé dans un petit bois de chênes rouvres. La route n'allait pas plus loin. Lors des mois chauds, l'établissement devait être un immense restaurant pour excursionnistes, mais pour l'heure on en avait réduit la capacité à quelques dizaines de tables, où des familles célébraient la Journée de la femme. D'épais rideaux brise-bise de feutre brun garnissaient encore le bas des fenêtres, pour se prémunir du vent et du froid. Par la vitre, sous une lumière éblouissante d'un blanc tirant sur le bleu, comme je n'en avais encore jamais connu à Olevano, se dessinaient les sommets de montagnes enneigées. Cette lumière me donna soudain la sensation angoissante et inattendue d'être transportée en terre inconnue, et j'ai éprouvé un bref instant, à ma propre surprise, la nostalgie de mon logement d'Olevano. J'avais pris place à table entre un couple d'un certain âge qui n'échangeait pas un seul mot et les membres d'une famille nombreuse rassemblée autour d'une femme taciturne et qui ne respirait pas précisément la santé. Les efforts que déployaient ses enfants pour éveiller en elle un semblant d'enthousiasme pour les innombrables plats qu'ils commandaient à grand tapage étaient tout à la fois touchants et terribles, car sitôt que la femme refusait l'un des mets, ou l'écartait d'un revers de main après l'avoir goûté du bout des lèvres, ses fils se précipitaient dessus avec une voracité de rapace. Pendant ce temps leurs jeunes épouses, outrageusement fardées, paraissaient s'ennuyer et pianotaient sur les touches de leurs téléphones portables. Peut-être qu'aucun d'eux ne savait quelle attitude adopter face à la détresse qui privait la vieille dame de tout appétit, pas même son mari qui, vêtu d'un pantalon de costume que soutenaient des bretelles, ne cessait de se lever de table pour aller prendre l'air. Sans doute voulait-il fumer et jouir d'un peu de tranquillité. À table, il lui arrivait de saisir d'un geste gauche la main de son épouse, dérangeant la belle ordonnance des brins de mimosa disposés autour de son assiette. À l'instant où la femme prit dans la corbeille un morceau de pain, je m'aperçus qu'elle avait la main enveloppée d'un bandage, jusqu'aux jointures des doigts. Le spectacle de la mère de famille avare de paroles me rendait triste, aussi ai-je tourné ma chaise de façon à ne plus l'avoir dans mon champ de vision. Le couple d'un certain âge faisait maintenant face à des assiettes vides. Derrière la tête de la femme, les montagnes glacées dévoilaient leur panorama. La femme avait les cheveux teints en roux, un visage figé aux traits particulièrement masculins, et son crâne s'était si profondément dégarni que le front paraissait immense, avec quelque chose de presque brutal. En même temps c'était une femme de petite taille à la silhouette vraiment gracile, aux mains noueuses et très fines. Elle était vêtue d'une robe d'un rouge que les Italiens qualifient volontiers de rouge Carpaccio, en référence au peintre vénitien qui utilisait avec prédilection un rouge-brun sans éclat qui rappelle la viande crue ou le sang séché. Fidèle à des élégances qui devaient remonter à plusieurs dizaines d'années, elle portait sur l'épaule droite une étole pliée. L'étoffe présentait un motif en ligne brisée à dominante de vert. Une serveuse débarrassa les assiettes vides, une autre apporta au couple un dessert unique qu'il se partagea sans un mot. À gestes d'une égale lenteur, l'homme et la femme, attaquant l'entremets chacun par un côté, le mangèrent à la petite cuillère, vidèrent leurs verres de vin, réglèrent la note et s'en furent.

Sur la petite esplanade qui devançait le restaurant, je me suis efforcée de repérer Olevano entre les troncs des chênes rouvres. J'eus d'abord toutes les peines à m'orienter, le paysage dont l'arrière-plan était composé de sommets poudrés de neige et de rudes escarpements m'était à ce point inconnu, la lumière si froide que je ne savais pas dans quelle direction porter mes regards. Je finis malgré tout par découvrir le village ainsi que le cimetière. Ils m'apparurent tous deux minuscules et plats, lointains, le village baigné d'un étrange éclat jaune dans la lumière de l'après-midi, un morne fond de vallée au commencement d'une étendue sauvage. Faisant pièce à cette impression, le cimetière, d'un gris de béton et d'un noir de cyprès, semblait un tiroir rectangulaire qui n'aurait pas été repoussé à sa place sur le versant, un disgracieux écrin ou un immense *fornetto* sans apprêt qui eût renfermé en son sein l'intégralité des innombrables compartiments funéraires.

Je dus faire un effort pour repérer la maison juchée sur la colline, non parce qu'elle était si petite, mais parce que la configuration spatiale avait changé. Je l'aperçus enfin sur la pente de la montagne, où elle semblait figée dans l'ombre portée du cimetière, comme si celui-ci faisait planer sur elle une menace immédiate. À cette distance, il était presque impossible de dissocier les nombreux oliviers des parcelles de rocaille.

En plein soleil, sur l'un des essuie-glaces de mon parebrise, un petit papillon bleu s'était posé ; le premier de l'année. Je m'en serais voulu de l'effaroucher, aussi ai-je attendu qu'une soudaine bourrasque glacée l'en chasse.

Je ne tenais pas à m'en retourner par Paliano, mais, sur le chemin qui m'avait pourtant paru si simple depuis les hauteurs, je n'aurai cessé de m'égarer. J'ai parcouru un coin de région étrange qui ravivait en moi à chaque tournant de la route le souvenir de sites que j'avais traversés à l'occasion de voyages, comme si ce terrain enclavé entre la petite crête de colline qui se dressait derrière Paliano et les montagnes bien plus hautes au pied desquelles il me semblait que je n'aurais eu qu'à suivre la route pour filer sans plus de façons vers le nord, hésitait quant à la place qu'il lui fallait occuper, composait pour chacun un paysage selon son gré, mais n'était jamais au bout du compte qu'un réseau de petits chemins qui ne menaient nulle part, sinon vers un très lointain passé qu'il ne vous était plus possible de visiter. Je me suis finalement engagée sur une *Strada del Vino* dont je savais qu'elle me reconduirait tôt ou tard à Olevano. Ce fut un long trajet et, dans la lumière du jour déclinant, je suis passée par un village que j'étais certaine de connaître. Serrone. Le nom ne réveillait pourtant aucun écho en moi. La sensation de lointaine familiarité tenait peut-être simplement à ce groupe de marcheurs que j'ai alors croisé sur la route ; la démarche nonchalante et le pas flâneur, ils étaient tous vêtus de shorts et de polos blancs comme en arboraient autrefois les sportifs amateurs. Il y avait dans leur allure tant de détermination et d'aisance, d'imperturbable quiétude qu'il était évident pour qui les observait qu'ils étaient parfaitement à leur place dans ce lieu, en cette fin d'après-midi, au point que j'ai même éprouvé un bref instant le désir de me joindre à eux.

La Route du Vin gravissait la montagne entre des versants rocheux, et j'ai vu le soleil se coucher derrière les bossellements d'un mont volcanique dont le rouge du soir n'éclairait jamais que l'un des flancs quand on était à Olevano. Il faisait presque nuit à l'instant où, descendant des pentes de Bellegra, je me suis avancée dans la vallée qui conduisait à Olevano. Jamais encore je n'avais emprunté cet itinéraire pour rejoindre le village. Le cimetière, à gauche, flottait dans le soir, porté par le vacillement d'innombrables lueurs. Le village, un peu plus bas à droite, reposait dans la lumière jaune des réverbères ; immobile et désert, il se dressait au-dessus des terres abandonnées qui occupent le fond de la cuvette ; où étaient les *morţi*, où étaient les *vii* ?

butterfly

La nuit qui succéda à la Journée de la femme, M. m'est apparu en rêve.

Il est vêtu d'une chemise d'hôpital toute blanche et se tient assis dans son lit, le dos calé dans les oreillers. Une expression de joie et de confiance se peint sur son visage et il me tend la main gauche. Elle est enveloppée d'un bandage qui dissimule l'épanchement de sang au niveau du dos de la main. Une tache de sang séché perce toutefois l'épaisseur du pansement.

We have to change the needle, me dit M., et à ces mots je suis envahie par l'angoisse que m'inspire depuis toujours ma maladresse et le sang, dont je ne sais pas endiguer le flot. À l'idée que je vais peut-être souiller la chemise d'hôpital immaculée, je suis saisie d'effroi.

J'abaisse un peu le col de la chemise. La peau est tendue au niveau du cathéter à chambre qu'on a implanté au-dessus du cœur, et je constate qu'aucune aiguille n'y est fichée. Sur la zone saillante, un petit papillon jaune s'est posé.

It should be blue !, s'écrie M., la voix soudain étranglée d'angoisse.

Aujourd'hui, le papillon est jaune, lui dis-je. Rien qu'aujourd'hui. À cause de la Journée de la femme en Italie.

La tête de M. retombe mollement dans les oreillers. Ses yeux sont vides et regardent fixement le plafond. Je vois se dessiner avec netteté la forme de son crâne sous la peau. M. n'est plus en vie.

Sur la poitrine de M., le papillon s'envole et vient se poser sur les cils de l'œil gauche. Au même instant les ailes deviennent d'un bleu très clair.

Erminia

Il m'arrivait de déposer quelques fleurs devant le *fornetto* de Maria Tagliacozzi. Je ne les achetais jamais exprès, mais me contentais des fleurs que je trouvais au bord des chemins. Des pâquerettes, des muscaris, des pulmonaires officinales et des primevères. Il n'y avait vraisemblablement rien là qui pût faire sa joie, sans doute aurait-elle préféré des mimosas pour la Journée de la femme, quelque chose d'un peu plus voyant que ces modestes fleurs poussant au ras du sol. Je calais les petits bouquets derrière le câble d'alimentation qui courait sur le bord inférieur du *fornetto*, ils ne tardaient pas à y dépérir et, quand je me rendais de nouveau au cimetière, ils jonchaient déjà le sol, comme des mauvaises herbes que le vent aurait soufflées là.

Je suis retournée à la mairie voir l'*assessore*. Il m'avait laissé entendre qu'il se renseignerait au sujet de Maria Tagliacozzi. Le soleil éclairait son minuscule bureau, où nous étions tellement à l'étroit qu'il n'y avait de place que pour un seul siège. Aussi eut-il la politesse de se lever. Maria !, s'écria-t-il en désignant fièrement du doigt un cadre renfermant la photo de sa fille âgée de quelques

129

semaines à peine. Il ne reposait pas sur son bureau lors de ma précédente visite. Face à cette photo de nouveau-né, il me parut incongru de ramener la conversation sur Maria Tagliacozzi, et l'employé de mairie lui-même ne semblait avoir conservé du reste qu'un vague souvenir de la requête qui m'avait amenée à le rencontrer. Il ne fut donc pas en mesure de m'en apprendre plus long à son sujet et, se perdant à titre de compensation dans des généralités, me fit la grâce d'un peu d'histoire locale et m'apprit que les *fornetti* renfermaient soit des urnes, soit des cercueils de métal. Tout comme les tombes, les compartiments funéraires étaient soumis à l'octroi d'une concession. Quand le terme en était expiré, on retirait des niches les cercueils et les urnes. Les ossements que recelaient encore les cercueils étaient alors transportés dans l'*ossario*, l'ossuaire. Il me décrivit avec précision l'emplacement de l'un d'eux ; c'est qu'il en existait plusieurs. Le cimetière était composé de la réunion de différents secteurs qui possédaient chacun leur ossuaire. Les tombes étaient encore autre chose. Elles ne renfermaient que des cercueils, jamais d'urnes. Et la durée des concessions était plus longue.

Au cimetière, je suis partie à la recherche des ossuaires. À l'emplacement qu'on m'avait indiqué, je n'ai trouvé qu'un bac à compost. Je me suis retrouvée devant de petits édifices de pierre aux murs percés de fenêtres étroites et grillagées, mais comme aveugles, et à ce point couvertes de toiles d'araignée qu'il me fut impossible de distinguer quoi que ce fût à l'intérieur. La porte d'une de ces cahutes de pierre était cependant ouverte, et j'ai pu constater qu'il ne s'y trouvait que des outils : pelles, seaux, balais de bouleau.

Poursuivant ma quête, j'ai découvert une tombe dont la dalle funéraire enchâssée dans le sol supportait le portrait en médaillon d'une femme. Il ne s'agissait pas d'une photographie réalisée exprès pour l'occasion, mais, de toute évidence, d'un cliché de hasard, pris peut-être lors d'un séjour d'agrément ou pendant une excursion. Il représentait en tout cas une femme vêtue d'un chemisier à manches courtes qui tourne son visage vers le soleil. Les yeux sont mi-clos, les bras croisés sur la poitrine. Des feuillages un peu flous composent l'arrière-plan. Le nez de la femme jette sur sa joue droite une ombre effilée. Elle a les cheveux bruns, bouclés, coupés court. Je me la suis imaginée prenant part à un rassemblement en compagnie d'autres femmes, des ouvrières d'usine peut-être, bras dessus, bras dessous, à l'occasion de la Journée de la femme. Je me figurais difficilement Maria Tagliacozzi sous les traits d'une manifestante ou d'une gréviste, mais son portrait réalisé en studio pouvait être trompeur. De Paolis Erminia, lisait-on sur la pierre tombale. Née le 27.8.1927 à Olevano. L'âge de mon père, à quelques mois près. Un bref instant, je fus saisie de stupeur en constatant que cette date offrait une sorte de symétrie avec la date de décès de Maria Tagliacozzi, qui s'était éteinte un vingt-huit juillet. J'ai écarté d'un revers de main les aiguilles de pin accumulées autour des caractères en saillie. DE PAOLIS ERMINIA NATA A OLEVANO ROMANO IL 27.8.1927 MORTA A LONDRA IL 25.1.1979. De très lointains souvenirs remontèrent par vagues à ma conscience. C'est en janvier et février 1979 qu'eurent lieu à Londres les grandes grèves des éboueurs. Sur les places du centre-ville et les *greens* qu'entouraient des clôtures, des sacs-poubelle noirs s'amoncelaient en monticules de plusieurs mètres de haut. C'était par un hiver plutôt clément, baigné d'une lumière gris clair, sous un ciel traversé de nuées de corneilles. Il flottait en tous lieux une nauséabonde odeur d'ordure, de pourriture et de déchets en putréfaction. Quand enfin, après des semaines, en février, les camions-poubelles reparurent dans les rues, et que les éboueurs entreprirent de débarrasser les sacs, on vit des rats se disperser dans toutes les directions. Je me tenais à l'angle de Nevern Square et j'observais les corneilles perchées dans les arbres dépouillés de leurs feuilles, les hordes de rats qui s'égaillaient, les éboueurs frissonnant de dégoût dans leurs combinaisons souillées, les sacs qui volaient, éclataient, répandaient leur contenu, et que les hommes jetaient dans les bennes avec une hâte fébrile. Quelque chose sur lequel je ne mettais pas encore de mots, mais qui s'attachait de toutes ses fibres à mon adolescence et au commencement de l'âge adulte, prit fin devant ce spectacle, et je n'ai jamais oublié cette scène.

La nuit qui suivit, j'ai passé mentalement en revue toutes les circonstances dans lesquelles Erminia De Paolis avait pu trouver la mort. Mon imagination me la représentait renversée par un autobus rouge le long de la Shaftesbury Avenue, écrasée par un taxi en traversant la Camden Road, se précipitant du pont de Hungerford dans la Tamise, périssant dans l'un des incendies qui ravageaient à intervalles réguliers les vieux appartements et *bedsits* qu'on chauffait au poêle à charbon, s'éteignant à petit feu dans quelque service d'oncologie. Il me revenait le souvenir de ces paravents de plastique lavables, jaunes ou d'un rose tirant sur le brun, ruchés comme des rideaux et qui, coulissant sur des tringles, faisaient office de paroi de séparation entre les lits dans les *wards*, les différents services des hôpitaux.

Comme pour Maria Tagliacozzi, la pierre tombale ne faisait pas mention d'un époux. Il n'y figurait en outre le nom d'aucun parent, mais il fallait pourtant qu'elle ait eu une famille pour payer le transport de la dépouille et lui donner ici, à Olevano, une sépulture digne de ce nom. Peut-être que le cercueil était arrivé par voie aérienne, à l'aéroport de Ciampino, qui se trouvait en bordure de la ligne de chemin de fer Valmontone-Rome. Ou peut-être avait-il parcouru le long chemin qui conduisait de Londres à Olevano à bord d'un corbillard, après tout c'était l'hiver et il faisait froid.

Je n'en saurais jamais rien et j'ai fini par m'en accommoder. Je n'osais pas entreprendre de nouvelles recherches auprès de la mairie, aussi ai-je sondé la gardienne de la résidence. Je me suis contentée de mentionner le nom de famille en passant. Mais oui, naturellement, De Paolis, le garage automobile, c'est là qu'on m'avait remplacé la vitre que le voleur de valises avait fracturée. Le long de la route qui parcourait la plaine. Encore un lieu qu'il m'arrivait d'effleurer du regard quand je contemplais le paysage à travers les jumelles. Qui sait ce qui avait pu pousser Erminia à aller s'établir à Londres. Peut-être que la photo avait été prise ici même, à Olevano. Peut-être lui arrivait-il assez souvent de prendre le soleil ainsi, appuyée au chambranle de porte de l'atelier de réparation, le cœur rempli d'attente, le cuir déjà épais. Je partageais avec elle un peu de cet hiver du mécontentement à Londres, sous une lumière d'un gris tendre.

Taille

Au faîte de la colline, dans les olivaies qui entouraient la maison, la taille des arbres n'eut lieu qu'aux derniers jours de mars. Les ouvriers étaient au nombre de trois, un qui dispensait les ordres et s'absentait de temps à autre pendant quelques heures, et deux auxiliaires. J'entendais toute la journée le bruit de leurs sécateurs. Jamais de scie d'élagage. Rien que le claquement métallique des lames. Les branches coupées s'amoncelaient au pied des arbres. Le deuxième jour, les hommes les débitèrent en menus tronçons. Peut-être utilisèrent-ils ce faisant des sécateurs d'une autre sorte, car le timbre m'en parut plus clair et plus aigu. Les deux auxiliaires travaillaient de concert, inclinant la tête l'un vers l'autre et parlant en feutrant leur voix. Il leur arrivait aussi de s'esclaffer tout en coulant un regard vers leur patron. Sans doute se payaient-ils sa tête. L'homme se tenait toujours à bonne distance d'eux et travaillait seul. Il portait une blouse blanche pourvue de grandes poches qui devait lui faire office de tenue de travail. Une ancienne blouse de pharmacien, peut-être. À moins qu'il ne fût chimiste. Il passait ses journées dans un laboratoire, quelque part dans les faubourgs sud de

Rome, vers Frosinone, au pied des collines, dans les basses terres où s'étendaient quantité de complexes industriels. Il n'était certainement pas oléiculteur, en tout cas, même s'il s'y entendait pour tailler les arbres comme il fallait. Ses hommes de main étaient vêtus de vieux vêtements qui partaient en lambeaux et coiffés de bonnets de laine noirs qu'ils n'arrêtaient pas de renfoncer jusqu'aux oreilles, bien que la température fût clémente. Le donneur d'ordres portait un chapeau qui lui faisait le visage très allongé et la mine bourrue. La sonnerie de son téléphone portable ne cessait de retentir, j'entendais les *Pronto* excédés dont il gratifiait ses interlocuteurs en décrochant. Tantôt il s'exprimait d'une voix ronflante et très sonore, tantôt, tournant le dos à ses seconds, il s'éloignait de quelques pas encore et étouffait sa voix. Je vis surgir deux chiens blancs que je n'avais encore jamais aperçus dans les environs. Ils me rappelaient les deux chiens de garde de la voie Appienne et, en tout point pareils à ceux-ci, se couchèrent au bord de la route à quelque distance l'un de l'autre, entre deux arbres. D'un grand calme et presque immobiles, ils m'évoquaient deux sphinx contemplant les trois hommes affairés à débiter les branches d'olivier. Je me suis dit qu'ils devaient être les chiens du donneur d'ordres, mais à l'instant où celui-ci leva les yeux et les aperçut, une expression de grande frayeur se peignit sur son visage. Il fit de grands pas maladroits dans leur direction et les chassa de quelques moulinets avec les bras ; les ouvriers riaient sous cape et imitaient sa lourde démarche en martelant le sol. Les chiens se redressèrent avec sérénité et gravirent la pente de la colline, détalant droit vers le cimetière. Le donneur d'ordres échangea quelques mots avec ses aides, rejoignit sa voiture, s'éclipsa. Une, deux heures plus tard, il reparut, les bras encombrés de trois râteaux. Unissant leurs forces, les hommes rassemblèrent d'abord toutes les branches en petits tas impeccables qui scandaient à intervalles réguliers les zones dégagées du champ d'oliviers. Puis, râteau en main, ils entreprirent de réunir avec le soin le plus méticuleux les derniers rameaux et les feuilles mortes qui tapissaient encore le sol. C'était par une belle journée très lumineuse qui inaugurait le printemps, sous un soleil encore blafard. Mais tandis que les hommes maniaient encore leurs râteaux, je vis émerger derrière les monts volcaniques, à l'ouest, d'étranges nuages qui montaient comme des ronds de fumée brunâtres à la crête des montagnes et, s'avançant alors peu à peu sur la plaine, se teintèrent de mauve, cependant qu'au sud se levait une pénombre bleutée. Quand les hommes en eurent presque terminé, le grondement du tonnerre retentit dans le lointain. Le premier orage depuis la mort de M., ai-je songé à part moi, et, si j'avais été un hassid, il me serait peut-être revenu à l'esprit une bénédiction s'appliquant à pareils cas, et ma tristesse en aurait été mise sous l'éteignoir un instant.

Les hommes achevèrent leur besogne sous les bourrasques glacées qui soufflaient à présent, déployèrent des bâches sur les monticules de branchages, s'en allèrent. Un moment s'écoula encore avant que la pluie ne se mît à tomber. L'orage n'éclata cependant pas, les nuages lourds battirent en retraite vers le nord et, l'air retentissant encore de quelques roulements sourds, se figèrent un moment, d'un bleu très sombre, au-dessus des crêtes montagneuses qu'on distinguait là-bas.

Il montait pendant ce temps des profondeurs de la Piazza San Rocco un chant d'une très grande solennité, une ou plusieurs voix masculines sans accompagnement musical, peut-être un rituel dans l'attente des fêtes de Pâques. Quand les voix se sont élevées, je me suis rappelé les appels du muezzin dans les contrées rurales d'autres pays. En fin d'après-midi la pluie s'est abattue, d'abord à grand fracas, puis avec un bruissement très délicat et feutré. Elle a cessé dans la soirée. Au-dessus des montagnes, à l'ouest, une lueur jaunâtre couronnait les nuages, et les merles chantaient comme je ne les avais encore jamais entendus chanter en ce début de printemps.

Le lendemain, le vent s'était tout à fait couché, le ciel était limpide et lumineux. L'homme à la blouse blanche fit son apparition et entreprit de brûler les tas de feuilles l'un après l'autre. Il opérait à gestes très prudents et ne quittait pas des yeux les petits foyers. Enfin il s'empara d'une pelle et les recouvrit d'un peu de terre. Par ce temps serein où ne soufflait pas un brin de vent, la fumée montait toute droite vers le ciel, et l'homme voyait peut-être là un présage favorable. Dans les alentours de la maison, l'air était pourtant empli d'une odeur âcre de brûlé qui pénétrait tout jusqu'à la dernière fibre et mit longtemps à se dissiper.

Capranica

Autour de la maison, ce n'est qu'au lendemain de ces feux qu'on vit combien les arbres, les plantations tout entières s'étaient éclaircies, les oliviers élagués semblaient avoir été toilettés, le sol herbeux lustré à coups de brosse, un grand ménage avait effacé les dernières traces de l'hiver. De larges taches de soleil s'épanouissaient sur le sol, entre les arbres et les endroits où se devinait encore la trace des feux nus. Une odeur d'incendie tenace, si intense, même un ou deux jours plus tard, qu'elle éclipsait tout le reste et finissait pas susciter en vous un léger dégoût, portait encore témoignage de ce qui avait existé avant qu'on ne l'éradique.

Pour échapper à cette odeur de brûlé, je me suis rendue à Palestrina et j'ai gravi les pentes qui dominent la ville. Vers l'ouest, tout en bas, au pied des montagnes, un paysage qui touchait aux confins de Rome et que la lumière de printemps rendait presque gracieux se déployait à la vue, parcouru de petits cours d'eau et piqueté de bouquets d'arbres, jusqu'à l'instant où, derrière les faubourgs de Tivoli, il se heurtait à l'immense cicatrice blafarde des carrières de travertin. Depuis les panoramas dont on jouissait sur le bord de la route, les carrières d'extraction semblaient autant de déserts de pierre impeccablement tracés au cordeau, sans ombre de végétation. Sur ces basses terres, la pierre de Rome s'était si profondément incrustée dans tous les pores du paysage que le voyageur empruntant la route qui menait à Rome devait être saisi d'étonnement à la vue des feuilles parant les quelques arbres qui jalonnaient la chaussée.

Je fis halte dans une petite localité qui me rappela la France, un été que nous avions passé M. et moi dans un village de montagne des Alpes. Pas un instant nous ne nous y étions sentis à notre place. Il s'abattait chaque jour de violents orages, on entendait se déclencher sur les versants rocheux des éboulements qui modifiaient le relief du paysage, rasaient des arbres et rendaient impraticables les voies carrossables. Il ne m'était que de regarder M. pour constater qu'il avait peur, des chutes de pierre, des précipices, des chiens aux grognements furieux qui barraient les petites routes, figés devant la maison de leurs maîtres, et refusaient de céder le passage aux promeneurs désemparés que nous étions. Il n'y avait cependant rien de tout cela ici, la ressemblance devait tenir fugitivement à une certaine qualité de lumière, à la fontaine qu'on apercevait au niveau des premières maisons, à la *chèvre* qui se cachait dans le nom des deux localités. Sur la vaste place, à l'entrée du village, quelques étals étaient dressés, sans qu'on aperçût le moindre client. Il y avait là du fromage de chèvre et de la charcuterie, un autre stand proposait du pain, des gâteaux et des morceaux de touron. Deux Africains erraient d'un bout à l'autre de la place, tenant dans leurs mains tendues des paires de chaussettes, ce qui en l'absence de tout acheteur éventuel laissait une impression plus misérable encore que lors des jours de marché à Olevano.

En contemplant les étals, je fus saisie du besoin d'acheter quelque chose que je pourrais rapporter d'Italie. Un je ne sais quoi dont le parfum et le goût me permettraient d'affronter ces jours où il me faudrait reprendre mes marques dans l'appartement vide, abandonnée à moi-même. J'ai demandé au marchand si son fromage était produit dans la région. Il me répondit que oui et, en guise de preuve, me tendit un petit classeur renfermant des photos plastifiées de chèvres – les siennes, m'assura-t-il –, comme s'il vous suffisait de regarder les bêtes reproduites en photo pour comprendre qu'elles broutaient les pâturages du pays.

J'ai acheté un petit morceau de fromage, l'ai glissé dans mon sac. Là-dessus j'ai flâné dans les rues du village. Il faisait froid en dépit du soleil, les maisons avaient quelque chose d'étrangement inachevé, des bâches en plastique crépitant au vent obturaient les baies de fenêtres, des barrières condamnaient provisoirement tout accès à des perrons menaçant ruine. Il n'y avait personne dehors, et je n'aurai jamais aperçu que deux trottinettes d'enfants dans une ruelle, en plein soleil, sur le seuil d'une maison. Par les trouées entre les bâtiments, on apercevait à l'est des sommets enneigés. Quand les espaces intermédiaires se faisaient plus larges, on distinguait également les innombrables crêtes, chaînes de collines aux croupes arrondies et petites étendues de plaine qui s'étiraient jusqu'aux montagnes fermant l'horizon et s'offraient à la vue dans toute leur âpre nudité. À une telle distance, les oliveraies, en face, à l'est, sur les coteaux où s'étendait Olevano, ne pesaient plus rien. Le paysage tout entier était sillonné de chemins et de routes qui reliaient entre eux les villages, les montagnes et les vallées ; une écriture de l'inhospitalité qui ne demandait qu'à être lue et ne pouvait être déchiffrée qu'ici, depuis ces hauteurs, pour peu qu'on l'eût apprise.

À mon retour sur la grande place, on avait déjà démonté les étals. Le fromager et les marchands de douceurs rangeaient leur marchandise dans des fourgonnettes ; les Africains patientaient à quelque distance, les paires de chaussettes avaient déjà disparu au fond des sacs en plastique, sans doute attendaient-ils le moment propice pour demander aux marchands de les prendre à leur bord.

Tandis que je buvais un café dans le bar donnant sur la place, ceux-ci firent leur entrée. Le bar était tenu par deux Colombiennes qui s'exprimaient en italien avec un accent rocailleux et jouaient dans leur établissement une musique qu'on n'entendait pas dans les autres bars de la région. Penchés sur leur ballon de vin, deux hommes ruminaient en silence ; l'un d'eux se retourna vers les nouveaux clients. Sitôt qu'il aperçut les Africains, qui étaient prudemment restés sur le seuil du bar, il se mit à battre des mains et, sans s'adresser à personne en particulier, s'exclama : Ah, les voilà de retour au pays ! C'est qu'ils sont d'ici, voyez-vous ! Personne ne lui prêtait la plus petite attention, et les Africains, dehors, qui n'avaient certainement pas pu entendre ses propos, pivotèrent pourtant sur les talons, comme embarrassés, cependant que l'homme, avec le parler pâteux des gens pris de boisson, se lançait dans un discours pontifiant. Tourné vers les Colombiennes, il expliqua à grands gestes éloquents que c'est ici même, sur les hauteurs de Palestrina, qu'on avait bâti dans l'Antiquité les cités hébergeant les vétérans des légions romaines qui, une fois leurs années de service effectuées, s'en revenaient des terres du Nil. Avec dans leurs bagages des hommes et des femmes noirs, poursuivit l'homme accoudé au bar, les rues grouillaient ici d'hommes et de femmes noirs, c'était assurément une tout autre époque.

Personne ne lui prêtait une oreille attentive, peut-être avait-il pour habitude de jouer tous les samedis la même comédie, quand le fromager et les marchands de gâteaux prenaient encore le temps de siroter un café et que les Africains, n'ayant ni les moyens ni le désir de s'installer au comptoir pour qu'un buveur accablé de solitude saluât à leur entrée le retour des fils prodigues, les attendaient déjà sur le seuil du bar, soucieux de ne pas laisser passer l'occasion de se faire reconduire chez eux en voiture. Le professeur en retraite, lors d'une promenade dans les environs d'Olevano, m'avait tenu des propos à peu près analogues à ceux de l'ivrogne. Il avait désigné du doigt ces pentes et m'avait assuré qu'on pouvait y trouver aujourd'hui encore les vestiges de pièces de vaisselle provenant des terres qui bordaient le Nil, car c'est ici, sur les montagnes dominant Palestrina, qu'on avait concédé autrefois aux vétérans des légions romaines ayant servi en Afrique quelques arpents de terre pour s'établir au pays. Le récit m'était resté en mémoire à cause des pins parasols, la raideur martiale que je leur prêtais en pensée s'accordait avec l'anecdote.

J'ai quitté le village et me suis aventurée plus loin encore, à la recherche des pins-guerriers. Je ne tardai pas à les découvrir sur le bord supérieur d'un versant escarpé.

Je me suis assise sur une pierre en contrebas du rideau d'arbres et j'ai mangé un petit morceau du fromage de chèvre, qui en cet instant me parut tout à fait inapte à jouer un quelconque rôle dans ma vie une fois que j'aurais quitté Olevano. Des blocs rocheux blancs ponctuaient la pente que le printemps couvrait de fleurs minuscules et d'une herbe verdoyante et rase, des buissons d'un dépouillement encore hivernal s'échevelaient de toutes parts, de petits troupeaux de moutons et de buffles paissaient en silence et sans que rien pût distraire leur attention. Je voyais se développer sous mes yeux le paysage des mois écoulés, et l'écriture de ses chemins m'en apprenait long sur les rapports qui unissaient les lieux. Je voyais la petite route qui courait vers Valmontone et une partie du grand axe menant à Frosinone, je voyais Paliano et l'étroit chemin de crête conduisant au restaurant pour excursionnistes, enfin la départementale reliant Paliano à Olevano, sur laquelle je m'étais égarée. À la contempler depuis ce surplomb, je m'apercevais que je ne m'étais aucunement trompée d'itinéraire, mais qu'il s'agissait d'un long chemin que bordaient des paysages changeants. Je voyais le village de Serrone, où ma route avait croisé celle des marcheurs vêtus de blanc de la tête aux pieds, Roiate et Bellegra, d'autres localités plus lointaines de l'arrière-pays. Olevano m'apparaissait avec une netteté parfaite et, si je plissais les paupières, je distinguais également la maison posée sur la colline et le cimetière, à ceci près qu'ils me semblaient maintenant disposés l'un derrière l'autre, comme les degrés d'un chemin : le village, la maison, le cimetière. Sur toute l'étendue des campagnes, je n'ai pas remarqué un seul feu.

Je fus saisie d'un vertige au spectacle de cette région déployée comme une carte sous mes yeux, qui s'offrait si nûment au regard et me demeurait cependant incompréhensible. Un paysage accidenté d'apparence mouvante, selon l'angle sous lequel on l'observait. De tous côtés les chemins s'appliquaient à tracer une écriture différente, les montagnes à jeter d'autres ombres, je voyais se déplacer les plaines, l'échelonnement des plans s'inverser. Un terrain qui laissait en moi son empreinte, sans qu'il subsiste de moi la plus petite trace lisible. Quelque chose dans le rapport entre le voir et l'être-vu, entre l'importance du regard donné et celle du regard accueilli ou reçu qui vous raffermit dans votre être, m'apparut soudain comme un brûlant mystère qui se dérobait à toute dénomination. Et si quelqu'un, là-bas, sur ce versant rocheux, m'avait assuré qu'on pouvait mourir de cette incapacité à résoudre l'énigme, à poser sur elle ne serait-ce que quelques mots, je l'aurais cru.

flying

Dans la nuit qui succéda à mon excursion à Capranica, j'ai fait un rêve.

M. s'avance vers moi, il est comme autrefois, bien en chair et plein d'entrain, vêtu d'un jean et d'un pull-over, un sourire s'épanouit sur ses lèvres.

Je tends les bras vers lui, il les saisit et tout aussitôt s'affaisse sur lui-même, se décharne, rapetisse, se fragilise, tandis que je le soutiens encore et constate qu'il est à l'agonie. Je couche sa dépouille sur le sol. Voici qu'un souffle m'emporte, et je plane bientôt sur la plaine, au pied d'Olevano. Je vois les montagnes à l'ouest, la colline que coiffe le village de Paliano, la crête où s'alignent les pins parasols, je reconnais le petit bourg de Capranica au sommet de la montagne à côté des pins, quoique tout soit baigné d'une sorte de demi-jour, comme dans l'ombre portée d'un nuage immense.

Je sais qu'il me faut dire à présent quelque chose. Je dois répondre à une question :

viĭ ou morţi ?

Je ne sais que répondre, et je ressens un pincement toujours plus vif dans ma poitrine. À planer ainsi au-dessus de la plaine, sous le nuage, laissant dans mon dos le village, le cimetière, la maison sur la colline, je soumets mon cœur à des efforts inouïs. En rêve, je me dis qu'il n'a encore jamais connu une aussi rude épreuve.

Va-t-elle s'atrophier, cette main que je ne tends plus aux *morţi* ?

Ortolan

Le printemps était arrivé aux derniers jours de mars. Le village replié sur lui-même brisa sa gangue de froideur humide. Jusqu'à la tombée du soir, j'entendais des enfants jouer au football sur le parvis de l'église, et les villageois s'installaient au soleil devant leur maison. Sur les escaliers dont les degrés de pierre absorbaient la chaleur, des chats faisaient le gros dos ; des chiens se cherchaient querelle au bord des routes ou maraudaient par les rues en quête d'un accouplement. Les portes des boutiques étaient grandes ouvertes. Le cordonnier dont l'atelier s'ornait d'une affiche ancienne à la gloire de Mussolini écoutait des chansons populaires italiennes, cependant que ses clients et connaissances menaient des discussions enjouées. Le paysage virait du bleu au vert. Des fleurs apparaissaient en lisière des chemins, des labiées d'un mauve tendre et des corolles blanches en forme d'étoile qui m'étaient encore inconnues. Tout ce qui jusqu'alors vous avait opposé une fin de non-recevoir s'attachait à prendre un tour accueillant.

Pendant ces dernières journées de mars, le ciel se couvrait légèrement de brumes d'altitude d'un blanc tirant sur le gris, qui ne se dissipaient ni ne se concentraient en nuages, mais filtraient simplement le bleu du ciel comme au travers d'un voile. Une lumière égale se répandait sur toutes choses avec le même scintillement alangui, et les ombres étaient grises et sans tranchant. Le scintillement n'évoquait encore en rien la vibration éblouissante de l'été, il n'était qu'une délicate opacification des choses qui me portait toujours à les regarder à deux fois pour m'assurer que je ne m'étais pas trompée au premier coup d'œil en les observant.

Quelque part entre Olevano et les montagnes qui se dressaient au sud-ouest, on procédait à des destructions par explosifs. Plusieurs fois par jour, le vacarme des détonations ébranlait le sol ; les oiseaux, épouvantés, prenaient aussitôt leur envol en jetant de brefs cris d'effroi. Munie des jumelles, je scrutais la région, il me sembla distinguer une ou deux fois sur une pente très lointaine une grande zone rase et pelée, mais un instant plus tard je n'en étais déjà plus certaine, et me demandais si cette cicatrice au flanc du paysage n'était pas plutôt là depuis toujours ; il était rare que mes regards poussent jusqu'aux montagnes bleu violet aux versants abrupts qui se trouvaient derrière Colleferro, où je n'étais encore jamais allée. Nulle part je ne vis monter des nuages de poussière qui auraient trahi l'explosion d'une charge de dynamite. Hormis les oiseaux et moi-même, personne ne semblait s'effrayer de ces détonations, ni ne paraissait du reste s'en préoccuper. Comme j'interrogeais un jour la gardienne de la résidence à ce sujet, elle me répondit qu'elle ne voyait pas de quoi je voulais parler.

J'ai fait un peu de rangement, casé dans les valises mes livres et carnets, rangé dans des boîtes les pierres que j'avais ramassées en chemin, enveloppé les pellicules photo déjà impressionnées dans du film opaque noir, pour le transport. J'ai arpenté les petites rues du village et me suis efforcée de graver en moi l'empreinte de ses tableaux, les moindres changements de perspective. Il n'y avait personne à qui j'étais tenue de faire mes adieux, ce qui m'était un soulagement. J'ai entrepris la promenade quotidienne qui me conduisait aux abords du cimetière, aperçu le fleuriste toujours vêtu de noir qui tenait désormais le kiosque de gauche. Il ne s'était pas encore pleinement fait à son rôle. Une dame élégante portant un tailleur-pantalon se tenait devant son stand, elle lui demandait des conseils, faisait tinter ses clés de voiture comme si sa patience était à bout, retirait ses grandes lunettes de soleil pour les rechausser un instant plus tard. Le marchand de fleurs novice considéra d'un air perplexe son maigre étal de chrysanthèmes jaunes et blancs. Il s'empara d'un bouquet blanc, le tint sous le nez de la cliente et dit : Tenez, voici des fleurs blanches. Puis il se pencha vers les chrysanthèmes jaunes, se saisit d'un bouquet et observa : Et celles-ci sont jaunes. J'ai jeté un regard par le portail du cimetière, mais je n'y suis pas entrée. J'avais pris en photo les stèles funéraires de Maria Tagliacozzi et d'Erminia De Paolis, et je comptais attendre d'être de retour chez moi pour voir ce qui apparaîtrait sur les clichés.

J'ai poursuivi ma route en coupant par les champs d'oliviers, traversé les vignes, longé le petit groupe de bouleaux vagabonds.

Depuis qu'on avait élagué les oliviers, le pivert ne me rendait plus visite. Au petit matin, son chant me manquait dans les parages de la maison, mais il m'arrivait de

149

l'entendre un peu plus loin pendant la journée, parmi les arbres du vallon que bordait la petite route escarpée portant le nom du peintre allemand, et derrière le cimetière, où il me semblait parfois qu'il tenait un colloque avec deux geais perchés dans un bosquet de chênes rouvres, un peu plus haut sur la colline.

Autour des bouleaux qui se paraient du vert timide des premières feuilles, j'aperçus des bruants jaunes et des mésanges bleues. Sur le versant, en contrebas des mimosas à présent fanés, une pie-grièche écorcheur poussait son cri rauque dans des fourrés.

Le dernier jour, j'ai entendu un ortolan. À travers les jumelles, je l'ai débusqué dans un buisson de faible hauteur, à l'orée du champ d'oliviers, un peu plus bas que la terrasse. L'espace d'un instant, tous les autres oiseaux se sont tus. Je me suis souvenue d'une nuit d'été dans les collines des environs de Sienne, au cours des toutes dernières vacances que j'avais passées en Italie. Je n'étais déjà plus une enfant, mais n'avais pas encore atteint l'âge adulte. C'était aux premières journées d'août. Quand l'obscurité s'est installée, des lumières sont apparues dans les vignobles qui entouraient notre maison. Elles ne tenaient pas en place, on entendait ici et là, discrets et étouffés, des appels, des injonctions, des clameurs. Mon père se tenait près du mur du jardin, d'où l'on embrassait du regard la vallée et les parcelles de vignes. Je voyais la pointe incandescente de sa cigarette, l'entendais lever son verre de vin, le porter à ses lèvres, le reposer sur le muret. Les innombrables lumières qui erraient d'un bout à l'autre du paysage plongé dans la pénombre offraient un spectacle étrange et inquiétant qui me laissait désemparée. Peut-être avait-on organisé une battue pour retrouver quelqu'un. Mais de temps à autre des rires éclataient, et le timbre des voix ne trahissait aucune inquiétude. Mon père ne disait rien, et je ne lui ai posé aucune question. Le lendemain, nous avons aperçu sur toute l'étendue des vignes de grands filets destinés à la capture des oiseaux chanteurs. Cette journée marquait le début de la saison de la chasse.

Pour mon dernier soir à Olevano, le ciel s'est couvert, le soleil a peu à peu perdu son éclat avant de disparaître derrière des couches de nuages turbulentes, bleues, aux bords déchiquetés.

Bassa

Le jour n'était pas encore fait quand je me suis mise en chemin. Il tombait une pluie très fine dont on ne ressentait presque pas le contact. L'air était pénétré d'une odeur de feux de bois, d'herbe et de terre. Rien ne bougeait encore au village, il reposait dans la lumière jaune des réverbères comme un décor de théâtre après la représentation. Les premiers oiseaux, encore à la lisière du rêve, remuaient en modulant leur chant farouche et silencieux du matin.

J'ai suivi l'étroit chemin qui, décrivant soudain un angle aigu, rencontrait la grand-route à l'endroit précis où j'avais vu deux brancardiers emporter la dépouille d'un homme, au commencement de mon séjour. Un peu plus haut, au débouché du tunnel, les navetteurs s'étaient agglomérés en petits groupes devant l'arrêt et attendaient l'autocar qui les mènerait en ville. À la sortie du virage suivant, un car presque vide est venu à ma rencontre, qui desservait Rocca Santo Stefano. Un jour, aux marges de Genazzano, j'avais aperçu le grand dépôt. Les autocars aux flancs bleus s'y alignaient sur un terrain qui faisait songer à une gare de triage laissée à l'abandon, encombrée de

152

carcasses rouillées, semée de petites resserres de guingois et bordée de buissons de sureaux aux branches défeuillées.

Une fois que j'eus laissé derrière moi la route en lacets qui descend les pentes et me fus avancée dans la plaine, le cœur de plomb se disloqua comme par enchantement, et j'en reçus un soulagement si intense que l'idée ne me vint pas d'adresser un dernier regard à l'atelier de réparation automobile De Paolis. De loin en loin, la lumière de mes phares soustrayait à la pénombre de petits groupes de personnes qui, les yeux encore battus de sommeil, attendaient leur autocar et se recroquevillaient sur elles-mêmes pour lutter contre la fraîcheur du matin. À tous les endroits où des chemins de campagne débouchaient sur la route, des arrêts qu'aucun panneau ne désignait à la vue accueillaient des passagers issus de hameaux, de fermes et de villages que je n'avais encore jamais aperçus quand je contemplais les basses terres.

Quand je me suis engagée sur l'autoroute, une fois passé les faubourgs de Valmontone, le jour s'est levé. Il tombait toujours un peu de bruine, mais le ciel n'était plus aussi bas et une lumière blanchâtre se répandait sur les campagnes. Je ne prêtais aux terres qui défilaient des deux côtés de la voie rapide qu'une attention distraite, mais assez cependant pour constater que le paysage avait gagné en douceur, il n'avait plus la rudesse tranchante du mois de janvier, ici et là quelques arbustes aux formes épanouies éclairaient les champs de leur floraison naissante, peut-être des aubépines ou des lilas ; tout était verdoyant. Je ne cherchais plus du regard des noms ou des lieux, il me tardait de quitter Olevano, Rome et le Latium, de voir s'écailler le vague vernis méridional tempéré de froideur qui avait figé les mois écoulés et de retrouver l'assise d'un sol qui entretenait au moins un rapport avec ma vie dont le cours avait été brisé net. Derrière le dernier tunnel des Appenins, la vue se dégagea tout à fait. Bologne, annonçaient les panneaux routiers, les montagnes n'étaient plus qu'un souvenir, les Alpes paraissaient encore lointaines, je ne voyais se déployer autour de moi qu'une vaste étendue de plaine, la glèbe aux tons clairs des terrains bas, le vert des prairies, d'immenses vergers plantés d'arbres fruitiers en fleurs. J'ai renoncé à l'itinéraire que j'avais prévu d'emprunter et mis le cap au nord-est. Je suis passée aux abords de Ferrare, me contentant d'observer de loin un pan des remparts, je ne tenais pas à ce que se ranime en moi le souvenir de cette journée de janvier glaciale. J'ai continué de rouler au hasard des routes et, atteignant les berges du Pô, il m'a semblé reconnaître dans le lointain l'ombre frêle des monts Euganéens aux pentes d'un bleu lumineux. Mais plus à l'est le pays tout entier déroulait à perte de vue la houle de ses étendues basses et rases où arbres, bosquets et buissons figuraient de place en place autant d'îlots, et de lointains clochers les mâts dressés de bateaux invisibles. J'ai fait halte dans un village du nom de Polesella, et me suis demandé si je n'y étais pas déjà passée dans mon enfance. Après avoir quitté les montagnes au relief acéré, il ne m'aurait pas déplu de trouver autrefois quelque appui dans ces basses terres intermédiaires entre les Alpes et les monts Appenins, qui à la faveur d'une lumière le plus souvent laiteuse semblaient perpétuellement suspendues entre ciel et terre. Elles n'offraient pour mon père que trop peu de prise au regard, il les qualifiait volontiers de *néants*, mais il aimait le fleuve, nous nous arrêtions près de ponts qui enjambaient le Pô et promenions nos regards en amont et en aval de son cours, tantôt vers les montagnes, tantôt vers la mer, et nous établissions des comparaisons avec le Rhin.

Peut-être que le fleuve qui arrosait Polesella ne réveillait effectivement en moi que le souvenir du Rhin, et que je n'y étais jamais allée. Son flot était un large ruban gris-bleu qu'ourlaient des buissonnements de saules et que chevauchait un pont parfaitement affreux. À la hauteur de Polesella, le Pô formait un large coude pour se perdre ensuite dans la plaine qui s'ouvrait à l'est, tandis que le Rhin de mon enfance décrivait d'amples méandres avant de se tourner vers l'ouest, où plus aucun obstacle n'entravait sa course vers la mer. J'ai fait quelques pas sur la berge ; mes pieds depuis trois mois s'étaient faits à la rudesse des pentes, et sur ce terrain plat ils tâtonnaient en quête d'un appui. Non loin d'ici commençait l'immense étendue du delta, immatérielle et fluctuante, tantôt mer, tantôt terre, toujours couronnée de ciel. Vers l'est, le pays s'étirait jusqu'à l'horizon, jusqu'à la côte, sans rien pour arrêter la vue, la ligne-frontière qui partageait la terre et le ciel s'estompait en une bande indistincte qui se parait de scintillements gris, mauves et bleus.

Là-bas, en direction de la mer, le ciel était d'un bleu d'avril lumineux et tendre, presque turquoise. Des nuages apparurent, venus du nord, les Alpes m'inspiraient de la terreur, j'étais encore hésitante, puis une brise s'est levée et la température a fraîchi. Comme je m'apprêtais à partir, j'ai aperçu un héron blanc perché dans des buissons sur la rive opposée. Il se tenait parfaitement immobile, comme un symbole qu'une main aurait peint sur la berge entre le sol et le fouillis des branches. *Egret*, je dois à M. d'avoir appris ce mot. Dans l'estuaire de la Tamise, un hiver, sur une bande de marécage paisible, une volée d'aigrettes garzettes s'était perchée dans des arbres au-dessus de touffes de roseaux rougeâtres, comme une nuée de flocons épars sur les quenouilles des branches. Des oiseaux d'estuaire, voués tout entiers à l'impermanence.

II.

Chiavenna

*la scintilla che dice
tutto comincia quando tutto pare
incarbonirsi.*

EUGENIO MONTALE, *L'Anguilla.*

Altipiano

Les mots roulaient au creux de la main comme des
billes, des agates égratignées qu'incisaient de minuscules brèches et dont le sable, la terre, le béton et le verre
d'autres billes avaient émoussé par frottement la surface.
Ils produisaient en s'entrechoquant un léger tintement,
un bruit auquel le corps tout entier, vibrant d'attention,
prêtait l'oreille, pour voir s'il ne se muerait pas en une
image.

Dans l'enfance, les billes m'étaient une énigme, elles
n'étaient assujetties à aucune règle du jeu et ne nécessi-
taient aucun joueur, elles n'étaient que des biens en notre
possession, d'une inexplicable beauté. Un jour, j'ai coincé
une bille entre la paupière supérieure et la paupière inférieure de mon œil, et me suis tournée vers la lumière.
Je n'arrivais pas à percer à jour le mystère de la bille,
elle était simplement figée là, noire, devant mon œil, et
cependant j'étais comme éblouie. Peu de temps après,
j'ai souffert d'une inflammation de l'œil, dont j'imputais
secrètement la cause à mon expérience avec la bille. Je suis
restée étendue dans ma chambre, les yeux bandés. C'était
l'été, je grelottais de froid dans la pénombre noirâtre qui

aveuglait mon regard, et j'appris à connaître par le toucher une petite parcelle du monde : des chemins s'ouvraient d'une pièce à l'autre, mes mains couraient le long des murs, des balustrades, des chambranles de porte. Sous l'arrondi de chaque doigt naissait une autre couleur.

Mon père me faisait la lecture, mais en italien, langue que je ne possédais pas. Il ne t'est pas nécessaire de tout comprendre, m'assurait-il avant de reprendre sa lecture ; au fil du temps, les mots revêtaient quelque chose d'apaisant, je leur trouvais de la beauté et ils m'étaient un support pour laisser vaguer ma pensée. Parfois, j'interrogeais mon père sur le sens d'un mot, et il me le traduisait à la volée en allemand : Hier. Vielleicht. Links. Berg. Je ne sais plus de quel ouvrage il me faisait lecture, peut-être était-ce un guide de voyage, car je me rappelle lui avoir demandé à plusieurs reprises la signification d'un terme que je ne pouvais me défendre de répéter : *altipiano*. Haut plateau, me dit enfin mon père, et ce mot était tout aussi étranger à mon vocabulaire qu'*altipiano*. J'ai préféré cependant ne pas creuser, car les explications de mon père n'en finissaient jamais et de surcroît n'étaient pas des plus claires, et m'abandonner aux sonorités de l'italien.

L'ophtalmie dont je souffrais ne tarda pas à guérir, on me retira le bandeau occultant et je recouvrai la vue. Le monde n'avait pas changé. Mais je tenais à présent au creux d'une main le mot *altipiano*, dans l'autre le mot *haut plateau*, et il m'arrivait de les tenir furtivement dans la lumière et de m'efforcer de regarder au travers, en prenant toutefois grand soin qu'ils ne blessent pas mes yeux.

Un peu après, à l'école, on nous montra un documentaire consacré au fleuve Pô. Je n'appris que bien des années plus tard que le film s'intitulait *Les Gens du Pô* et qu'il était l'œuvre d'Antonioni. En ce temps-là, il n'était à mes yeux qu'un des nombreux films en noir et blanc consacrés à des fleuves qu'on nous projetait en classe, et je gardais également le souvenir d'un film sur le delta du Rhône et d'un autre sur la partie du Rhin qui arrose Rotterdam. Les films, endommagés par d'innombrables rafistolages, défilaient sur l'écran par saccades et cassaient souvent, la bande-son se doublait en permanence d'une rumeur crépitante. Quand on nous projeta le film consacré au Pô, je me suis immédiatement identifiée à l'enfant qui, terrassé par la maladie, est étendu dans son lit sous le pont du bateau. Ce n'est pourtant pas son père qui lui fait la lecture, mais sa mère. Il ne porte pas non plus de bandeau oculaire, mais il est couché dans le ventre de la péniche et ne voit rien du paysage fluvial qui se déploie au-dehors. J'étais alors si fermement persuadée de me reconnaître dans cet enfant qu'il ne m'était que de repenser aux jours où j'avais souffert d'une ophtalmie pour que remonte à mes narines l'odeur du gymnase où l'on nous projetait les films, et que retentisse longtemps encore à mon oreille le froissement des lourds et épais rideaux que tiraient les enfants des classes supérieures pour plonger la pièce dans l'obscurité.

Bien des années plus tard, alors que je n'étais déjà plus une enfant depuis longtemps, mon père eut une hémorragie de l'œil. Il lui fallut garder le lit et ne surtout pas soumettre ses yeux à trop rude épreuve. C'est moi qui lui ai fait la lecture ; il me réclama des histoires en italien, bien que ma maîtrise de cette langue laissât à désirer.

Il se plaisait à rectifier ma prononciation et interrompait de temps à autre le fil de mon récit pour se lancer dans de très longs développements. L'un des livres dont je lui fis lecture s'intitulait *Narrateurs des plaines*, et, pour la première fois depuis longtemps, le mot *altipiano* revint enchanter mon oreille de sa sonorité mystérieuse et ancienne. Cependant que mon père profitait d'une nouvelle faute de prononciation pour me couper la parole, me corriger et, se lançant dans une longue digression, évoquer avec force détails une usine de fabrication de manèges forains située non loin de Mantoue, sur les berges du Pô, et dont la renommée à l'en croire était mondiale, je me représentais en pensée une parcelle de paysage fluvial du nord de l'Italie, une bande de terre rase et enveloppée de brumes qui paraissait suspendue entre ciel et terre sous le dais d'une couverture nuageuse très basse. Les rares bouquets de peupliers étaient pour le paysage autant de points d'ancrage dans les airs.

Positif

Mon père est mort au mois de juin, pendant une vague de chaleur qui s'était déjà amorcée aux derniers jours de mai. Durant deux semaines, il m'avait fallu, lors de mes marches quotidiennes par les rues des faubourgs et à travers les parcs, le long des trottoirs crasseux du quartier de la gare d'Euston, me frayer tant bien que mal un chemin dans la chaleur poisseuse qui écrasait la ville. Des ventilateurs bourdonnaient dans les bureaux, en bordure des parcs les chiens au souffle pantelant s'épuisaient dans le sillage de leurs maîtres, les pleurs des enfants qui ne trouvaient pas le sommeil retentissaient jusqu'à une heure avancée de la nuit, et dans les jardinets sur cour qui m'évoquaient autant de petites boîtes les citadins sortaient prendre le frais et buvaient plus que de raison – à cause de la chaleur, des pleurnicheries des enfants, des halètements des chiens exténués, de ces nuits dont la tiédeur était quelque chose qu'on n'avait jamais connu encore.

Le jour de la mort de mon père, mes souliers, comme je franchissais un pont enjambant la Tamise, étaient restés englués dans le bitume que la chaleur faisait fondre, et j'avais eu quelque peine à m'en dégager. Il était hors de question de marcher pieds nus sur le revêtement fumant d'où montaient des vapeurs de goudron. Le trafic était interrompu, et les agents de la circulation marchaient le long de la route à pas fébriles et saccadés. Ils craignaient eux aussi de rester empêtrés dans l'asphalte et ne savaient en outre quelle posture adopter, s'il leur fallait tendre, plier ou croiser les bras et les mains, rien dans le code qui régissait leurs évolutions ne leur indiquait l'attitude à suivre sur ce bitume en fusion où les roues des voitures elles-mêmes refusaient d'avancer.

J'ai reçu l'appel téléphonique en début de soirée. Par les fenêtres ouvertes des maisons voisines me parvenaient des bruits de vaisselle et des cris d'enfants auxquels se mêlaient des génériques de séries télévisées et le marmonnement indistinct des présentateurs de journaux. Dans la rue transversale la plus proche, il montait du grand jardin d'une villa, enfoncé comme un coin de menuisier entre les modestes arrière-cours rectangulaires des immeubles mitoyens, des panaches de fumée qui s'accrochaient dans la vaste ramure protectrice d'un cèdre, et il flottait dans l'air une odeur âcre de poisson brûlé. Ce soir-là, l'itinéraire d'atterrissage des avions passait à quelque distance du quartier, au-dessus des eaux de la Tamise. Je me tenais près du téléphone qui n'en finissait pas de sonner et, encore indécise, contemplais les lourdes carlingues qui émergeaient d'un ciel gris de chaleur et, amorçant leur descente dans l'air bleuté, survolaient les toits des maisons. Le bruit strident des moteurs qui ralentissaient l'allure demeurait très lointain.

Les annonces de décès sont des ciseaux ou des couteaux affûtés qui sectionnent la pellicule du monde. Couteau ou ciseaux – quand la coupure est-elle la plus franche ? Une question oiseuse, qui du reste ne se posera que bien des années après l'événement, quand nous nous efforcerons par exemple de raccommoder après coup la bande tranchée net. Il est impossible d'en faire coïncider exactement les extrémités pour que les choses s'assemblent, on observe toujours des décalages ou des chevauchements, la moitié d'un visage d'enfant où déjà s'esquissait un sourire se trouve sous l'autre moitié ou adhère étrangement à un rosier ou à un montant de porte, hors d'atteinte pour le petit corps, le sourire tourne court à jamais, l'effet est définitivement raté. En l'espace d'un seul instant, je me suis retrouvée assise dans la pénombre entre deux bandes de celluloïd disjointes qui oscillaient tristement, cependant que pour d'insondables raisons la bande-son continuait de tourner.

Le lendemain, j'ai pris place à bord de l'un de ces avions au fuselage massif et lourd que j'avais vus effectuer la veille encore leurs manœuvres d'atterrissage dans le ciel gris de chaleur. Quand je suis arrivée à destination, il régnait toujours une touffeur écrasante, l'air était pareillement gris et épais, il accablait de tout son poids un paysage qui semblait figé dans son délabrement, d'infimes bribes de souvenirs s'attachaient à des crêtes de collines, à quelques bandes de rive qui se révélaient parfois à ma vue le long du fleuve, comme autant de lambeaux qui se seraient détachés d'un tableau bien plus vaste pour s'établir à ces endroits précis.

Le soir même, nous nous sommes installés dans le bureau de mon père. Bien qu'il eût arrêté la cigarette depuis des années, il y subsistait encore un remugle de tabac froid. L'air était pénétré de ces effluves tenaces, d'une odeur de poussière et de vin éventé. Le vieux siège de bureau à l'assise abîmée, un stylo-bille d'un vert très foncé, des cartes géographiques, une atroce garniture de bureau en onyx et les disques de vinyle noir l'imprégnaient également de leur parfum. Nous avons mis sur la platine la *Passion selon saint Matthieu* et, quand le soir est tombé, nous avons sorti le projecteur de diapositives de son boîtier.

Nous avons décroché deux tableaux du mur et disposé le projecteur de telle sorte que le faisceau lumineux de l'objectif éclaire la zone désormais mise à nu. Il nous fallut quelque temps pour constituer sur la table l'exacte épaisseur de livres qui servirait de socle au projecteur. Mon père avait toujours eu pour habitude d'utiliser ce faisant deux forts volumes de son encyclopédie, mais celle-ci ne garnissait plus les rayonnages de la pièce. Nous avons mis en marche le projecteur et reculé de quelques pas la table où reposait la pile de livres afin que l'image fût plus petite et plus nette. Elle n'était encore qu'un rectangle blanc sur le mur. Le projecteur émit un bourdonnement. Nous avons tiré les rideaux, et mon frère, qui à ce moment-là était déjà passablement saoul, apporta les lourdes boîtes de rangement pour diapositives qu'on avait remisées derrière la porte. À mi-chemin entre le seuil de la pièce et le projecteur, la pile se renversa et le contenu de quelques-unes des boîtes se répandit sur le sol. Mon frère s'agenouilla sur le tapis et se mit à ranger – en toute hâte et au hasard – les diapositives éparpillées dans les compartiments des boîtes. Mon père avait toujours pris soin de classer ses diapositives selon un ordre méticuleux, mais dont la logique restait impénétrable aux non-initiés. Cet ordre était maintenant bouleversé et il nous serait impossible de le restaurer. Nous aurions du reste été bien en peine d'établir ce qui dérogeait seulement à cet ordre, et le plus sage était de garder le silence à ce sujet. Cet instant de soudaine prise de conscience de l'irréversible revêtait cependant, au vu des circonstances – ivresse de mon frère, gaucherie de ses gestes, bourdonnements d'impatience du projecteur –, quelque chose de misérable et de tristement évident. Mon frère versa en silence quelques larmes de buveur sur les diapositives en désordre et les boîtes renversées. Toujours sans un mot, nous nous sommes fait des politesses au moment où il s'est agi de savoir qui manipulerait le projecteur ; ce rôle m'incomba finalement.

Nous avions pris le vieux projecteur, dont le passe-vues ne pouvait accueillir que deux diapositives. On le faisait coulisser manuellement, retirant l'image qu'on avait regardée un instant plus tôt cependant que la suivante était projetée sur l'écran. Un voile de chaleur enveloppait le projecteur et, dans le faisceau de lumière blanche de l'objectif, des grains de poussière dansaient comme autant de bestioles minuscules.

Les premières diapositives représentaient des scènes d'un voyage en famille en Italie. À en juger par nos âges, ce devait être peu de temps après que mon père avait mis au rancart la chambre noire, et il s'agissait donc d'une des premières pellicules diapositives qu'il eût utilisées. Peut-être fallait-il mettre sur le compte de son manque de maîtrise du matériel photographique la surexposition qui déparait les images, la pâleur blafarde de nos visages, le délavage comme exténué des couleurs, des formes et des paysages, si évanescents qu'on distinguait avec netteté sur le pan de mur nu les contours rectangulaires des tableaux décrochés. Il n'en fallut pas davantage cependant pour qu'affluent en moi des souvenirs de ce séjour, qui n'entretenaient du reste qu'un lointain rapport avec les images, mais faisaient resurgir à ma mémoire une lumière blanche, la touffeur d'un été, des marches au milieu de champs de maïs dont les tiges étaient déjà hautes, les odeurs de la pension où nous logions, le goût du pain sans sel, des promenades vespérales dans les rues du village en compagnie de mon père, quand il effectuait encore de menus achats dans de petites boutiques alors que l'obscurité était déjà faite, et que sur mes instances il me donnait la permission de rester un instant seule sur le seuil de celles-ci, parmi les cageots de tomates et de pêches, au milieu des passants qui discutaient, riaient, comme si ma place n'avait jamais été ailleurs, comme si cette rue et les habitudes qui y avaient cours m'étaient familières, et que je partageais avec ces gens qui, sur ces coins de trottoir, à l'angle de ces venelles, me frôlaient sans y prêter autrement attention, un espace qui s'emplissait à la nuit tombante de sons et de clameurs qui m'étaient inconnus.

Dans le petit bureau, derrière les rideaux tirés, la chaleur ne tarda pas à devenir si étouffante que nous n'y tenions plus, et j'ai préféré mettre un terme à la projection alors que nous n'avions visionné que la moitié des diapositives de la première boîte. Quand j'ai remis les coffrets à leur place derrière la porte, je me suis dit que chacun d'eux renfermaient une sélection de vues prises par mon père. C'est à travers ses yeux que nous avions pu contempler les scènes projetées sur le mur, et je me suis demandé un moment si la pâleur diaphane des clichés n'était pas imputable à l'absentement définitif de son regard. Toute projection de diapositives mettait en scène avec une ferveur maladroite l'instant du regard. Peut-être était-ce pour cette raison que mon père avait renoncé à la chambre noire et au développement de photographies. Il en avait eu assez de n'avoir pour témoin que lui-même à l'instant où l'image émergeait peu à peu du bain révélateur, et avait souhaité conférer à la mise en scène de son regard davantage d'ampleur. Un court moment, je vis se dissiper en moi le ressentiment que j'avais nourri pendant des décennies à cause de cela.

La nuit était maintenant noire et profonde. Par-delà le fleuve, au-dessus des collines basses, on apercevait des éclairs de chaleur, mais leur palpitation n'était qu'une lueur lointaine qui éclairait pour de très fugaces instants le contour des crêtes avant de le replonger tout aussitôt dans des ténèbres dont la consistance vous paraissait si matérielle et poisseuse qu'on aurait cru pouvoir y façonner quelque chose de ses mains, une contre-neige pourquoi pas, brûlante, molle et noire. Mon frère marchait de long en large dans le jardin, l'épaisseur de gazon étouffait le bruit de ses pas, et l'on ne voyait se mouvoir dans la pénombre que l'extrémité incandescente de sa cigarette.

Nuit

Dans mon enfance, nous avons entrepris de fréquents voyages en Italie. Nous n'avions là-bas ni parents ni lieu de résidence, mais mon père parlait couramment italien, et il existait entre les séjours et cette maîtrise de la langue, ou pour mieux dire cette volonté de pratiquer à toute force une langue qui m'était incompréhensible, un lien dont j'acceptais la logique sans poser de question. Le voyage jusqu'à la frontière italienne, ou du moins jusqu'à la frontière linguistique, qui passait déjà au niveau des cantons suisses, m'apparaissait toujours alors comme une profonde inspiration suivie d'un long suspens du souffle, avant qu'enfin les premières paroles prononcées par mon père ne dissipent la tension qui nous habitait. Sur le flanc sud des routes des cols, le nom des premières localités, qui comme par enchantement étaient toujours baignées de soleil, s'associait dans mon esprit à cette sensation de délivrance, au grand chambardement que provoquait dans nos têtes et nos poumons la fin de ce blocage du souffle. Airolo !, s'exclamait alors mon père d'une voix qui n'était déjà plus celle que nous lui connaissions, et, un peu plus bas dans la vallée, une ville rougeâtre déployait ses quartiers dans la clarté rayonnante d'une tache de soleil, tandis que nous traversions encore une étendue de neige.

Je me souviens d'une nuit passée à Chiavenna. Nous étions descendus dans une pension que tenait une femme au regard amer. Le moindre meuble craquait, chaque marche de l'escalier émettait un grincement. On nous donna une chambre familiale qui empestait les boules antimites. Dans la vaste pièce, des lits immenses et lugubres semblaient avoir été disposés au hasard avant d'être abandonnés là. Mes parents se sont disputés et mon père est sorti. Je me tenais quant à moi sous les draps empesés et faisais semblant de dormir. Ma mère est allée se poster à la fenêtre en attendant le retour de mon père. Au travers des arbres qui bordaient l'allée, la lumière des réverbères, d'un jaune éteint, tombait sur les lames du plancher. La pension devait se dresser à un carrefour passant ou à l'entrée d'un virage situé le long d'un grand axe routier, car on entendait sans cesse le vrombissement et les crissements de freins des voitures et des camions, dont la course fugitive animait d'un mouvement tremblant et fébrile les ombres des feuilles, dans les taches de lumière d'un jaune mat. La lampe était éteinte. Ma mère se tenait dans la pénombre, silencieuse, assise sur une chaise d'un noir aussi profond que celui de nos lits, et je prêtais l'oreille à la rumeur de la nuit. Pas un mot ne fut prononcé. Je devais me demander secrètement où mon père pouvait bien être allé et s'il reviendrait seulement. Peut-être était-il attablé dans quelque bistrot, occupé à boire et discuter, dissimulant tant bien que mal aux gens du pays qu'il n'était pas des leurs. Ou peut-être était-il allé se promener dans les ruelles de la ville, coulant des regards dans les appartements encore éclairés de parfaits inconnus, avant de gravir enfin un sentier de montagne, et nous ne le reverrions sans doute jamais plus. À moins qu'il ne fût remonté en voiture pour poursuivre sa route, en direction de Milan, Padoue, Bologne ; un pays tout entier se déployait devant lui. Qu'allait-il advenir de nous, ici, à Chiavenna ? Ma mère ne parlait pas italien. Comment assurerait-elle notre subsistance ? Figée de tous mes membres dans le lit qui s'affaissait en son milieu, je m'efforçais de raviver en moi le souvenir des quelques bribes d'italien que j'avais pu saisir au vol ici où là, mais elles ne semblaient pas convenir à la situation présente. C'étaient des mots des terrains plats, ils n'étaient pas de mise dans ce village de montagne dont j'avais pu apercevoir à notre arrivée les environs arides et dépouillés, ils ne s'accordaient pas avec une lumière qui, à la différence de celle des basses plaines, blanche et sans ombre, où tout paraît offrir la même petitesse, était à ce point gouvernée par les ombres. Me faudrait-il gravir des escaliers et des venelles pentues pour rejoindre une minuscule école de village, vêtue d'un tablier ou d'une blouse comme j'avais vu les enfants d'ici en porter ? Éprouvais-je de la peur ? Il ne subsiste dans ma mémoire que le trouble qu'engendrait alors en moi la possible disparition de mon père, et le bouleversement de nos vies qui en résulterait, pour nous que le hasard avait drossés dans ce lieu parfaitement inconnu du nom de Chiavenna, un mot que je me plaisais à répéter à part moi d'une voix murmurante, tablant déjà à demi sur un avenir où, quand on m'interrogerait sur mon lieu de résidence, je répondrais par les syllabes de ce nom dont je devais bien admettre qu'il résonnait agréablement à mon oreille. J'habite à Chiavenna. Oui, Kia-ven-na, et non Schi-a-venna.

Ce n'était pas la première fois que mon père, après une dispute, quittait la pièce sans plus de façons et ne reparaissait plus avant de longues heures. Le spectacle de ma mère campée à la fenêtre ouverte de notre chambre d'enfants, les yeux rivés sur la nuit, ne m'était pas inconnu. J'étais couchée dans mon lit, au fond de la pièce, et mon regard se posait sur un pan de ciel noir qui paraissait lui envelopper la tête. Les yeux ne tardaient pas à se faire à cette obscurité qui, à mesure que le regard la fouillait, se dépouillait peu à peu de sa noirceur et n'était bientôt plus qu'une taie translucide recouvrant une lueur lointaine, diffuse et inexplicable. Les ténèbres n'étaient qu'une invention. Une fable destinée à susciter en vous l'épouvante. Mon père finissait toujours par revenir, le plus souvent aux premières heures du matin, gentiment éméché et arguant pour sa défense de rencontres fortuites avec des parents de passage dans la région, des étrangers qu'il lui avait bien fallu tirer d'embarras, de vieilles connaissances qu'il avait eu la surprise de croiser ; la gare jouait toujours un rôle dans ces récits cousus de fil blanc, et il n'était question que de retards, de correspondances, de départs manqués. Plus tard, il m'est souvent arrivé de me représenter mon père prenant place dans le cinéma permanent des environs de la gare, la salle miteuse où il lui arrivait de nous déposer, nous autres enfants, quand il avait quelque affaire à régler. La clientèle de ce cinéma était essentiellement masculine, certains des spectateurs exhalaient une odeur de crasse, d'autres répandaient des effluves d'aftershave et serraient dans leurs mains crispées de petites mallettes reposant sur leurs genoux, d'autres encore, nombreux, buvaient en silence leurs bouteilles de bière ou grillaient des cigarettes, versant à l'occasion quelques larmes sur les films ringards et du dernier kitsch qu'on diffusait entre les actualités, et dont la pellicule avait la fâcheuse habitude de casser. Ce sont par-dessus tout ces larmoiements qui déclenchaient chez mes frères et sœurs et moi un irrépressible ricanement nerveux.

Je n'ai pas gardé le souvenir de l'instant où mon père reparut dans la petite pension lugubre de Chiavenna. Peut-être avais-je fini par m'endormir ; peut-être ai-je préféré jeter un voile d'oubli sur les paroles cinglantes qui furent certainement échangées à son retour. Le lendemain matin, il tombait un peu de bruine. Un calme parfait s'était instauré sur la route, et l'on entendait les gouttes de pluie sur les feuilles des arbres. Dans la salle de petit déjeuner équipée elle aussi de meubles d'une teinte noirâtre, où, entourés de quelques tables drapées de nappes blanches, nous étions les seuls clients, on nous servit du pain avec du café au lait. La bruine ne cessa de tomber qu'après Milan. Elle céda alors insensiblement la place à cette lumière étale et d'une scintillante blancheur qui est le propre des plaines, et sous laquelle des fermes abandonnées, aux murs déjà à demi croulants, paraissaient ne plus toucher terre.

Travailleurs immigrés

À la mort de mon père, nous avons trouvé son bureau et sa table de travail dans l'état de désordre auquel il nous avait accoutumés. Il y subsistait encore, dissimulés tout au fond des lourds tiroirs auxquels il nous était formellement interdit de toucher, les provisions qu'il avait accumulées là, obéissant à une habitude que la peur de manquer avait enracinée en lui et dont il n'était jamais parvenu à se défaire. Quand, dans l'enfance, brisant pour la première fois l'interdit, j'avais farfouillé dans ses tiroirs et découvert des conserves de poissons et des paquets de pumpernickel, j'en avais été saisie d'effroi comme à la découverte d'un épouvantable secret, qui m'était d'autant plus lourd à porter que je ne pouvais m'en ouvrir à personne sans révéler le sacrilège que je venais de commettre.

Dans l'un des tiroirs où mon père rangeait ses provisions, je découvris une photo qui nous représentait ma sœur et moi en compagnie de notre grand-mère. Sans doute était-elle une des toutes dernières photographies que mon père avait pris le soin de développer et de tirer lui-même dans sa chambre noire. Avant de passer aux diapositives et de convertir la petite pièce de développement

175

en une sorte de débarras où il remisait les objets qui ne lui étaient plus d'aucun usage, il réalisait encore de ces photographies au grain mat, et, si je laisse remonter en moi mes sensations d'enfant, il me semble que les objets y prenaient bien plus de champ que sur les photos brillantes. Ces tirages accusaient toujours des défauts, ils étaient striés de bandes ou présentaient des endroits flous, mais ils étaient imprimés sur un papier solide de toute beauté dont le toucher m'était bien plus agréable que celui des photographies brillantes.

Le cliché qui nous représentait ma sœur, ma grandmère et moi avait été pris peu de temps après le décès de notre grand-père, qui était mort renversé par un camion à quelques mètres à peine de son domicile, un soir pluvieux de novembre, alors qu'il s'en retournait de chez le buraliste où il était allé acheter des cigarettes. La photo avait été prise au printemps, nous posons toutes les trois assises sur un petit banc de jardin devant un arbuste dont les inflorescences paraissent des bouffants dont on l'aurait paré, et ma sœur porte le sac à main de mon autre grand-mère au creux du bras, comme une dame d'un certain âge soucieuse d'élégance. Après la mort de son époux, notre grand-mère avait d'abord cédé à un état d'accablement, puis elle avait coupé ses longs cheveux qu'elle portait toujours relevés en chignon sur la nuque et s'était fait faire une coiffure bouclée, devenant alors à nos yeux une tout autre personne. À côté des photos de ses chats, qui tous avaient péri écrasés par des autos sur la route passante qui bordait sa maison, se trouvait également un cliché figurant mon grand-père vêtu d'un austère complet sombre. La chose la plus frappante était cependant que ma grand-mère, qui n'avait cessé de nous seriner, à l'occasion de chacun de nos voyages, qu'elle était pour sa part en proie à un indéfectible mal du pays sitôt qu'il lui fallait quitter son chez-soi ne serait-ce que pour quelques heures, était devenue une grande voyageuse. Cette photo avait d'ailleurs été prise peu de temps avant qu'elle n'entreprît son premier périple, peut-être était-ce même une sorte de visite d'adieu avant le départ, et quelques jours plus tard, munie d'une grande valise marron dont l'intérieur était tapissé d'un tissu à carreaux, elle avait pris le train pour Gênes avant d'y embarquer sur un bateau qui devait la mener à Haïfa. En contemplant la photo, je crus me rappeler qu'elle nous avait chanté cet après-midi-là, peu après que nous avions posé ensemble pour la photo, une chanson de son enfance que nous avions l'habitude de lui réclamer à mots implorants dans notre très jeune âge. Elle l'appelait le *Chant des immigrés*, et l'avait apprise du temps qu'elle était encore jeune fille en écoutant l'air que fredonnaient en passant devant les fenêtres des maisons les rémouleurs et rétameurs venus d'Italie. Elle la chantait de mémoire en massacrant les paroles, qui n'étaient guère qu'un bout à bout de sons et de syllabes qui ne produisaient aucun sens, mais elle y prenait plaisir et gardait alors les yeux mi-clos, ce qui donnait à l'expression de son visage quelque chose d'extatique qui me jetait dans l'embarras. Sur la photo, on distingue déjà la légère torsion qui affecte la lèvre inférieure, une déformation que les décennies suivantes ne contribueraient qu'à accentuer, au point de l'empêcher finalement de chanter, ce qui l'accablait de tristesse.

Quand nous sommes allés annoncer à ma grand-mère le décès de notre père, elle se tenait à la fenêtre, comme si elle nous avait guettés. Je le sais bien, qu'il est mort, nous dit-elle quand nous entrâmes dans la pièce, j'ai fait un rêve où je n'étais encore qu'une jeune fille, je faisais du patin sur un lac tout en chantant des airs, puis soudain son visage m'est apparu sous l'épaisseur de glace.

Anguille

Sur l'une des dernières photographies où figure mon père, il se tient dans un canot. C'est une barque en bois d'un autre temps, on distingue du matériel de pêche, deux hommes se trouvent à la droite et à la gauche de mon père, des amis, des connaissances, de simples pêcheurs à la ligne, je ne les connais pas. Mon père saisit à pleines mains une anguille qui se débat encore, la bête est floue car elle ne cesse de remuer, mais on en reconnaît néanmoins la silhouette serpentiforme. Mon père se tient légèrement penché en avant, jambes écartées, tenant à bout de bras le corps sinueux qui se contorsionne entre ses mains, un sourire illumine son visage.

Je ne suis jamais parvenue à découvrir où cette photo avait été prise ni qui étaient les deux hommes qui accompagnent mon père. C'était par une journée couverte, sous une lumière grise, la berge du plan d'eau se creuse ici et là de petites anses hérissées de roseaux et sur l'un de ses flancs monte en pente douce vers un pré. Peut-être est-ce un verger, on reconnaît des arbres à quelque distance. Je me suis longtemps plue à croire que la photo avait été prise en Italie, mais je dus me résoudre à admettre que la lumière n'était pas assez méridionale pour cela.

Mon père n'aura donc pas parlé italien avec les deux hommes. Je l'aurais pourtant souhaité pour lui dans une telle situation. La pêche à la ligne n'était pas son domaine. Il lui arrivait de nous emmener, nous autres enfants, faire des promenades en barque sur un bras mort du Rhin, et il était également un nageur émérite. Lors de nos séjours en bord de mer, il nageait toujours si loin que nous ne tardions pas à le perdre de vue, et il nous causa ainsi bien des frayeurs, car nous nous imaginions déjà qu'il ne reviendrait jamais plus.

La plupart des parties de canotage sur les eaux paisibles du bras mort du Rhin se déroulaient sous une lumière analogue à celle qui baignait la photo où mon père tient dans ses mains l'anguille. Mon père prenait les rames et nous conduisait jusqu'à la pointe sablonneuse d'un îlot, à l'endroit où, au commencement du fleuve proprement dit, un pêcheur d'anguilles avait établi son installation, un bateau au bordage peint en noir tournant vers le fleuve de longues perches qui retenaient des filets. Mon père ne poussait jamais tout à fait jusqu'à la hauteur de ceux-ci ; tantôt il nous assurait que les eaux du fleuve présentaient un trop grand danger pour lui, tantôt il soulignait que les anguilles se nourrissaient de charogne, et qu'il lui répugnait de s'en approcher. Après ces petites sorties sur les eaux du bras mort, nous étions contraints de passer au retour devant une saurisserie d'anguilles qui était exploitée par le propriétaire de l'installation de pêche et ses fils. Parfois, les portes de l'espace de vente étaient ouvertes, la pièce était éclairée de néons qui baignaient d'une lumière bleutée les anguilles qui, brunies au sortir du fumoir, balançaient le long de tringles leur corps de serpent allongé et luisant. En dessous des anguilles suspendues à leurs crochets se trouvait une table de pierre grossièrement équarrie où étaient disposés des couteaux. À la pensée qu'on pût consommer des anguilles dont les entrailles étaient remplies de chair morte, un frisson de dégoût me parcourait l'échine. Le patron de la saurisserie se campait sur le seuil de sa boutique et, plein d'espoir, attendait le client. Mon père quant à lui nous exhortait à hâter le pas.

Un jour enfin la pêche à l'anguille fut interdite dans le Rhin, les eaux en étant trop toxiques, et la saurisserie ferma ses portes. Le propriétaire n'en continua pas moins à maintenir en état son installation de pêche désaffectée, badigeonnant de peinture noire luisante la carène du bateau à la proue duquel se dressait une cabine verte aux baies de fenêtre rouges. Le bâtiment trapu de la saurisserie ne tarda pas en revanche à être envahi, dès après sa ferme-ture ou peu s'en faut, par un foisonnement de saules et de buissons d'orties dans l'étreinte protectrice desquels on le vit se décrépir à vue d'œil. Partant du toit de tôle ondulée, des coulures couleur de rouille couraient le long des murs.

Même si c'est à mon père que je devais d'avoir appris les lois régissant la migration des anguilles entre la mer des Sargasses et les rivières d'Europe, je savais que l'aver-sion qu'il portait aux serpents s'étendait également aux anguilles. Aussi, tant et tant d'années après nos parties de canotage, la photographie avait-elle d'abord suscité en moi une stupeur mêlée d'effroi. Mon père s'était évertué toute sa vie durant à *venir à bout* de son dégoût des reptiles, pour reprendre ses propres mots, et il aimait à prendre les autres à témoin de ces efforts. Lors de la sortie en bateau avec les deux inconnus – qui étaient peut-être des amis à lui –, il y était apparemment parvenu, même s'il ne tenait aucunement dans ses mains un serpent, mais l'une de ces anguilles dont le dévorant appétit de charogne soulevait le cœur, et je n'osais pas imaginer avec quelle répugnance il avait dû sentir palpiter entre ses mains ce corps à la peau noire et visqueuse qui pressentait déjà avec angoisse sa mort prochaine.

Lors des étés brûlants que nous avions connus en Italie, il ne se passait pas un jour ou presque sans que mon père, au retour de ses longues promenades en solitaire parmi les champs de vignes ou de petits bois clairsemés, ne nous fît le récit d'une rencontre avec un serpent. Des reptiles bleus, verts ou d'un brun terreux, à la livrée chatoyante ou ornée de motifs en zigzag, avaient soudain jailli, fusé, déguerpi devant lui avant de disparaître au fond de quelque trou du sol ou, dans un silence qui vous faisait froid dans le dos, adaptant leur couleur à celle des troncs, de monter dans un arbre pour s'y volatiliser littéralement.

Une année, non loin de Florence, nous avons passé l'été dans une vieille maison qui menaçait ruine. Dans les interstices des murs nichaient de petits scorpions noirs qui, une fois la nuit tombée, s'avançaient sur le sol carrelé dans un froissement de feuilles sèches presque imperceptible. Au matin, nous les retrouvions dans nos sandales et dans les bols à café posés sur l'appui de la fenêtre dans la cuisine. Mon père ne leur accordait pas la plus petite attention, mais dès notre arrivée il s'était enquis des serpents auprès du couple de personnes âgées en charge de la maison. *Ci sono serpenti* ? Dès le plus jeune âge, cette question m'avait été familière, même si je n'avais pas tardé à prendre conscience qu'elle était parfaitement superflue, la réponse étant systématiquement la même partout en Italie.

L'homme et la femme d'un certain âge, qui ne se quittaient jamais et accomplissaient toutes les tâches de concert, ne dérogeaient pas à la règle et nous répondirent naturellement que oui. Bien entendu, des serpents logeaient ici. Ils employèrent réellement le verbe *loger*, tout en tirant à mon père un verre de ce vin aigre à la surface duquel ils répandaient une épaisseur d'huile d'olive pour le préserver de l'oxydation, raison pour laquelle il subsistait toujours sur les parois du verre de petites larmes d'huile. À la tombée du soir, on voyait l'homme et la femme s'avancer à pas languissants sur la grande terrasse pour arroser les jardinières de géraniums. La femme utilisait ce faisant un petit arrosoir, tandis que l'homme traînait après lui un grand broc de fer-blanc cabossé, rempli d'eau, au moyen duquel il remplissait le petit arrosoir de son épouse sitôt que le contenu en était épuisé. En raison des serpents établis dans les environs, nous étions contraints quand nous allions jouer dehors de chausser de robustes souliers, et de nous munir si possible de bâtons avec lesquels nous battions vigoureusement le sol quand il nous arrivait par exemple de partir à la recherche d'un volant de badminton égaré dans l'ombre des arbres. En contrebas de la terrasse, un sentier courait vers un petit étang au-dessus duquel la chaleur, chaque jour à midi, se concentrait et prenait une consistance si matérielle qu'on aurait cru pouvoir y puiser à pleines poignées. C'est le long de ce chemin que mon père découvrit un jour dans le trou d'un mur, la petite cavité d'ombre qu'avait laissée une pierre qui s'était descellée du muret, la tanière d'un serpent reposant là. Il nous raconta qu'il était bleu et parfaitement immobile, mais qu'il lui avait été possible d'établir avec lui un contact visuel. Tous les jours, il retourna dès lors au même endroit et nous invita à l'accompagner, mais aucun d'entre nous n'accepta de se joindre à lui. La couleur bleue du serpent avait quelque chose d'engageant, sinon de discrètement prometteur, et ce sont peut-être les visites rendues au reptile impassible et bleu qui, près de Florence, dans une cavité d'un muret à demi éboulé, lui faisait de l'œil, qui ont conduit mon père, une fois qu'il eut surmonté son dégoût et la peur qu'il ne manquait sûrement pas d'éprouver également, à persévérer, jusqu'au jour où il put tenir enfin, par une grise journée d'été, dans un pays du nord, sans doute non loin de son lieu de naissance en Rhénanie, cette anguille entre ses mains, flanqué de deux hommes dont il n'avait peut-être recherché l'amitié qu'à seule fin de pouvoir se livrer à cette expérience avec eux.

Migration

Lors d'un voyage, nous avions fait halte sur la berge d'une rivière. Nous venions de laisser les Alpes derrière nous, elles jetaient encore leur ombre portée sur un vaste plateau aride et nu que recouvraient des bancs de galets qui, comme des pierres dévalées des montagnes, indiquaient l'emplacement du lit divagant du cours d'eau. Au milieu des cailloux se dressaient ici et là de petits îlots de terre où poussaient des buissons, des arbustes, tout un fouillis d'arbres de faible taille qui formaient de menues excroissances dont la rondeur tranchait sur la rudesse anguleuse des pierres, autant de forêts miniatures gris-vert que l'été baignait d'une lumière de poussière. Le paysage à cet endroit se déployait dans toute son ampleur. Dans les villages disséminés sur la plaine, des clochers rougeâtres que leur forme élancée faisait paraître particulièrement hauts dressaient leur flèche vers le ciel. Les bancs de galets étaient parcourus de modestes cours d'eau verdâtres qui parfois s'enflaient pour former des sortes de petits lacs avant de s'étrécir de nouveau en simples ruisselets. Les larges bandes de cailloux détonnaient dans le paysage, elles figuraient au pied des collines une manière de cicatrice minérale où quelque chose frappait le regard par son absence : l'élément aquatique. Cette étendue de rocaille et d'eau vive où buissonnaient des îlots de verdure avait cependant quelque chose de féérique, elle paraissait soustraite à la réalité des montagnes, des vallées et des villages. Ici et là quelques bicyclettes étaient couchées sur les galets, des enfants se livraient à leurs jeux et se baignaient dans les cours d'eau bleu-vert, s'élançaient du haut d'un talus de rive et plongeaient dans une eau qui semblait pourtant bien peu profonde. Ils ne se souciaient aucunement des nuages qui montaient à l'horizon et me faisaient grelotter de tous mes membres – ce qui d'ailleurs tenait peut-être moins à la température qu'à la soudaine acuité de la lumière et des ombres –, ni ne s'effarouchaient du grondement du tonnerre dans le lointain. C'est pourtant lui qui nous fit prendre la fuite.

Comme nous cheminions vers le sud, en direction de la mer, il s'abattit peu de temps après sur la région un violent orage, qui ne tarda sûrement pas à grossir les eaux de la rivière dans leur lit de galets. Lorsque la pluie baissa d'ardeur et que le soleil reparut sur la route d'où montaient des vapeurs, les Alpes s'étaient entièrement effacées dans notre dos. Nous avons passé la nuit dans une petite localité de bord de mer. La route qui menait à la station était bordée de levées de terre couvertes d'herbe au flanc desquelles montaient des escaliers de bois. En haut des talus s'alignaient des petites cabanes et huttes devant lesquelles des cannes à pêche se dressaient obliquement contre le ciel.

Un peu plus tard dans la soirée, nous sommes sortis faire une promenade. La ville était sillonnée de petits canaux et, dans la lumière des réverbères, les façades des maisons se reflétaient dans l'eau calme. Dans un relais des sports affluait une clientèle masculine, le centre de la salle était occupé par des billards, d'épaisses nappes de fumée restaient figées dans l'air, le vacarme des joueurs s'échappait par bouffées dans la rue, aux clameurs confuses des hommes se mêlaient en sourdine les accents d'un transistor. Depuis toujours mon père aimait à s'attarder devant ce genre d'établissements. Peut-être aurait-il d'ailleurs préféré y pénétrer plutôt que de prolonger la promenade en notre compagnie, il se serait mêlé à ces inconnus en compagnie desquels il aurait bu, fumé, discuté en esquissant de grands gestes, même si j'avais toutes les peines à m'imaginer mon père s'agitant ainsi. Les petites épiceries avaient ouvert leurs portes, des femmes âgées cheminaient sur les trottoirs à pas traînants et rapportaient chez elles du lait et des citrons. J'espérais toujours que de menus achats à effectuer nous donneraient l'occasion de pénétrer au cœur du petit monde des *alimentari*, qu'emplissait toujours la même odeur insolite de pain, d'oranges et d'herbes aromatiques, le bourdonnement des ventilateurs, le murmure indistinct des voix de présentateurs radio échappées des arrière-boutiques ou des cours. C'était durant la haute saison, et peut-être était-ce pour cette raison que les échoppes voûtées des poissonniers étaient elles aussi encore ouvertes. À la tombée du soir, elles n'offraient naturellement plus de marée fraîche, les étals de pierre où les poissons le matin même avaient été vidés, découpés en darnes et pesés à la balance venaient d'être soigneusement récurés à coups de brosse, et le sol carrelé où s'étaient amoncelées dans le courant de la matinée les entrailles de poissons resplendissait à présent de propreté, humide et lavé de toute trace de sang, mais les marchands se tenaient encore tout prêts à vous vendre des spécialités déjà préparées et des anguilles en bocaux. Vêtus de tabliers immaculés et chaussés de bottes en caoutchouc, ils se campaient là, les mains jointes sur le ventre ou glissées dans les poches de leur tablier, ou discutaient avec les passants en grillant une cigarette. Dans leur dos, offertes à la convoitise du client, des anguilles nageaient dans de grands bassins de verre ; des vitrines réfrigérées renfermaient des anguilles fumées, entières ou débitées en morceaux ; sur les murs des échoppes s'étalaient de grands tableaux avec des images d'anguilles et, dans des cadres, des portraits de pêcheurs présentant fièrement leurs prises, seuls ou flanqués d'autres pêcheurs. Les anguilles faisaient figure d'attraction de choix pour les vacanciers qui, le soir venu, flânaient le long des canaux et contemplaient avec curiosité les viviers où s'entremêlaient en pelotes visqueuses et lasses ces corps remplis d'angoisse qui suscitaient en moi un indescriptible dégoût. Je fus soulagée de voir que mon père ne faisait halte devant aucune poissonnerie pour engager la conversation avec le marchand.

Plus tard dans la soirée, nous étions déjà couchés, nous autres enfants, dans notre chambre d'hôtel aux fenêtres grandes ouvertes. De la petite *piazza* nous parvenaient des voix confuses et des lambeaux de musique ; l'atmosphère, qu'un récent orage avait pourtant rafraîchie, était encore lourde et poisseuse. Le vacarme de la rue nous empêchait de dormir et mon père, qui était sorti fumer sur le petit balcon de la pièce, entreprit de nous raconter, tapi dans un demi-jour humide et bleuté, l'histoire de la migration des anguilles. Il n'était pas très versé dans les sciences naturelles, mais il se crut cependant tenu ce soir-là, sans doute parce que la question s'était posée de savoir d'où provenaient toutes ces anguilles dans la petite ville, de nous parler du fascinant périple des anguilles, qui toutes viennent au monde dans la très lointaine mer des Sargasses, où elles ne sont encore que des larves au corps vitreux. C'est par bancs entiers que ces larves d'une transparence blanchâtre traversent alors l'océan Atlantique pour atteindre les côtes européennes, où sans se désunir jamais elles jettent leur dévolu sur des fleuves et des rivières dont elles remontent le cours. En passant des eaux salées aux eaux douces, elles se métamorphosent, leur corps devient brun, tortueux et long, et la nourriture qu'elles consomment – des poissons morts, par exemple – ne tarde pas à les engraisser. Elles vivent dissimulées dans les vases, toujours en groupes. C'est là, au fond des rivières et des lacs, qu'elles deviennent d'année en année plus grosses et d'une teinte plus foncée. Le jour vient enfin où, sur un signal connu d'elles seules, et qu'aucun homme, aucune autre créature vivante n'est à même de reconnaître, elles se rassemblent de nouveau et entreprennent le long voyage qui les reconduira vers leurs origines. Encore leur faut-il toutefois trouver d'abord le chemin de la mer. Elles suivent pour cela le cours des rivières, mais, soucieuses de couper au plus court, il peut leur arriver d'emprunter un parcours terrestre et même de gravir des pentes. Mon père, mobilisant claquements de langue et discrets battements de mains, tenta de nous donner une idée du bruit qui pouvait retentir à vos oreilles quand, à la nuit tombée, une grande procession d'anguilles traversait une prairie en rampant, poussée par l'irrésistible désir de regagner au plus vite son lieu d'origine. C'était une bien singulière histoire, et je me demandais s'il fallait y accorder foi. Mon père nous l'avait racontée avec un certain détachement, à l'exception des bruitages de la fin, qu'il s'était appliqué à rendre avec une très grande ferveur. Il entrecoupait également son récit de pauses au cours desquelles il se reservait un verre de vin ou s'allumait une cigarette. Dans la région où nous séjournions en ce moment, nous expliqua-t-il enfin, on voyait toujours se rassembler quantité d'anguilles qui, s'en retournant d'où elles étaient venues, s'apprêtaient à gagner de nouveau le large, où du reste elles changeraient une fois encore d'apparence, devenant plus minces et plus claires, car au cours de leur voyage en eaux salées elles ne mangeraient plus rien du tout, jusqu'à l'instant où elles retrouveraient la mer des Sargasses qui les avait vues naître. Mais les pêcheurs du pays en savaient suffisamment long sur la migration des anguilles pour guetter leur passage et, munis de leurs filets, capturer bon nombre d'entre elles.

Doutant que tout cela pût être vrai, je restai éveillée un long moment. Je me suis demandé si les anguilles remontaient aussi le cours de la rivière au lit creusé de sillons sur la berge de laquelle nous avions fait halte. Les voix échappées de la rue se firent plus rares, peu à peu le silence s'instaura. Sans me départir de ma répugnance, j'éprouvais cependant une manière de pitié pour les anguilles qui s'entortillaient tristement dans les bassins, et devaient pressentir avec angoisse que tout espoir de retour au pays leur était désormais interdit.

Longtemps encore la même image reviendrait m'obséder : un soir, par hasard, mes pas me mènent dans une prairie où des milliers et des milliers de tortueuses anguilles, progressant au prix du plus grand effort, cheminent bruyamment dans la pénombre, droit vers leur légendaire lieu d'origine.

Mosaïque

Rome était un mot qui appelait mon enthousiasme, mais une fois sur place ne devait pas tarder à rendre un autre son. En dépit des promesses que recelait ce nom si bref, bille que je faisais rouler au creux de ma paume d'enfant, Rome n'était pas une ville qui se donnait à lire à livre ouvert. Lors de notre premier voyage là-bas, nous logions dans une pension située le long d'une ruelle étroite. Les chambres étaient en soupente. Des pigeons roucoulaient, des volées de corneilles passaient au-dessus des maisons, le regard, trottant sur l'étendue des toits, se posait sur des dômes, des clochers, d'innombrables antennes. Pigeons et corneilles se cherchaient querelle ; je pus apercevoir un jour, à une très faible distance, un pigeon et une corneille se disputant une proie, l'ardeur de la lutte faisait au pigeon des yeux si ronds et perçants que j'en fus épouvantée, jamais encore il ne m'avait été donné de voir d'aussi près des yeux d'oiseau, et ce spectacle fit instantanément passer pour de vils mensonges toutes les histoires qui s'attachaient pigeons ou colombes comme des symboles de paix.

Pendant la journée, le trafic intense engorgeait les petites rues étroites du centre-ville, et, quand mon père nous menait d'un pas vif d'une curiosité à l'autre, nous étions contraints de nous plaquer contre les murs poreux au grain rugueux pour échapper aux voitures qui klaxonnaient. Dans les quartiers plus paisibles où circulaient vespas, vélomoteurs et triporteurs, une buée sonore qui n'était pas sans agrément flottait au-dessus de nos têtes, des voix, des bruits de vaisselle, des conversations domestiques semblaient nous envelopper d'un voile protecteur qui pouvait toutefois se déchirer soudainement quand la rue débouchait sur un vaste carrefour passant où, accourus de tous côtés, des véhicules obéissaient à des règles déconcertantes. Plus d'une fois, empruntant les habiles raccourcis que mon père prenait pour nous conduire vers quelque site éminent, il était arrivé que nous nous égarions, et c'est ainsi qu'un jour, nous engageant sur un chemin qui à chaque pas nous éloignait un peu plus du centre-ville, nous nous étions retrouvés à errer dans des rues que bordaient des blocs d'habitations encore en construction mais néanmoins déjà habités ; du linge était étendu à sécher devant les fenêtres, des chaises de camping encombraient de minuscules balcons sans garde-corps où l'on apercevait ici et là quelque habitant occupé à lire son journal, tout était en chantier, un parc à ferrailles s'étendait sur une mince bande de terrain en contrebas de la rue, où se serraient de petits ateliers qui n'étaient pas autre chose que des cahutes, des chiens à la démarche clopinante et des chats au pelage hirsute nous effleuraient les jambes, jusqu'à l'instant où nous nous sommes enfin engagés dans une large avenue que flanquaient des bâtiments aux façades tout en longueur. Sous une lumière trouble, des hommes coiffés de casquettes

s'étaient rassemblés devant des murs d'usine et attendaient l'arrivée des autobus brinquebalants et couverts
de poussière qui les reconduiraient chez eux. Épuisés par
notre longue marche, décontenancés par le manque de
sens de l'orientation de notre père, nous nous sommes
engouffrés à notre tour, au grand étonnement des
ouvriers, dans l'un de ces bus où nous faisions figure d'in-
trus parmi les hommes taciturnes et exténués qui achevaient à peine leur journée. Des travailleurs s'agrippaient
fermement à leurs mallettes, qui renfermaient peut-être
des porte-monnaie au cuir fatigué, des miettes de pain,
des trousseaux de clés, les papiers chiffonnés et constellés
de taches de gras dans lesquels était enveloppé leur casse-
croûte au fromage et au salami. Les rares femmes à avoir
pris place dans l'autobus s'y étaient agglomérées en un
groupe compact et, faisant barrage de leurs sacs moins
usés que ceux des hommes, s'érigeaient en citadelle contre
les assauts de ceux-ci. Mon père regardait par la vitre de
l'autobus ; quand nous sommes arrivés dans des quartiers qu'il reconnaissait apparemment, une expression de
profond soulagement s'est peinte sur son visage. Nous
sommes descendus aux abords d'un pont. En contrebas de
la route, le Tibre qu'enchâssaient de hauts murs de pierre
roulait des eaux peu abondantes. Le cours en était scandé
de bancs de sable où s'étaient accumulées des immon-
dices, le long d'une étroite bande de rive quelques personnes étaient assises ici et là dans l'herbe poussiéreuse,
elles paraissaient toutes suivre du regard un homme qui se
tenait sur l'un des bancs de sable et, muni d'une perche,
les jambes de pantalon retroussées, tentait de repêcher on
ne savait quoi dans les eaux du fleuve.

Chaque fois qu'il m'est arrivé de repenser plus tard à ces journées passées à Rome, c'est réduits à la dimension de simples nains que je nous voyais déambulant dans les rues, ma famille et moi-même, et je ne serais pas autrement étonnée aujourd'hui encore si l'on m'assurait que mon père lui-même, en dépit de sa maîtrise de la langue, ne dépassait qu'à peine le bord supérieur des innombrables tables de trattorias qui bordaient les rues les plus animées du centre. Car enfin qui pouvait se vanter d'être à la mesure de cette ville dont le fleuve paraissait avoir été relégué au second plan, et où sites antiques, monuments et églises se mettaient de toutes parts sur votre chemin ? Dans la touffeur des crépuscules se donnait parfois à voir ce qui demeurait ordinairement caché dans la lumière limpide du jour : quelque chose dans l'enfilade de façades austères des maisons s'opposait au charme grisant qu'exerçaient sur vous les monuments, venait contredire l'obséquiosité servile des hommes tirés à quatre épingles sur le seuil des restaurants, le boniment des marchands de souvenirs dont les étals envahissaient les rues. À quelques mètres à peine au-dessus du niveau de la rue commençait une vie qui tournait résolument le dos à la grandeur et faisait paraître misérable et dérisoire tout ce qui se laissait entraîner un peu plus bas par ce courant sublime. Dans les rues qui entouraient notre pension, cette vie réfractaire à toute majesté se donnait également libre cours, prête à s'instiller en vous par tous les pores de votre peau qui n'étaient pas encore obstrués par le grandiose. Dans les bars, des hommes s'agglutinaient par grappes entières, avec qui nous avions peut-être partagé à l'occasion un trajet en autobus, des postes de télévision étaient allumés, des ventilateurs installés au plafond jetaient des ombres ovales et chassaient dans les coins de la pièce des nappes de fumée. Des enfants erraient par les rues. À la tombée du soir, on les envoyait par groupes de deux ou trois faire quelques achats dans les *alimentari*, et, sur le chemin du retour, leurs filets à provisions à demi remplis se balançaient à leurs bras. Des jeunes filles se pressaient contre les balustrades en fer forgé de balcons minuscules et menaient des discussions enjouées avec des adolescents regroupés dans la rue. L'un d'eux au moins possédait toujours une Vespa dont il faisait doucement ronronner le moteur. Mon père, le soir, se campait de longs moments à la fenêtre pour observer le lointain spectacle de ces petites rues animées. Il lui arrivait également de sortir, mais rien que pour de très brefs instants ; peut-être qu'à Rome le courage lui faisait défaut pour entreprendre ses équipées nocturnes, ou qu'il ressentait lui-même le rapetissement qu'il avait subi au contact de tous ces monuments.

Le dernier jour, nous avons visité une église. Une mosaïque immense se déployait au-dessus de nos têtes, et l'on nous donna la permission d'utiliser pour l'admirer les jumelles de théâtre que ma mère emportait toujours en voyage, cependant que mon père menait une longue conversation avec un homme au crâne chauve qui, les yeux brillants d'attente, se tenait derrière un éventaire où reposaient des piles de livres. À la fin, l'homme tendit sa paume en la soutenant de l'autre main comme une sébile, et mon père y déposa de l'argent.

La mosaïque développait au-dessus de nos têtes son ciel d'or, de vert et de bleu, tout peuplé d'oiseaux au plumage doré nichant au milieu de riches ornements floraux. À un endroit, je parvins à distinguer deux oiseaux à la livrée rouge qui, dans un écrin de fleurs blanches, donnaient la becquée à leurs oisillons pareillement rouges. Chaque fois que venait mon tour d'utiliser les jumelles de théâtre, je cherchais du regard ce couple d'oiseaux ; je ne le débusquais qu'au prix de grandes difficultés, mais je découvris en contrepartie des créatures fabuleuses à quatre pattes, des anges et enfin, sur le bord inférieur de la mosaïque, une cage noire qui retenait captif un oiseau bleu. La bête aux pattes orange s'agrippait au treillage noir de la cage et regardait droit devant elle, vers l'endroit où d'autres animaux s'alignaient en une rangée et semblaient former cortège. Dans cette voûte céleste aux tableaux gracieux, c'était là un triste spectacle, et je ne comprenais pas comment les deux oiseaux en couple pouvaient être mis en relation avec leur congénère encagé. À la faveur des jumelles de théâtre, on distinguait chacune des innombrables tesselles de forme irrégulière qui composaient la mosaïque, et la disparition de ce morcellement sitôt qu'on contemplait l'œuvre à l'œil nu m'était une énigme de plus. En dépit de celle-ci et de la tristesse que m'inspirait la cage, le ciel de mosaïque, en ce dernier jour passé à Rome, étendit au-dessus de moi son dôme protecteur et, tandis que nous regagnions notre quartier tranquille, passant devant des attractions très fréquentées, me fut un antidote contre toute sensation d'étrangeté.

Quand nous sommes partis, les rues étaient encore trempées par une récente pluie d'orage, et les nuages sombres ne s'étaient pas encore tout à fait dissipés. Dans le trafic dense et lent du matin, nous nous faufilions entre des autobus penchés dont les flancs couverts de poussière venaient d'être lavés par l'averse orageuse, et, par les vitres des bus, les citadins se rendant sur leur lieu de travail coulaient à l'intérieur de notre voiture des regards insistants. Je préférais détourner les yeux.

Quelques heures plus tard, alors que nous avions déjà dépassé Bologne, notre voiture connut une défaillance technique et nous fûmes contraints de faire halte dans un garage. Dans la cour au sol de béton, le mécanicien nous apporta quelques chaises sur lesquelles nous pûmes nous installer tandis qu'il réparait le moteur. Sous la lumière blanchâtre du nord de l'Italie en été, si différente de celle qui confère à Rome son atmosphère, nous avons alors mangé nos provisions et, cependant que s'élevait dans le lointain la rumeur de l'autoroute, mon père nous expliqua que la composition d'une mosaïque relevait du tour de force, car il fallait que les milliers et les milliers de petits fragments de forme irrégulière – d'argile, de verre blanc ou coloré, de pierres semi-précieuses –, que rehaussaient parfois des applications d'or en feuilles, fussent assemblés de telle sorte que l'œuvre une fois achevée offrît en chacune de ses parties la même netteté, et que même l'arrondi d'une coupole donnât l'illusion de se déployer comme à plat. Tout comme ici, ajouta mon père en désignant d'un ample geste l'étendue rase et sans ombre du paysage, que piquetait simplement un bouquet de peupliers, et où une ferme aux murs décrépits faisait figure d'îlot au milieu des champs couverts d'éteules.

Brasses

Nous aurons passé du temps en bord de mer, où il nous arrivait d'hésiter parfois, encore irrésolus, entre les plages publiques – et gratuites – et ces plages privées qui, partagées en sections portant chacune un nom différent, étaient délimitées par des cabanons de plage bleus, verts ou multicolores. Des chaises longues s'y alignaient en rangs impeccables, un homme bronzé aux muscles saillants les attribuait sur présentation d'un ticket et vous désignait alors d'un geste l'une des cabines de plage. Les plages publiques étaient situées quant à elles à l'extérieur du village, à l'extrémité d'une allée bordée de pins parasols. Un petit sentier montait vers la crête des dunes de sable, dont la hauteur n'excédait pas celle d'un talus. Depuis cette éminence, on embrassait du regard les champs de maïs de l'intérieur des terres, dont la monotonie était rompue ici et là par des rangées de peupliers, de modestes fermes, le passage des voitures qui, par-delà les champs, sur la route côtière, étincelaient dans la lumière aveuglante du soleil. Dans la direction opposée, les yeux se posaient sur la plage, les traînées de déchets que les vagues déposaient sur la laisse, remportaient, abandonnaient de nouveau sur le rivage, ils glissaient sur les baigneurs, les chiens, les familles regroupées sous des parasols aux couleurs vives, les grandes serviettes de bain. Ces plages étaient destinées aux gens qui passaient l'année entière dans les stations balnéaires de la côte, aux familles des garçons de café, des marchands de glaces, des pompistes, des mécaniciens auto, des propriétaires des petites boutiques du front de mer, des conducteurs intrépides de ces triporteurs à la carrosserie grise dont les routes étaient envahies et qui transportaient des marchandises de toute sorte, des fruits et légumes jusqu'aux bonbonnes de gaz, en passant par les ballots de linge sale des pensions de famille. Il fallait bien que les mères, les enfants, les frères adolescents et encore bons à rien des artisans, des employés et des boutiquiers connussent eux aussi les joies d'un été brûlant. C'est sur ces plages que devaient également somnoler le temps d'une courte pause, et sans que rien pût leur verser un peu d'ombre, les marchands de tranches de melon et de noix de coco dont le soleil avait noirci l'épiderme. La préférence de mon père allait vraisemblablement aux plages publiques, il se faisait une idée toute personnelle de ce que pouvait être l'Italie authentique, mais je me souviens que nous finissions par atterrir le plus souvent sur l'une des plages surveillées, pourvues de transatlantiques et de cabines de bain, et dont chaque section avait été affublée d'un nom coquet. Mon père se rendait à la petite guérite pour s'acquitter du forfait, et le surveillant de plage nous remettait des chaises longues et la clé d'un cabanon de plage d'un bleu très pâle dont l'odeur de renfermé, de sel, de bois et d'urine devait laisser en moi une ineffaçable empreinte.

À la plage, mon père trouvait le temps long. Il lisait le journal, nous dispensait les quelques rudiments d'italien qui nous étaient nécessaires pour nous faire entendre des autres enfants, et, une ou deux fois dans la journée, quittait sa serviette pour de très longues baignades. Mon père était un bon nageur. Dans son jeune âge, il avait coutume de faire des brasses dans les eaux du Rhin, d'une rive à l'autre, aux endroits où le fleuve se déployait au maximum de sa largeur et était agité de courants perfides. Ma mère, au bout d'une demi-heure, montrait des signes de fébrilité. Nous nous tenions à côté d'elle au bord de l'eau, la main en visière sur le front, elle s'était munie des petites jumelles de théâtre qui remédiaient à sa myopie et scrutait le large, où la mer, pendant l'après-midi surtout, miroitait d'un scintillement aveuglant qui vous faisait atrocement mal aux yeux. Naturellement, mon père demeurait invisible, il y avait bien trop de monde dans les premiers mètres d'eau, et plus au large les taches qui désignaient à la vue des baigneurs pleins de courage étaient trop petites pour qu'on pût reconnaître qui que ce fût. Mais tôt ou tard nous finissions tout de même par voir reparaître mon père. Tout près de la côte, il émergeait de l'eau, exténué, et son visage se fendait alors d'un timide sourire qui semblait nous demander pardon. Mon père, après ces expéditions, s'étendait sur sa chaise longue et restait de longs moments immobile, les yeux dans le vague, et il lui arrivait même de nous rabrouer d'un geste quand nous lui demandions de nous traduire quelques mots.

Je me souviens d'un jour où régnait une atmosphère étrange. La mer était lisse comme un miroir, le ciel lourd et couvert, une chaleur de plomb écrasait la plage. Seuls quelques rares vacanciers y avaient pris place, et j'aperçus pour la première fois des méduses que le courant avait abandonnées sur le sable, de petits corps en ombrelle transparents dont le pourtour crénelé présentait sur toute sa circonférence une bande d'un rouge pastel. La mer était trop calme pour que des rouleaux salvateurs pussent les remporter vers le large. Les baigneurs se faisaient très rares, les vaguelettes qui s'échouaient sur le rivage dans des clapotements fatigués étaient recouvertes d'une pellicule de saletés que nul n'avait le cœur de traverser à la nage pour gagner le gris-bleu plus limpide des eaux du large.

Mon père n'en résolut pas moins d'aller se baigner. Au bord de l'eau, il parut toutefois hésiter un moment encore, sans doute parce que les impuretés que charriait le courant lui soulevaient également le cœur. Mais un instant plus tard il était déjà dans la mer, laissant bien vite derrière lui la bande d'eaux troubles pour n'être bientôt plus sur l'étendue immobile des flots qu'un point minuscule et esseulé qui prenait à chacun de nos regards un peu plus de champ.

Ma mère n'était pas tranquille et ne cessait de fouiller du regard l'horizon ; elle avait oublié ses jumelles de théâtre. Nous ne parvenions pas non plus, nous autres enfants, à repérer mon père sur la mer déserte, l'étendue d'eau se déployait désormais comme un drap sans plis d'où n'émergeait plus la tête du moindre nageur. Personne n'avait prêté attention à l'heure qu'il pouvait être quand il était parti se baigner, et ma mère ne tarda pas à se laisser gagner par une sensation de panique qui ne contribua qu'à nous paralyser. Nous nous tenions à son côté, raides comme des piquets, plus désemparés que nous ne l'avions jamais été de toute notre existence face au spectacle du vide, du ciel lourd, de cette mer déserte où ne se distinguait plus le moindre point, si minuscule fût-il, auquel nos espoirs auraient encore pu se raccrocher.

Quelques baigneurs s'avancèrent vers ma mère et lui prodiguèrent des paroles de réconfort, mais elle ne comprenait pas un mot d'italien et, hors d'elle, trottait de-ci de-là à petits pas fébriles en lâchant d'une voix étranglée par l'émotion quelques lambeaux de phrases en français. On envoya quérir le surveillant de plage. Il possédait des jumelles avec lesquelles il scruta l'étendue d'eau, mais il n'était que de regarder l'expression de son visage pour comprendre qu'il n'y apercevait personne. Deux femmes reconduisirent ma mère à nos chaises longues, nous restions quant à nous figés là, entièrement démunis, le surveillant de baignade adressa quelques mots aux Italiens et là-dessus s'éloigna, un petit attroupement ne tarda pas à se former, des femmes se penchèrent vers nous pour nous glisser quelques paroles aimables qui échouèrent à nous rassurer, et c'est à cet instant que mon père reparut enfin, s'avançant le long d'un étroit passage ménagé dans l'alignement de cabines de bain qui marquait la frontière nous séparant de la plage voisine. Adoptant les tons du ciel et de la mer ce jour-là, il affichait un visage à la fois livide et bleu. Il s'affala aussitôt sur sa chaise longue, se couvrit le corps d'une serviette, et je m'aperçus qu'il avait les jambes flageolantes. Nous n'avons pas échangé un seul mot, une étrange sensation d'abattement m'accablait, mais les Italiens, soulagés, frappèrent dans leurs mains et tapotèrent avec douceur la tête de ma mère qui sanglotait en silence ; une femme s'approcha et nous offrit des glaces, un élan de générosité l'avait sans doute poussée à les acheter car elle voyait déjà en nous des orphelins ou peu s'en fallait – un témoignage de commisération un peu précipité et sur lequel il était maintenant impossible de revenir. Les Italiens, non sans délicatesse, ne tardèrent pas à reprendre les places qu'ils occupaient sur le sable un peu plus tôt, quelqu'un adressa un geste au surveillant de baignade pour le mettre au courant, et nous nous sommes retrouvés en retrait des autres, formant sur la plage qu'écrasait un soleil de plomb un petit îlot de détresse et d'étrangeté. On entendait un faible roulement de tonnerre, un simple grognement du ciel aurait-on dit, il était trop lourd, d'un gris trop vaporeux pour nous servir ce jour-là des nuages orageux. Nous sommes rentrés à la pension. Le lendemain, nous avons pris la route vers l'intérieur des terres. Nos chambres étaient pourtant payées pour quelques jours encore. Notre hôte, un homme au visage rond, gratifia chacun d'entre nous d'un *panier-repas*, pour user de ses propres mots, et nous voilà partis en direction de l'arrière-pays. Un orage s'était déchaîné toute la nuit, le jour se leva sur un ciel dégagé, tout était enveloppé du bleu serein du petit matin, mais il flottait à présent dans l'air quelque chose qui préludait peut-être déjà à l'automne.

Lapis-lazuli

Mon père se disait expert de la couleur bleue. Il levait les yeux vers le ciel et posait sur chacune de ses nuances un nom différent. Il y avait ainsi le bleu irisé de gris des automnes à Trieste, le bleu tirant sur le blanc de Mantoue, un certain bleu teinté de mauve des ciels napolitains et, presque inimaginable dans notre région, à vous donner le vertige, le bleu du val Bregaglia, dont la *pureté* ne se rencontrait pas même en Italie. Chaque ville se parait d'un bleu différent, chaque bleu avait un nom à soi, et mon père allait jusqu'à classer les peintres en fonction des bleus auxquels allait leur prédilection. Son bureau était toujours encombré de cartes géographiques largement déployées qui présentaient de grandes plages de couleur bleue dont l'intensité de ton pouvait varier, et que parcouraient des lignes et caractères bien moins nombreux que sur les zones de couleur grise, marron, verte et blanche qui composaient aussi les cartes. J'ai longtemps cru que ces étendues bleues étaient les éléments les plus importants de celles-ci.

Pour mes sept ans, je reçus des mains de ma grand-mère, la voyageuse impénitente, une petite chaîne ornée d'un pendentif de pierre bleue. Ma sœur avait reçu à l'occasion de son septième anniversaire une chaîne en tout point semblable, à ceci près que le pendentif était de quartz rose, et, de ce jour, je lui avais un peu envié la possession de ce bijou d'un rose comme dilué ; on aurait dit qu'il était translucide, et j'étais allée jusqu'à me figurer qu'il diffusait une lumière rosée quand on le tournait vers le soleil. Ma pierre à moi était donc bleue, d'un ton très soutenu, semée de minuscules inclusions d'un jaune clair, mais mate et opaque, et sans rien de la clarté laiteuse du pendentif de quartz rose. Le bleu était ma couleur préférée, et cependant j'éprouvais de la déception, j'aurais souhaité qu'on m'offrît également un pendentif de quartz rose, je ne parvenais à m'imaginer une autre pierre que celle-là quand je pensais à la chaîne qu'on me destinerait, elle avait été depuis toujours l'objet de mes désirs et de ma jalousie. Or voici qu'on me faisait cadeau d'une pierre bleue qui répondait au nom de lapis-lazuli, et, même s'il me fallait avouer que ce mot était plus beau, plus riche de mystères que celui de quartz rose, j'avais toutes les peines à m'en réjouir, au point que je m'étais imaginé, un jour qu'il m'avait fallu porter la petite chaîne, qu'elle m'oppressait la poitrine et m'empêchait de respirer. Cette animosité à l'égard du lapis-lazuli devait prendre fin le jour où mon père, comme nous visitions un musée en Italie, se campa devant un portrait de Marie et nous expliqua que le bleu de sa cape, d'une beauté si angélique que l'artiste qui l'avait peint avait été surnommé lui-même *l'Angelico*, avait été obtenu à partir du lapis-lazuli. Il désigna du doigt les minuscules mouchetures dorées qui rehaussaient l'étoffe, et nous assura que celles-ci provenaient des petites inclusions de la pierre, semblables à celles dont mon pendentif était tacheté. Il s'agissait bien là d'or véritable, et la pierre dont les gisements étaient situés au cœur des montagnes de lointains pays était parsemée de ces veines minuscules et délicates. Nous étions alors en voyage, et je n'avais pas emporté avec moi ma chaînette, mais après ce récit elle commença à me manquer. Chaque soir notre père nous en apprenait plus long sur le lapis-lazuli. Où se trouvaient les sites d'extraction, quelles étaient les différentes nuances de ton de la pierre, à quel point la valeur pouvait en varier selon la qualité. Le lapis-lazuli le plus précieux était extrait des mines de Perse, où des ouvriers de très petite taille, triés sur le volet, le repéraient dans la roche et procédaient à son extraction à gestes prudents. Les mineurs ne devaient pas être plus hauts qu'un enfant de ma taille à peu près, mais il leur fallait déployer des trésors de finesse et de discernement pour ne pas se laisser entraîner sur une fausse piste par des bleus à l'éclat trompeur, n'être pas induits en erreur par des pierres qui, à proximité du vrai lapis-lazuli, en contrefaisaient le bleu mais n'étaient finalement, une fois produites à la lumière du jour, que de vulgaires cailloux d'un gris particulièrement terne. Quiconque, dans la montagne, s'était laissé prendre plus de trois fois au piège de ce bleu fallacieux, était envoyé dans les mines d'extraction de plomb, ce qui constituait un lourd châtiment. L'empereur de Perse n'avait que faire de ces mauvais sujets, nous assurait mon père, tout en nous décrivant les lampes que les mineurs portaient à leur front, et les outils – de très fins marteaux et des pinces – qu'ils utilisaient pour détacher la pierre de la roche, de même que les paniers tissés de fil d'or dont ils se servaient pour amener les pierres à la lumière du jour. Les fragments extraits de la paroi rocheuse étaient alors triés en fonction de leurs nuances de bleu et de la densité des veines d'or qui les parsemaient, puis réduits en poudre, ce qui nécessitait les plus grandes précautions, car quiconque avait le malheur d'inhaler de la poudre de lapis-lazuli était instantanément plongé dans un profond sommeil dont il n'émergeait que des mois plus tard, privé de toute joie de vivre, car son esprit était désormais entièrement obnubilé par tous les bleus féériques qu'il lui avait été donné de voir en rêve, pendant son long sommeil. C'est avec cette poudre que les peintres élaboraient la couleur de la tunique de Marie. Le pigment le plus précieux de tous provenait de contrées très lointaines et portait pour cette raison le nom d'*outremer* – au-delà des mers.

Chacun de ces récits contribuait à rendre un peu plus cher à mon cœur le pendentif de lapis-lazuli qui reposait dans son écrin, là-bas au pays, et mon père ne laissait passer aucune occasion d'attirer mon attention, dans les musées, sur les bleus qui avaient été fabriqués à partir de la poudre de lapis-lazuli. À Florence, par une journée torride, nous sommes passés devant un atelier d'art dans la vitrine duquel étaient exposés des pigments, et les trois poudres de lapis-lazuli d'une nature différente me laissèrent à ce point fascinée, chacune à sa manière, par leur pureté de ton, qu'aussitôt je m'écrasai le nez contre la vitre brûlante et couverte de saleté pour voir si je ne parvenais pas à distinguer dans les coupelles renfermant la poudre quelques traces de poussière d'or.

J'appris que le peintre qu'on avait élevé à la dignité d'ange en raison des bleus dont il usait s'appelait Fra

Angelico, et peu à peu je commençai à comprendre pourquoi mon père s'absentait pendant des heures, quand ma mère, au retour de nos longues déambulations en plein soleil, insistait pour que nous goûtions un peu de repos dans nos lits, à la pension ou dans notre maison de vacances. Pendant ce temps mon père allait contempler des peintures de Fra Angelico et s'absorbait dans la contemplation des bleus dont se paraient les tuniques, des ors qui ornaient avec un art subtil les ailes des anges. À présent que j'étais familiarisée avec les différents emplois du lapis-lazuli, c'est en tout cas avec une ferveur nouvelle que je retrouvai la pierre bleue enchâssée dans le pendentif, et il m'arrivait de consacrer de longs moments à m'imaginer ce qu'avait pu être son extraction, dans une mine des confins de la Perse, et à examiner dans la lumière du soleil les petites inclusions de la pierre pour y déceler quelque scintillement doré.

Épervier

Le chant des oiseaux d'Italie n'était pas le même que celui des oiseaux de notre jardin, en Allemagne. Il pouvait s'agir, il est vrai, d'autres espèces, même si je reconnaissais merles, mésanges et corneilles, et d'autres oiseaux encore dont le nom m'était inconnu. Nous avons passé plusieurs jours dans un village niché dans les montagnes. L'air vibrait sans cesse d'un chant d'oiseau dont je ne parvenais pas à percer l'origine. Les pentes du village descendaient en à-pic vers des vallons que l'été tapissait d'une verdeur fatiguée. Le chant de l'oiseau, une succession de caquètements limpides et saccadés évoquant tantôt un ricanement narquois, tantôt une plainte mélancolique, montait des profondeurs d'une combe sur laquelle donnaient nos fenêtres. J'en fis plusieurs fois la remarque à mon père sans qu'il réagît, mais il finit cependant par tendre l'oreille et me dit qu'il s'agissait d'un épervier. Le nom ne fut pas pour me déplaire. J'appris également que les falaises sur lesquelles était bâtie la localité, dont on distinguait les maisons à des kilomètres à la ronde, étaient en tuf – un mot qui s'imprima également dans mon esprit. Le village était assis sur la montagne dont il semblait une simple excroissance de pierre à la silhouette crénelée, où les fenêtres étaient autant de cavités, les tours et clochers des rejets figés dans leur élan vers le ciel. Il n'en offrait pas moins un aspect accueillant, et, quand nous nous en étions approchés, j'avais senti croître à chaque lacet de la route la curiosité qu'il éveillait en moi. Le village s'était alors refermé sur nous comme s'il n'avait attendu que notre arrivée. La pierre dégageait de la chaleur, il flottait par les petites rues des effluves de pain, une odeur métallique de géranium, de thym, quelques notes sucrées d'anis. Nous occupions deux chambres dans une pension dont les fenêtres donnaient sur la profondeur du précipice, vers des étendues de forêt que parcouraient de petits sentiers, d'autres collines et montagnes encore dans le lointain. Au dîner, on nous servit une salade de tomates et quelques fines tranches d'une viande tendineuse, puis nous entreprîmes une promenade dans le village. Sur le parvis de l'église, des enfants jouaient encore à la nuit tombée, les murs renvoyaient l'écho de leurs voix, et le nom de l'église dont la façade était si lisse qu'elle n'offrait aucune prise au regard s'est imprimé en moi : San Rocco. Comme si souvent, à l'étranger, quand je voyais des enfants s'adonner à leurs jeux, je me suis imaginé que je faisais partie de leur bande ; j'y conservais mon nom, mais parlais une autre langue, et mes jours s'écoulaient dans ce village de montagne bâti sur une falaise de tuf, où il n'y avait certes pas de jardins, mais des venelles et des places sur lesquelles les enfants pouvaient jouer sans qu'aucun adulte les surveille. Et, fidèle à mon habitude, j'ai dû me demander aussi, sur le parvis de cette église San Rocco, quel regard j'aurais alors posé, moi qui ne me distinguais en rien des autres enfants, étais du pays et en possédais la langue, sur cette petite famille qui, en cette brûlante soirée d'août, passait près de notre terrain de jeu, et dont les trois enfants nous reluquaient sans dire un mot. Au spectacle de cette famille, quel aurait été le regard que j'aurais porté sur moi-même ? J'aimais à m'abandonner à ce genre de pensées, mais ne tardais pas alors à toucher à une limite qui me portait tôt ou tard à arrêter. Le raisonnement impliquait un partage de ma propre personne en plusieurs possibilités, ce qui était au-dessus de mes forces. De loin en loin, pourtant, il me semblait y entrevoir confusément un je-ne-sais-quoi de grisant, d'inquiétant et de vertigineux sur lequel je peine aujourd'hui encore à mettre des mots, une transgression des frontières de la réalité, ou pour mieux dire une suspension temporaire des frontières de celle-ci. À l'idée que je pourrais être ainsi confrontée à moi-même, simple élément d'une famille venue d'on ne sait où, et faire dès lors de ma propre part l'objet d'un jugement qui se révélerait peut-être dépréciatif, il m'arrivait de ne pas trouver le sommeil. Que serait mon *moi* dans une telle rencontre ? J'en arrivais toujours alors au point sur lequel ma pensée achoppait. Il m'était impossible de mener plus avant ma réflexion, de pousser jusqu'à ses dernières conséquences l'audace d'un tel regard jeté sur soi. Cette incapacité tenait peut-être aussi à ce que je pressentais qu'un tel clivage de moi-même m'aurait donné à voir de l'extérieur la profonde solitude de cette petite famille et de chacun des membres qui la composaient. Je voulais l'éviter à tout prix.

Dans ce village de montagne, je restais souvent éveillée sans dormir. Toutes les nuits ou presque, dans le lointain, des éclairs de chaleur arrachaient à l'obscurité un sommet rocheux. Il régnait dans la vallée un profond silence que troublaient seulement des cris de bêtes, le chant d'oiseaux de nuit, quelques glapissements de renards peut-être, des sons perçants ou sourds, comme un accord sur les dangers.

Mon père était un homme perpétuellement en quête de traces. La plupart du temps, c'est sur la piste des Étrusques qu'il se lançait. Des ouvrages consacrés aux sites étrusques s'amoncelaient en piles sur son bureau, et, lors de nos voyages en Italie, il ne se passait pas une journée sans que le mot *necropoli* retentît à nos oreilles. Dans le village accroché à la falaise de tuf, nous déambulions au hasard des petites rues, gravissions ou descendions des escaliers, franchissions des porches et nous engagions le long d'étroits passages qui couraient entre les maisons. Les échoppes de cavistes, de marchands de primeurs et de bouchers occupaient des pièces voûtées en dessous du niveau de la rue, les commerçants étaient aimables et renseignaient bien volontiers mon père sur des sujets qui nous échappaient, et sans doute étaient-ils déçus de constater après coup que ces discussions cordiales n'avaient débouché sur aucun achat.

Nous sommes sortis du village, descendant les pentes en terrasse qui le bordaient. Les parcelles de forêt, observées de près, se révélaient moins touffues que nous ne l'avions imaginé depuis notre promontoire. Enfin nous avons fini par trouver ce que mon père cherchait : d'étroits passages ménagés dans l'épaisseur de la roche, où régnait un air humide, plus frais et cependant suffocant. Les murs étaient tachetés de mousses. Les couloirs étaient de largeur variable, certains n'étaient que d'étroites brèches qui nous inspiraient de la terreur, mon père s'y engageait seul, nous lançait de temps en temps quelques mots, puis le silence s'instaurait à nouveau, des mouches bourdonnaient, quelque part l'épervier jetait son cri ; enfin mon père reparut et nous avons poursuivi notre promenade. Sur le chemin qui nous reconduisait au village, nous nous sommes égarés et, franchissant un portail à demi effondré, nous avons pénétré à l'intérieur d'un petit cimetière. Il s'étendait à flanc de rocaille sur une sorte de terrasse qui, dominant routes et vallées, regardait droit vers le village. Depuis notre surplomb, celui-ci avait quelque chose d'une place forte ou d'un bastion, comme s'il lui avait fallu à tout prix se prémunir d'un danger qui pouvait à tout instant l'assaillir, surgi des vallons ou des montagnes environnantes. Le cimetière entretenait avec le village une certaine ressemblance, en ceci qu'il était juché lui aussi sur une éminence rocheuse – plus modeste, il est vrai –, et qu'en contrebas de sa muraille d'enceinte les coteaux descendaient en pente raide vers un chemin. À la différence du village, le cimetière était cependant à découvert, exposé à de possibles attaques, et aucune tour n'en assurait la défense. C'était à peine si, à l'arrière-plan, un alignement de grands cyprès sombres lui composait une manière de couverture et d'inutile soutien, qui n'atténuait en rien l'impression que le terrain était à la merci de la première offensive.

Jusqu'à ce jour, les seuls cimetières que j'avais connus étaient ceux où reposaient des proches parents auxquels nous faisions une fois l'an la grâce d'un hommage commémoratif. C'était la première fois que je me retrouvais au milieu de tombes inconnues, en un lieu inconnu. Mon père chassa d'un revers de main des aiguilles de pin, des feuilles mortes, le sable à grain grossier qui s'était accumulé sur les dalles funéraires, dévoilant à notre vue des inscriptions aux caractères étranges qu'il prit soin de déchiffrer pour nous. Un brin gênés, nous l'avons laissé nous guider d'une sépulture à l'autre, cependant qu'il lisait également à voix haute, et de façon parfaitement inutile, les prénoms et noms de famille italiens qui figuraient en caractères latins sur certaines des stèles. C'était un petit cimetière qui paraissait à l'abandon, avec quelques rangées de tombes entre lesquelles proliféraient des herbes folles et de jeunes pousses d'arbres. Un rideau de hauts cyprès en fermait l'arrière-plan. Les dalles, les stèles et les tombeaux étaient d'un blanc tirant sur le gris, certains de marbre ou de travertin, d'autres rongés par les intempéries et couverts de lichens, d'une froideur lisse qui offrait un contraste avec le tuf. En face du village de montagne qu'illuminait un jaune rougeâtre, le petit cimetière, condamné à ce perpétuel vis-à-vis, faisait figure de parent pauvre austère et décrépit.

Quand nous avons quitté le village perché sur la falaise de tuf, mon père a tenu à faire un petit crochet par le cimetière pour prendre en photo le panorama. C'était par une journée brûlante, blanche et sans un souffle de vent, l'air frémissait des stridulations des cigales, le village paraissait plus gris qu'à l'ordinaire, comme recroquevillé sur lui-même, ce qui était peut-être imputable à la chaleur. Assis sur la crête d'un muret, nous jouissions d'un point de vue sur un pâturage ou un pré qu'encadraient de grands arbres et, toujours soucieux d'éviter de possibles serpents, nous prêtions l'oreille au plus infime froissement de feuilles ou de branches sèches dans notre dos. Tandis que mon père prenait quelques photographies, on nous autorisa à utiliser les jumelles de théâtre de ma mère. Quand mon tour arriva, j'aperçus à la limite des arbres un oiseau qui planait paisiblement dans les airs, puis avec une grande soudaineté fondit en piqué ; je le perdis un instant du regard, mais il ne tarda pas à reparaître dans mon champ de vision et je le vis qui, saisissant entre ses serres un petit oiseau qu'il avait choisi pour proie, prenait son essor à grands battements d'ailes et cinglait droit vers les grands arbres. Je laissai retomber les jumelles et ne vis plus se détacher alors sur la verdeur des cimes qu'une ombre aux contours estompés. Quand je portai de nouveau les jumelles à mes yeux, l'oiseau avait disparu. Plus tard, alors que nous avions déjà repris la route, laissant loin derrière nous le village et le cimetière, je m'en suis ouverte aux autres. C'était l'épervier, nous assura mon père, comme s'il avait été lui-même le témoin de la chose, il aura peut-être attrapé quelque chardonneret.

maiale

Lors des inévitables trajets sur les autoroutes et les voies rapides, mon père lui-même, comme si l'insouciance des autres avait fini par déteindre sur lui, oubliait toute prudence et, chaussant ses lunettes de soleil, appuyait sur la pédale de l'accélérateur et grillait cigarette sur cigarette tandis que des courants d'air s'engouffraient par les vitres baissées. Pour lui comme pour tous les autres automobilistes, le ticket du péage autoroutier équivalait en somme à un laissez-passer pour les carambolages de fête foraine, les prouesses de fanfaron du volant, les tragédies évitées d'un cheveu. L'autoroute la plus redoutable de toutes était celle qui passait par les cols des Apennins, avec ses tunnels, courts ou longs, et ses galeries d'où le regard dévalait au fond de l'abîme. Lors de chaque trajet ou presque, nous passions à des endroits où quelque épave attestait que tous les drames n'étaient cependant pas évitables. Une année, sur la route du retour, comme nous franchissions les Apennins, nous avons été dépassés par un grand camion pourvu d'une remorque, une bétaillère remplie de cochons qui, avec la curiosité exempte de toute frayeur qui entre dans leur nature, nous coulaient des regards

217

par les fentes entre les lattes de leurs petits boxes. Ce fut une manœuvre de dépassement qui tira cruellement en longueur, ce qui n'arrivait que bien peu souvent, une pénible épreuve de vitesse à laquelle il était difficile de mettre un terme sur la route étroite où les nombreux passages en tunnel ôtaient toute possibilité de se ranger sur le côté. Derrière la bétaillère aussi bien que dans notre dos, d'autres automobilistes, en proie à une évidente fureur, ne cessaient de klaxonner ; le camion qui peinait de plus en plus à accélérer l'allure et rugissait de plus belle les privait du plaisir de s'adonner aux joies de la vitesse. Quand la bétaillère brinquebalante se portait à notre exacte hauteur, j'avais tout le loisir d'en contempler la remorque à cochons, qui, emportée par le tourbillon de la vitesse, se déportait parfois sur le côté et frôlait alors dangereusement notre véhicule. La remorque était une sorte de châssis de métal monté sur roues et cloisonné de lattes de bois. Par les interstices horizontaux entre les planches, on voyait les bêtes se serrer sur deux ou trois niveaux superposés, et l'image d'un immeuble partagé en plusieurs appartements s'imposait chaque fois à mon esprit. Je n'avais pas un grand faible pour les cochons, n'en aurais du reste jamais touché un seul, l'odeur de leurs soues suffisait à m'emplir de dégoût et les histoires de truies qui dévoraient leurs porcelets ou vous sectionnaient net les phalanges ne devaient contribuer qu'à exaspérer mes craintes. Durant les quelques minutes passées à la hauteur de la bétaillère à cochons, je sentis pourtant poindre en moi pour la première fois un intérêt un peu plus vif et bienveillant pour ces bêtes qui, emplies d'une curiosité avide, se pressaient contre les planches à claire-voie pour regarder au-dehors.

Le monde qui se dévoilait alors à elles devait leur paraître d'une singulière et parfaite étrangeté. Je ne distinguais des bêtes que de menus fragments, un œil ici, un groin là, des pattes, des bandes de chair, la pointe d'une oreille, le beige rosé des corps couverts de soies, l'appétit fureteur d'un museau, la mobilité d'un regard, le frétillement croquignolet des oreilles ; il y avait en tout cas dans l'irrépressible curiosité qui animait les cochons quelque chose qui fit soudain ma conquête, et je préférai dès lors m'imaginer que les bêtes étaient parties pour une simple balade, et non en route vers l'abattoir.

La course de vitesse connut un terme un peu plus tard, mon père ayant quitté la voie rapide pour s'engager sur une aire de repos. En Italie, les restoroutes semblaient être toujours pour lui des lieux riches de promesses, autant de tentations auxquelles il succombait. Pendant que nous circulions, nous autres enfants, entre de majestueux étals de chocolats et des figurines démesurées dont on se demandait qui pouvait bien les acheter à l'occasion d'une simple halte dans un voyage, mon père, tasse de café et cigarette en main, se tenait parmi les autres vacanciers, seul, décontracté, en chemin.

Quand nous avons regagné l'autoroute, il s'était formé un embouteillage. Les voitures roulèrent longtemps au pas en une interminable file, puis enfin nous pénétrâmes dans un tunnel où l'air était saturé de gaz d'échappement, un court boyau de pierre dont la paroi de droite se changeait au terme de quelques mètres en une galerie donnant sur l'extérieur. Il s'engouffrait par les ouvertures en arcades une fumée à l'odeur nauséabonde. Quelques voyageurs étaient sortis de leurs véhicules à l'arrêt et s'agglutinaient contre un parapet qui était trop haut pour qu'on pût y voir grand-chose, mais certains, s'aidant d'une main secourable, n'hésitaient pas à grimper sur les éléments en saillie, on entendait fuser des cris et des clameurs qui furent bientôt couverts par le battement saccadé de pâles d'hélicoptère. Mon père descendit de voiture pour fumer, s'avança à pas nonchalants vers le parapet, où d'autres témoins de l'incident engagèrent avec lui la conversation. Nous le suivions du regard, la curiosité en éveil, habités de l'épouvantable tension qu'engendre le pressentiment d'un malheur ; il se haussa sur la pointe des pieds et, trouvant dans le mur de pierre un fragile appui, s'est penché par-dessus la balustrade avec mille précautions. Un instant plus tard, il fit volte-face, se mit la main devant les yeux, s'avança de nouveau sur la route et se recroquevilla sur lui-même pour vomir. Tout cela n'avait assurément duré qu'une poignée de secondes, trop peu de temps pour que nous pussions esquisser une réaction, mais je garde le souvenir d'une scène d'une lenteur qui nous mettait au supplice, et, chaque fois qu'il m'est arrivé d'y repenser par la suite, j'ai éprouvé tout ensemble de l'horreur, de la compassion et du dégoût. Mon père regagna la voiture, tête basse, comme s'il ne souhaitait croiser le regard de personne, et sans un mot se laissa tomber sur le siège avant gauche. Nous avons progressé avec lenteur vers la sortie du tunnel, mon père ne disait toujours rien, il se faisait violence pour ne pas regarder à droite, où la barrière de la route était enfoncée. La bétaillère, d'où montaient d'épaisses nappes de fumée brunâtres, s'était écrasée un peu plus bas sur un éperon rocheux. Le soir même, alors que nous avions déjà atteint les Alpes, nous avons fait halte dans un petit village que bordait un cours d'eau dont on entendait la rumeur dans le lointain. Un peu plus tard, une pluie légère s'est mise à tomber, qui trempait les feuillages d'été et produisait un murmure, un bruissement feutré qui nous apporta un peu de réconfort.

Disco

Lors de nos voyages, il nous arrivait de séjourner en chemin dans le nord de l'Italie, où mon père avait une vieille connaissance qu'il allait jusqu'à qualifier parfois d'ami. L'homme en question était un médecin communiste dont la fille apprenait le russe. Quand j'avais dix ans, celle-ci tirait vanité d'entretenir une relation épistolière amicale avec une jeune fille vivant en Union Soviétique, et c'est avec fierté qu'elle nous montrait les lettres qu'elle recevait de sa correspondante russe, et que la censure n'avait pas manqué de caviarder de toutes parts. Le médecin et sa famille habitaient une grande maison dont les nombreuses pièces étaient envahies, à l'exception de la cuisine et de la salle à manger, d'une insistante odeur de boules antimites. L'épouse du médecin était souvent souffrante, et c'est la plupart du temps dans la seule compagnie de sa fille, de son jeune fils et de la grand-mère de ceux-ci, une vieille dame distinguée qui ne se séparait jamais de son éventail, qu'il nous faisait la conversation. Il nous arrivait d'aller nous baigner dans le lac Majeur, ce que j'avais du reste en horreur ; j'avais la phobie des algues, il m'avait semblé reconnaître des anguilles cachées

222

en elles lors de ma toute première baignade dans le lac. Nous fréquentions ces étés-là des restaurants disposant d'espaces de jeux où se dressaient des appareils à sous affectant la forme de personnages Disney grandeur nature. Parmi ces machines aux couleurs criardes que nous étions déjà bien trop grands pour utiliser, nous ne nous sentions pas à notre aise. Le médecin, auquel mon père donnait en permanence du *dottore*, parlait d'abondance et laissait toujours éparpillé autour de son assiette un paysage où miettes de pain et taches de sauce se livraient bataille. Il lui arrivait également de nous mener pour d'assez longues sorties dans des villes où étaient organisés des rassemblements politiques ou des fêtes ; nous connûmes ainsi les tristes faubourgs de Milan, qu'une étendue de friches désertes séparait de la ville, à proximité de zones industrielles. Sur les pelouses, au milieu des blocs d'immeubles, étaient dressés des tréteaux supportant quantité de livres, d'affiches et de brochures destinés à la vente, mais il y avait également là de quoi satisfaire sa faim et sa soif et, entre les discours dont les murs de béton des immeubles renvoyaient l'écho, un orchestre jouait de la musique. Le soir venu, avant que les danseurs n'investissent la piste, il nous fallait reprendre la route et rejoindre la propriété du *dottore* où nous attendait sa femme à la santé délicate. Dans de petites villes misérables se tenaient des fêtes avec orchestre et bal qui n'attendaient pas la tombée de la nuit pour commencer. Les musiciens prenaient place sur des estrades branlantes équipées de projecteurs et de micros, chacun chantait et dansait comme bon lui semblait au son de la musique, et, quand un orage s'annonçait, la foule courait se réfugier dans la salle polyvalente de quelque bar des environs. Sous un éclairage morne, des chaises s'y amoncelaient dans un coin, et les noceurs qui avaient fui l'orage se dirigeaient vers le billard occupant le centre de la pièce et commençaient une partie. Lors des rassemblements politiques, les femmes débordaient d'énergie, elles avaient le verbe haut, riaient aux éclats et, bras dessus, bras dessous, marchaient en rangs serrés derrière les hommes, qui brandissaient des pancartes. Tout cela constituait à mes yeux un spectacle stimulant et inédit, un peu déstabilisant, aussi, car je n'y comprenais pas grand-chose, mais rien n'était plus agréable que la sensation de prendre part à cette grande effervescence. Des grèves éclataient alors aux quatre coins de l'Italie, et le mot *sciopero* fleurissait sur toutes les lèvres. Quand nous nous tenions, à la nuit tombée, dans la salle à manger du *dottore* où nous prenions un tardif repas du soir, le bulletin d'informations télévisé faisait état de manifestations et de rassemblements bien plus importants que ceux auxquels nous avions assisté.

Le jardin du domaine était flanqué d'un petit bois, un *boschetto* qui avait également donné son nom à la propriété ; mais, même sous cette forme diminutive, c'était encore un bien grand mot pour une si modeste chose. Le *boschetto* en question n'était qu'un bouquet d'arbres aux troncs grêles qui, rivalisant apparemment d'ardeur dans leur élan vers la lumière, avaient poussé trop vite ; un petit sentier tortueux sinuait entre les troncs, bordé de touffes d'orties, et le sol du petit bois était couvert d'un épais buissonnement d'épines. Nous avions coutume, la fille du médecin et moi-même, d'arpenter de long en large ce sentier où nous nous efforcions d'apprendre à mieux nous connaître. Un jour, nous y avons découvert la dépouille d'un petit oiseau. Les ailes jaune-noir étaient plaquées contre le corps verdâtre. Au premier regard, la bête paraissait intacte, pareille à un jouet, et je l'ai ramassée au creux de ma paume. Elle présentait au niveau du cou une petite blessure autour de laquelle plumes et duvet s'étaient agglomérés en touffes minuscules, et sa carcasse reposait dans ma main, froide et figée. Nous avons versé chacune quelques larmes sur sa mort, sans qu'aucun mot d'entente dût être prononcé, puis, creusant une petite cavité dans le sol à l'aide de menus rameaux et des talons de nos souliers, nous l'y avons couchée avant de la recouvrir de terre. La fille du médecin mit un point d'honneur à ce que nous nous lavions les mains avec un soin très méticuleux, mais, moi qui avais ramassé l'oiseau et l'avais tenu dans ma paume, j'éprouvai alors pendant des heures encore la sensation d'être une lépreuse, ce qui tenait peut-être également à ce que la jeune fille, un peu plus tard, me mit sous le nez un livre grand ouvert qu'elle tenait à bout de bras en me défendant formellement d'y toucher. Il y figurait plusieurs oiseaux de petite taille à la livrée colorée, dont un était en tout point semblable à celui dont nous avions découvert et enterré la dépouille. *Lucarino*, me dit-elle. C'était le nom de l'oiseau en italien. Le lendemain matin, je suis retournée à l'endroit où nous avions enseveli la bête. On l'avait déterrée, et une large procession de fourmis s'était formée entre le corps de l'oiseau qui n'existait déjà plus qu'à demi et le sous-bois. Le surlendemain, dans la matinée, il ne subsistait plus que des ossements, une frêle carcasse dans laquelle il était impossible de reconnaître un oiseau et qui évoquait bien plutôt un énigmatique et très délicat ouvrage de porcelaine, que son artisan avait peut-être considéré comme raté et dont il avait jugé préférable de se défaire en l'enterrant ici. Lorsque j'appris peu de temps après, en cours de latin, le mot *lucus*, je n'ai pu me défendre de repenser à l'oiseau.

C'est au printemps que nous aurons rendu visite pour la dernière fois au *dottore*. Dans le petit bois les frondaisons se paraient d'un vert encore hésitant, le temps était froid, les montagnes, de l'autre côté du lac, portaient encore de grandes calottes de neige. Nous avons fait une sortie dans un assez gros bourg des environs, où l'ami de mon père fut gratifié d'une médaille à l'occasion d'une cérémonie très solennelle ; je ne sais plus si l'on récompensait ses mérites de médecin ou de militaire. Toujours est-il que nous nous étions rendus après la remise, alors qu'il commençait déjà à faire sombre, dans un grand restaurant pour excursionnistes qui n'était pas directement situé sur la rive du lac, mais en lisière du village, dans un no man's land aux marges incertaines. Des hommes formaient un attroupement devant le restaurant, certains se cramponnaient fermement au guidon de leur vélomoteur, d'autres adressèrent un salut au *dottore* à l'instant où nous sommes arrivés. À l'intérieur, les tables, disposées en longues rangées, étaient déjà dressées, mais il n'y avait que très peu de clients. Une paroi vitrée séparait en partie la salle de restaurant d'une autre pièce qui était entièrement vide et qu'éclairait la seule lueur de grands aquariums. C'était l'espace réservé à la *discoteca*, nous expliqua le médecin. Pendant que nous dînions, des hommes affluèrent toujours plus nombreux dans la pièce attenante à la salle. Au niveau du mur du fond, nous vîmes se lever un volet roulant derrière lequel se trouvait un bar au long comptoir et à l'éclairage tamisé, et les accents de chansons à succès italiennes retentirent, tandis qu'au plafond de la pièce assez basse une boule à facettes tournait sur elle-même. Le local formait une sorte de monde parallèle à celui du restaurant, où quelques familles s'étaient rassemblées dans l'intervalle ; on entendait fuser les conversations et les rires, des serveurs circulaient entre les tables, apportant vins et plats aux convives, tandis que dans la pièce voisine se déployaient des fastes en clair-obscur. Les hommes se tenaient accoudés au bar ou contre la paroi vitrée, buvaient, fumaient, posaient sur la salle de restaurant des yeux figés. L'un d'eux s'avança vers notre table et, avec une politesse presque déférente, posa une question au *dottore* ; celui-ci hocha la tête, l'homme recula de quelques pas et resta tapi un moment dans un coin sombre, à côté de la paroi vitrée, en attendant que nous ayons fini de dîner. Notre père nous annonça que nous avions toutes les trois, ma sœur, la fille du *dottore* et moi-même, la permission d'aller danser à présent dans la discothèque. Je devais avoir onze ans, douze tout au plus, la perspective d'aller danser m'emplissait d'un mélange d'excitation et de gêne. Sur un simple geste du *dottore*, plusieurs hommes s'approchèrent alors – celui qui avait fait retraite dans l'ombre s'avança en premier – et nous conduisirent sur la piste de danse, de l'autre côté de la paroi vitrée. Les hommes pouvaient avoir dans les vingt-cinq ans, ils me paraissaient vieux et je me sentais mal à l'aise. Un homme de petite taille me posa les mains sur les hanches et, au son d'une musique populaire à la lenteur un brin emphatique, me ballotta comme un paquet d'un bout à l'autre de la piste de danse ; sous des sourcils très broussailleux, l'homme avait des yeux très sévères, son front était plissé de petites rides, comme s'il lui fallait accomplir quelque effort ou se concentrer, de temps à autre il s'essayait à un sourire ou me soufflait quelques mots que les accents de la musique éteignaient. Sans doute ne les aurais-je de toute façon pas compris. La danse une fois finie, l'homme, sans que je le lui réclame, m'offrit un Coca, je m'aperçus qu'il avait les mains couvertes d'égratignures et que les sillons de ses paumes étaient noirs de crasse. Je n'aimais pas le Coca, mais je l'ai néanmoins remercié poliment. D'un regard de connivence, d'un bref geste du doigt, les hommes s'entendaient entre eux, sans doute pour désigner à qui reviendrait le privilège de conduire la prochaine cavalière sur la piste. Le deuxième homme n'était pas bien grand lui non plus et affichait un visage tout aussi grave que le premier ; il fit preuve avec moi de la même raideur appliquée, n'omit pas de me tâter la taille et les hanches, et, quand retentirent les dernières mesures de la chanson, j'ai préféré prendre les devants : non, merci, pas de Coca. D'autres jeunes filles venues de la salle de restaurant furent alors conduites sur la piste de danse, et je me suis demandé si je devais fuir ou rester ; j'éprouvais un plaisir trouble à me laisser ainsi entraîner au son d'une musique pesante, comme si je n'étais plus tout à fait moi-même, ou comme s'il était parfaitement indifférent de savoir qui j'étais. Puis éclatèrent les accents d'une musique plus rapide, et les hommes adeptes de la lenteur battirent en retraite, allant se masser autour du bar. J'héritai enfin d'un tout jeune homme, un garçon âgé de seize ans peut-être qui avait les cheveux longs, dansait comme on le fait dans les surprises-parties au son d'une musique pop, sans me toucher.

Dès le lendemain nous sommes partis, poursuivant notre route vers le sud, et je me souviens que la plaine, une fois passé Milan, était baignée comme presque toujours de cette lumière douce et alanguie qui estompe la rudesse des contours de toute chose. Une dispute éclata entre mes parents au sujet du tracé de la *Linea Gotica*, un nom que je ne devais jamais oublier, même si je n'appris que bien plus tard ce qu'il désignait.

Un an plus tard, nous avons appris le décès du *dottore*. Mon père en fut profondément affecté, et nous le vîmes peiner des jours durant sur une lettre de condoléances qu'il destinait à la veuve. L'été qui suivit, la fille du médecin nous rendit visite. Avant son arrivée, nous étions en proie ma sœur et moi à une grande fébrilité, jamais encore parmi les jeunes gens de notre âge quelqu'un n'avait perdu son père. Mais la jeune fille, à sa descente du train, afficha une mine impassible. Elle vivait maintenant à Florence chez sa grand-mère et avait emporté dans ses bagages une longue robe qui lui descendait jusqu'aux pieds ; peut-être espérait-elle être conviée à un bal. Elle ne parlait plus que de la Russie et de l'amie avec laquelle elle entretenait une correspondance ; sa valise renfermait une liasse entière de lettres dont les autorités de censure avaient recouvert d'un trait noir certains passages, et elle nous parla longuement d'un voyage qu'elle s'apprêtait à entreprendre et qui lui serait une occasion de découvrir la steppe. *I want to visitate the steppa*, nous assura-t-elle dans son anglais quelque peu sommaire, *the steppa has no end*.

Tarquinia

Même en dehors de nos séjours en Italie, mon père consacrait une grande partie de son temps à sa passion pour les Étrusques. Il passait des heures entières penché sur des cartes géographiques, à situer et marquer d'un repère les sites archéologiques, à les relier les uns aux autres en traçant au crayon de discrètes lignes, puis il reportait ce réseau sur une feuille de papier calque avant de s'interroger longuement sur les schémas ainsi obtenus. Au niveau des points d'intersection, il griffonnait des noms, des dates, prenait des notes en marge de la feuille, entreprenait de nouveaux croquis, plus grands, plus petits, vierges de tout commentaire, esquissait sur le papier un divagant lacis de chemins qui semblait se jouer de toute contrainte matérielle, un labyrinthe sans commencement ni fin, un réseau de voies déployé dans le vide. Mon père ne s'étendait pas sur le sujet, mais lors de nos voyages en Italie les Étrusques étaient toujours de la partie. Depuis les terrains impraticables qui, entourés de légendes, s'étendent aux marges des Apennins, jusqu'à ces combes de haute montagne d'où montent des fumerolles de souffre, en passant par l'arrière-pays des zones côtières, on retrouvait partout la trace des Étrusques, et il n'était alors question que de tombeaux, de nécropoles, d'ornements funéraires pieusement recueillis. Le mot *necropoli* s'étalait sur d'innombrables panneaux et vous sautait aux yeux. Malgré moi, j'avais fini tôt ou tard par l'associer mentalement au mot nécrose, si énigmatique, et par lequel on avait étrangement désigné la maladie qui avait mis un terme à l'existence de mon second grand-père. Quiconque visitait les sites étrusques était immanquablement confronté à la mort. Ainsi nichée au cœur de paysages et de panoramas offerts à la vue, celle-ci en paraissait cependant presque accueillante, choyée, sollicitée, comprise. Les Étrusques n'avaient laissé à la postérité aucun poème, aucun écrit ni glose d'aucune sorte, quelques mots à peine, de rares noms. Seules nous étaient restées leurs nécropoles, qui autrefois regardaient à hauteur d'homme les cités où résidaient les vivants. Elles étaient riches d'images, de bas-reliefs, de chambres sépulcrales et d'objets qui, assurait-on, étaient l'exacte réplique de ceux dont faisaient usage les vivants.

Par une journée où une lumière crue découpait des ombres franches, nous avons visité le site de Tarquinia. Il faisait froid, nous étions peut-être en février, un vent aigre soufflait sur le plateau du champ funéraire, d'où le regard courait d'un côté, par-delà une bande de littoral faiblement peuplée, vers la mer au miroitement éblouissant, de l'autre, vers une immense bande de rocaille blanche qui barrait l'étendue du paysage vallonné. Sur ce terrain d'une lividité hivernale, le vent ébouriffait ici et là quelques oliviers d'un gris argenté qui courbaient l'échine sous les bourrasques, chahutait les arbres dont les cimes défeuillées portaient des boules de gui, les pins parasols bordant la route. Il hurlait autour des cabanes par lesquelles on accédait aux tombes, et chassait des nuages de poussière d'un coin à l'autre du champ funéraire.

Les sépultures en elles-mêmes ne me disaient rien qui vaille, ce qui tenait moins aux morts qui les peuplaient qu'à leur univers lugubre et souterrain, à l'incertitude où vous étiez de ne pas y rencontrer malgré tout quelque créature vivante. À la période de l'année où nous avions visité Tarquinia, il devait faire bien trop froid pour qu'il y eût des serpents, le vent était si glacial que tous les habitants de la petite ville s'étaient calfeutrés chez eux derrière des portes closes, et toute couleuvre qui se serait aventurée au-dehors aurait été instantanément figée en une petite baguette de bois sec que le vent soufflant en rafales aurait eu tôt fait d'emporter. Mon père n'en saisit pas moins une branche de bois mort qui encombrait le chemin, juste au niveau de l'entrée du terrain, et, partant en éclaireur, descendit vers les tombes en sondant le sol de son bâton. À peine avait-il foulé quelques marches que celui-ci se brisa net, mon père ne s'avoua pas vaincu et continua un moment encore avec le moignon de branche, puis il y renonça et, sortant la lampe de poche qu'il avait emportée afin de s'éclairer plus sûrement dans la pénombre, n'y progressa plus alors qu'à pas lourds et prudents.

Il régnait dans les chambres sépulcrales une sorte de vibrant silence dont la rumeur éteignait les mugissements du vent au-dehors. Là, dans les pièces des morts, d'autres règles étaient en vigueur, la lumière, les sons, les fureurs et les souffles du monde extérieur n'avaient plus cours. Les morts devaient y jouir de leur propre lumière, sous le jour de laquelle leur apparaissaient les peintures qui ornaient les murs, et cette lumière s'éteignait sitôt que des vivants pénétraient dans les chambres. Nos voix y prenaient un timbre différent, elles étaient faibles et sans écho, les mots venaient heurter sourdement les parois de pierre où personnages et motifs étaient peints à fresque, s'effondraient sèchement sur le sol, comme si les chambres sépulcrales avaient le pouvoir de les annuler. Les morts avaient ici leurs lits et leurs niches, ici et là quelques objets usuels sculptés dans les parois, un ordre de pierre rigide qui devait tout à fait leur convenir, et leur être aussi agréable, dans leur existence de défunts, que la mollesse et le confort ne l'avaient été du temps qu'ils vivaient encore.

Au niveau des premières cabanes se trouvaient des urnes cinéraires, de grands réceptacles de pierre creusés de profonds sillons, ou d'autres plus petits en forme de champignon et de caisson, rongés par l'air salin et couverts de lichens qui composaient à la surface des urnes au grain rugueux, d'un gris tantôt clair, tantôt foncé, une variété de motifs. J'ai tendu la main au-dessus d'une barrière assez basse pour effleurer des doigts l'une des urnes en forme de champignon, dont le toucher se révéla moins rude et raviné que je ne l'aurais imaginé. Aussitôt j'ai retiré ma main, comme si je venais de transgresser quelque interdit.

Dehors, sur le terrain qui déployait à perte de vue ses verts aux tons blafards et ses jaunes incertains, le vent soufflant en bourrasques toujours plus violentes lissait les herbes et s'engouffrait dans des buissons rampants de résineux. Les nuages de poussière se rassemblaient ici et là en petites colonnes qui, comme en avant-garde du vent, voletaient à quelques centimètres à peine du sol, cohorte d'anges fugitifs façonnés dans les plus fines particules de matière de cette région. Une aveuglante clarté se répandait sur l'étendue de terrain au relief accidenté, sillonnée de chemins assoiffés, qui recouvrait la ville des morts. Les sentiers couraient entre les cabanes comme les lignes sur le réseau de sites étrusques que mon père dessinait sur du papier calque. Une écriture atone et blanche tracée par les vivants au-dessus de tous les refuges, déjà mis au jour ou demeurant encore cachés, où reposaient des morts dont plus personne ne portait le deuil depuis très longtemps. Les immenses escarpements rocheux blanchâtres, d'une si âpre nudité, de l'autre côté de la vallée tachetée d'arbres et de buissons qui se creusait derrière la nécropole, cette cicatrice laissée par la ville des vivants, qui avait été rasée et ne se signalait plus à la vue que par son absence, semblaient perpétuellement figés dans l'ombre ; la lumière du jour les éclairait pourtant aussi, mais le flot en était absorbé par la roche compacte.

Ponte Cavour

Des années plus tard, nous sommes retournés à Rome. Ce n'était plus la même ville. Aux journées de soleil venteuses succédaient des jours gris où tombait une pluie mêlée de neige, des rafales de vent s'engouffraient dans les loggias des façades et s'accrochaient aux antennes qui hérissaient les toits. Par les soirées pluvieuses, les rues étaient presque désertes. Les lumières miroitaient sur le bitume et les pavés, des femmes encombrées de paquets rentraient chez elles en hâtant le pas, les rideaux de fer des boutiques étaient baissés plus tôt qu'à l'ordinaire. Aux abords de la gare de Termini, les citadins coiffés de chapeaux rentraient la tête dans les épaules et remontaient le col de leurs manteaux pour lutter contre le vent qui secouait avec fureur panneaux et barrières routières, et remplissait l'air d'un inlassable fracas métallique. À notre arrivée, mon père s'était trompé de route et nous avions mis un temps infini à sortir du quartier de la gare. Pendant que nous tournions en rond, nous profitions de brefs aperçus des différentes strates qui composaient la ville. Sur les trottoirs éclairés au-dessus desquels le vent secouait les marquises des restaurants, des serveurs à la mine maussade guettaient le client sans grand espoir. Dans le soir désert, au centre d'un carrefour où ne circulaient ni passants ni autos, devant d'austères blocs d'habitations dont pas une seule fenêtre n'était éclairée, se tenait un trio d'agents de la circulation qui, vêtus de longs manteaux de pluie, levaient et abaissaient les bras comme en un ballet d'automates. Le long de rues étroites semées de flaques de pluie, des femmes au visage fardé, vêtues de pantalons et chaussées d'escarpins à hauts talons, s'agglutinaient sous des porches d'immeuble, fumaient, plaisantaient entre elles, fredonnaient des airs ; ici et là, on ne distinguait parfois sous des volets à demi baissés que leurs jambes et leurs souliers à talons aiguilles. Des clients s'avançaient à pas prudents, jetaient autour d'eux des regards circulaires, se penchaient si profondément en avant qu'il leur était possible de couler un regard sous le rideau de fer, négociaient une passe avec les femmes ou s'en allaient d'un pas empressé. Aucune des femmes que je vis là n'était de la première jeunesse, la plupart d'entre elles pouvaient avoir l'âge de ma mère. Elles portaient une épaisse couche de maquillage et arboraient des coiffures auxquelles on avait donné du bouffant. Robe ou jupe, cheveux noués dans un foulard, tel était l'appareil dans lequel on croisait d'ordinaire les femmes qui arpentaient les rues d'Italie, aussi les pantalons à jambes évasées que portaient les femmes de la gare de Termini évoquaient-ils plutôt un uniforme propre à leur corporation clandestine, et qui en ces soirées de printemps glaciales avait au moins la vertu de les tenir au chaud.

Depuis notre premier séjour à Rome, un bouleversement s'était opéré. La ligne de partage entre autochtones et touristes de passage, entre un passé à l'écrasante pesanteur et une vie contemporaine dont la légèreté vous demeurait inaccessible, s'imposait moins nettement à la vue. L'édifice des appartenances commençait à se fissurer, les cartes étaient rebattues. Dans tous les quartiers de la ville une agitation fébrile semblait s'être emparée de pans entiers de la population ; elle se transmettait aux voyageurs qui la propageaient à leur tour. Des barrières bloquaient la circulation, les rues grouillaient de policiers, des cortèges de manifestants passaient sous nos yeux, tout cela était nouveau pour moi et venait s'interposer comme un écran devant tout ce qu'on nous recommandait de contempler. Dans les autobus bondés où nous cernaient quelques années plus tôt des hommes épuisés au regard soupçonneux, de rares femmes qui se rendaient à leur travail ou rentraient chez elles, nous ne faisions plus figure désormais, blottis contre notre père, de petits îlots d'étrangeté. Parmi les hommes, c'était maintenant à qui aurait la main la plus prompte pour harceler et importuner en silence. Un jour, dans l'autobus, une femme frappa un homme en plein visage. Elle était vêtue d'une robe à pois bien trop légère pour la température et portait un foulard sur la tête. À l'instant où, après avoir porté à l'homme ce violent coup, elle descendit du bus en toute hâte, je vis des larmes rouler sur ses joues ; peut-être avait-elle d'abord enduré ses gestes, n'osant intervenir, et n'avait-elle trouvé le courage de frapper l'homme qu'au moment où l'autobus était arrivé à sa station. Lorsque la femme trébucha sur le marchepied, et que mon père s'inclina pour l'aider, elle le repoussa avec rudesse, bondit sur le trottoir et s'éloigna sous la pluie froide. Dans l'autobus, les hommes marmonnaient et s'esclaffaient en même temps, et, repensant à la femme, j'ai soudain fondu en larmes moi aussi.

Le soir, nous fréquentions un établissement situé à deux pas du pont Cavour. Nous restions attablés là une heure ou deux, sans mon père, qui n'avait guère de goût pour ces longues sessions dans les cafés et était content de pouvoir flâner pendant ce temps en solitaire au gré des rues. Les sièges et les banquettes capitonnés étaient tendus d'un tissu rayé vert et blanc et des glaces couvraient toute la hauteur des murs. La salle était spacieuse, et pas un seul soir je ne l'aurai vue entièrement remplie ; les clients se tenaient derrière de petites tables circulaires et fumaient, conversaient, lisaient. Tous les soirs, sur la banquette faisant face au comptoir rutilant, une dame coiffée d'une toque de fourrure trônait en majesté et consommait avec élégance et une très grande lenteur quantité de petits gâteaux. Après avoir arpenté pendant des heures le théâtre des rues, je me sentais à mon aise dans ce café qui faisait figure de havre au bord des flots qui agitaient perpétuellement Rome, et même si sa luxueuse distinction ne correspondait guère à mes goûts, je pouvais au moins m'y poser et regarder à travers les vitres la rue où le soir tombait peu à peu, où de longues processions de voitures dont les phares trouaient la pénombre s'avançaient sur le pont, où des jeunes gens équipés de vespas se rassemblaient le long du mur qui bordait le Tibre et menaient des discussions, tous les soirs, aussi longtemps que nous étions au café et sûrement bien plus tard encore, alors que nous étions déjà partis. Je guettais des signes qui m'auraient été un sésame pour la ville. Ces rassemblements sur les berges du

Tibre, sous les platanes prêts pour le printemps, étaient au nombre de ces signes, au même titre que les manifestations au cours desquelles des jeunes filles maigres défilaient en brandissant le poing, ce qui me plaisait, et, par une journée paisible dont la lumière blanche se souvenait du nord de l'Italie, que le site d'Ostia Antica. Ce lent apprentissage des caractères qui composaient la ville de Rome tomba lors de cette brève période de l'adolescence où, comme chacun de nous tôt ou tard, je découvris presque soudainement, à la faveur d'un hasard, l'existence du *monde sans moi*, et où j'aurais voulu passer mes journées à contempler celui-ci depuis les vitres d'un café. Un soir, désœuvrée, laissant courir mes yeux de la fenêtre sur rue au grand miroir dans lequel on pouvait embrasser d'un seul regard une partie de la salle, l'entrée du café et le comptoir, je vis s'avancer un nouveau client, et peu après je fus saisie d'effroi, car il m'avait fallu quelques instants pour reconnaître en lui mon propre père.

Enfin le vent s'était couché, la pluie avait cessé. Sous un ciel blanc dont les nuages laissaient filtrer une clarté régulière et douce, nous avons visité la tombe de John Keats. Le cimetière regorgeait de chats qui rôdaient entre les sépultures et se frottaient contre nos jambes. La tombe de John Keats était un endroit où les chats pouvaient toujours tabler sur un peu d'affection. À proximité de l'entrée, à demi dissimulées au pied de cyprès soigneusement élagués, de petites assiettes étaient disposées là comme pour accueillir une assemblée de nains, une vieille femme s'est avancée, apportant une jatte remplie de déchets de table qu'elle répartit en portions dans les assiettes autour desquelles se pressaient déjà quantité de chats. Non loin

239

du cimetière, une pyramide à la pointe effilée se dressait au milieu du trafic et, saillant symbole, semblait désigner l'île des morts qui s'étendait ici, et autour de laquelle venait battre le flot grondant de la ville. Un chef de guerre romain s'était fait ériger la pyramide pour tombeau, peut-être éprouvait-il une nostalgie dévorante des sables de l'Égypte, où, indépendamment de ses oripeaux de guerrier, il avait été un tout autre homme qu'ici, à Rome, où ses yeux se posaient inéluctablement, jour après jour, sur des groupements de pins parasols austères et sombres.

Abandonnant le cimetière flanqué de sa pyramide, nous avons quitté la ville et rallié le site d'Ostie. Nous avons déambulé par les petites rues envahies d'herbes folles qui couraient entre les maisons-vestiges des gens de mer et des commerçants, des petits négociants qui assuraient la liaison entre l'embouchure du fleuve et la ville située en amont des terrains marécageux qui environnaient Ostie. Sous un ciel où se lisait la proximité de la mer, une terre de silence entourait les demeures en ruine. Plus rien ici ne rappelait le grouillement de l'antique cité, et cependant, dans la décrépitude des choses, on parvenait à se représenter ce qu'avait été la vie de ses habitants avec bien plus de force que sur les sites reconstitués, comme si les herbes folles, le chiendent et les petites fleurs jaillies des interstices entre les briques et les pavés composaient une sorte de membrane protectrice qui s'y entendait à préserver quantité de choses, y compris l'invisible. Des mouettes tournoyaient dans les airs en jetant leurs cris, et les cavités semi-circulaires vides des parois d'urnes de l'ancienne nécropole faisaient songer à des répliques en miniature des maisons décaties et biscornues bordant les voies pavées qui parcouraient autrefois la cité des vivants. Ville des morts, ville des vivants – les deux étaient pareillement désertes, évacuées de toute présence, et dans ce vide elles entraient en résonance l'une avec l'autre, de même qu'autrefois, peuplées d'une foule de vivants et de morts, de part et d'autre de la route qui attribuait à chaque chose sa place, elles avaient été le pendant l'une de l'autre. Au contraire de ce qu'elles étaient en ville, les choses, ici, de n'être jamais que des enveloppes vides, de ne pas vouloir à toute force porter témoignage, acquéraient une sorte de beauté.

La station d'Ostia Lido paraissait encore plus déserte que l'ancien comptoir en ruine. La plupart des volets roulants étaient baissés, les boutiques encore barricadées contre les assauts de l'hiver, ou sur le point d'être remises en état en vue de la saison. La mer était d'un gris-bleu étale et ne moutonnait faiblement qu'à l'extrémité de la plage, là où le Tibre se confondait à ses flots. Le fleuve, dont le cours s'étrécissait et s'étranglait entre des terrains utilitaires, courait à travers marécages et marais littoraux avant de s'épancher dans la mer.

Caccia

Notre dernier voyage en famille en Italie eut lieu au cours d'un été à bout de souffle qui ne laissait rien présager de bon. Nous logions à la lisière d'un village, dans une maison qu'entouraient des vignes, des oliveraies, de petits bouquets d'arbres. Des versants rocheux inhospitaliers étaient couverts de vrilles de ronciers qui donnaient refuge à de murmurantes couleuvres. À quelque distance de là s'étendait une petite forêt de chênes rouvres. Nous séjournions dans la région pour la troisième ou la quatrième année, et peu à peu nous avions vu un certain confort, tout relatif il est vrai, s'installer dans les maisons du village ; les plantations d'oliviers retournées à l'état sauvage avaient été reprises en main et le fouillis en avait été éclairci, les arbres soigneusement taillés ; les vignes étaient bleues de sulfate de cuivre, et dans les fermes on abattait des agneaux blancs et noirs, les petits mâles castrés de la portée de printemps. Dans un jardin, à l'orée du village, des paysans élevaient des cochons qui étaient destinés eux aussi à être abattus, mais en hiver seulement, quand le sang ne se gâtait pas aussi vite, comme devait me l'expliquer la fermière, avant de me décrire dans les moindres détails les étapes d'un abattage, ce qu'il convenait de faire du sang et des abats, en quoi consistait l'art de préparer les pieds, les oreilles et les joues de porc.

En l'espace de quelques étés à peine, nous avions vu se former au cœur du bois de chênes rouvres une petite décharge à ciel ouvert. De temps à autre, un vieil homme muni d'un grand bâton passait devant la maison où nous habitions. Un jour, aux abords de la décharge, je le vis faire la chasse aux rats. Il brandissait son bâton, le laissait retomber avec fracas sur le sol en lançant des imprécations cinglantes. Je ne saurais dire s'il parvint à estourbir des rats. Mon père se rendait souvent au village, il y achetait du fromage et du vin, et, liant commerce avec les vignerons, se lançait dans de longues conversations sur les mérites des différents cépages, les avantages des fûts en acier, les différentes bouillies à pulvériser.

Pendant ces quelques semaines, la région était accablée d'une étouffante chaleur dont l'intensité ne se décidait pas à fléchir ; la nuit, vers l'ouest, le ciel flambait souvent d'éclairs de chaleur, mais jamais un seul orage ne se déchaîna par chez nous. Mon père s'en revenait toujours exténué de ses traditionnelles promenades, il ne nous racontait que bien peu de chose et préférait s'installer pour de longs moments au pied d'un mûrier. Il balayait du regard le paysage, s'efforçait de s'y orienter en prenant appui sur les clochers, les toits des maisons et les alignements de cyprès dans le lointain, et de leur donner des noms qu'il avait trouvés sur la carte.

Un matin, une imposante troupe de travailleurs agricoles fit son apparition : les hommes et les femmes qui venaient faire les vendanges. Ils menaient à la main deux ou trois mulets, et c'est à tour de rôle qu'ils conduisaient jusqu'au domaine viticole les bêtes lestées de paniers en osier regorgeant de grappes. À midi, ils allaient s'installer à l'ombre et se restauraient, buvaient, faisaient un somme. On abreuvait les mulets, qui agitaient les oreilles pour chasser les mouches. Sur les coteaux qui entouraient la maison, la récolte du raisin dura trois jours, puis les ouvriers agricoles disparurent aussi vite qu'ils étaient apparus. Mon père les avait rendus nerveux, c'est de mauvaise grâce qu'ils acceptaient de lui faire un brin de conversation, dans un dialecte qu'il avait du reste toutes les peines à comprendre. La nuit même, on déploya dans l'étendue des vignes les filets destinés à la capture des oiseaux. Tout se passa nuitamment, quand les oiseaux dormaient. Des hommes équipés de lampes de poche allaient et venaient entre les rangées de ceps de vigne, et nous ne comprenions pas ce qui se tramait, jusqu'à l'instant où quelqu'un, le lendemain, nous expliqua quel rôle était dévolu aux filets. Le spectacle de ceux-ci, des hommes qui rassemblaient leurs prises, nous laissa tous sans voix. La journée du lendemain marquait le commencement de la saison de la chasse. Au point du jour, une jeep vint se garer aux abords de notre maison, deux hommes en descendirent, flanqués de leurs chiens, et s'emparèrent de leurs fusils rangés dans la benne arrière. Pendant toute la journée, des coups de feu éclatèrent dans toutes les directions, ponctués de temps à autre par des aboiements. Mon père n'osa pas partir en promenade. Il se rendit au village et en revint légèrement éméché, nous dispensant quantité de statistiques relatives aux décès par balle dans les rangs des chasseurs. Le lendemain, nous avions prévu de visiter une nécropole étrusque dont mon père souhaitait encore approfondir la connaissance, mais il régnait dès le lever du jour une si écrasante touffeur que nous n'avions pas tardé à renoncer à ce projet. La chaleur n'entamait pas le zèle fiévreux des chasseurs. Ils garèrent une fois encore leur jeep non loin de notre maison, coups de feu et aboiements montèrent de la vallée au relief doux. Durant les deux premières journées de chasse, nous ne vîmes pas une seule fois les chasseurs s'en retourner avec leurs prises, la jeep disparaissait sans que nous l'eussions seulement remarqué, nous n'entendions pas le plus petit halètement de chien, ni le choc sourd des dépouilles qu'on jette sans plus de façons sur le plateau de chargement.

Dans l'après-midi de la deuxième journée de chasse, nous vîmes se former à l'ouest un front nuageux d'un bleu très foncé, toujours plus menaçant. Les nuages présentaient d'énormes renflements marron et s'ourlaient d'une lueur d'un jaune verdâtre, mais bientôt ce halo de lumière lui-même disparut, et le paysage perdit toute couleur. L'orage dura des heures et des heures. Il y eut une coupure de courant, dans les pièces plongées dans les ténèbres quelques bougies agitaient derrière nous leur flamme vacillante, chacun d'entre nous était allé se camper à la fenêtre et regardait à part soi la tempête se déchaîner au-dehors. Le lendemain matin, les filets de capture, au milieu des arbres et des pieds de vigne, offraient un spectacle de désolation. La terre, après les pluies, n'était plus poussiéreuse et d'un brun tendre, mais rouge. Au flanc des coteaux, il s'était formé de petites coulées de boue et d'éboulis qui étaient autant de meurtrissures dans le paysage. La tempête avait cassé net l'une des grosses branches du mûrier, qui avait entraîné dans sa chute la chaise sur laquelle mon père aimait à se tenir. Jamais encore, pendant ces semaines brûlantes, je n'avais entendu les oiseaux chanter d'une si belle ardeur, et pas un seul coup de feu ne déchirait les airs. Tout, à l'exception des oiseaux, semblait s'être tapi dans le silence, le soleil dardait ici et là quelques rayons au travers des nuages, et la lumière était alors aveuglante et crue. Dans le courant de l'après-midi, le ciel recouvra son bleu, la terre perdit à vue d'œil sa rougeur de sang, le paysage se releva de la dévastation et retrouva les charmes qui en faisaient d'ordinaire l'agrément. Le soir même, dans la cuisine, c'est à la flamme des plaques de cuisson que nous avons dîné, le courant n'avait toujours pas été rétabli et nous avions épuisé notre stock de bougies. Il n'y avait pas grand-chose à dire, et peut-être que chacun d'entre nous, au fond de lui-même, éprouvait un grand soulagement à l'idée que notre séjour dans ce lieu touchait à sa fin.

Oiseaux

Bien des années plus tard, je devais passer quelques heures encore en Italie avec mon père, mais à Trieste, aux marges du pays. Mon père avait changé de métier et exerçait à présent la profession de guide touristique. Il ne passait plus que très peu de temps à la maison. Quand, m'en revenant de l'étranger, je rendais visite à mes parents et le croisais, il ne me parlait plus que de ses voyages. Il s'était fait une spécialité des circuits consacrés aux mosaïques du Haut Moyen Âge et aux nécropoles étrusques, qu'il présentait et expliquait maintenant dans les moindres détails à des touristes férus de culture antique, en se perdant sûrement dans d'interminables digressions et détours. Il déplorait avec un haussement d'épaules qu'il lui fût impossible de se consacrer à ces seuls thèmes, et qu'il lui fallût mener également les touristes au Forum Romain ou pis encore au Colisée, site qu'il avait toujours eu en horreur. Mais enfin, ajouta-t-il, j'arrive la plupart du temps à leur caser quelques mosaïques au passage. Une, dans le pire des cas.

Le groupe de voyageurs avait passé la nuit à Trieste, où j'étais arrivée très tôt le matin même. Le jour s'esquissait à peine quand le train avait quitté les montagnes, je me tenais à la fenêtre du wagon et, pendant un moment, il m'avait été impossible de dire où finissait la mer et où commençait le ciel. Le monde était comme en suspens, jusqu'à l'instant où une ligne de partage se dessina entre le ciel et la terre, où je vis émerger de ce gris-bleu des petites lumières qui étaient autant de bateaux. C'était la première fois que je retournais en Italie depuis des années, je ne comptais pas m'y attarder et préférais me cantonner à cette ville des marges orientales que j'associais dans mon esprit à une tout autre Europe déjà, qui penchait à l'est plutôt qu'au sud, et plutôt qu'à cette langue italienne à laquelle mon père s'était consacré avec une si pleine dévotion s'ouvrait aux mélodies de langues diverses et entremêlées.

Nous nous tenions sur une grande place encore déserte en cette heure matinale, à la terrasse du seul café déjà ouvert. Le ciel était gris et bas, sans avoir cependant rien d'oppressant, même si l'air était si chaud et humide que je croyais sentir en permanence de petites gouttes de pluie sur ma peau. Je me sentais mal à l'aise et déplacée, il y avait dans cette brève rencontre aux limites du pays, dans une ville frontalière que mon père, comme il devait spontanément me l'avouer, trouvait si typiquement italienne, alors que je jugeais tout au contraire, sans oser lui en faire la remarque, qu'elle l'était si peu, quelque chose d'artificiel et de faux. Mon père avait arrêté de fumer quelques années plus tôt et ses gestes de fumeur me manquaient peut-être, ou alors c'était nos marches d'un pas conjoint, qui m'apparurent soudain comme l'indispensable condition pour une entente. Au terme d'un circuit touristique de huit ou dix jours, il était encore tout pénétré de son rôle de guide, dont plus rien désormais ne pouvait le distraire, ni les cigarettes, ni ce vin qu'il consommait au petit matin, il avait à cœur de tout m'expliquer et de me donner un bref aperçu de sa dernière prestation à Ravenne, où je n'étais encore jamais allée. Qu'avais-je espéré lui raconter ? Cela m'était sorti de l'esprit. Les descriptions par le menu d'œuvres d'art m'assommaient. Sur la vaste place qui m'était inconnue, j'ai promené les yeux autour de moi, cependant que mon père continuait de discourir, et la distraction dont témoignaient ces regards vagabonds dut le décevoir. À sa plus lointaine extrémité, la grande place débouchait sur les quais. Tout près de nous, à l'endroit où une rigole remplie d'eau courait au milieu de la place, ondoyaient des volées de mouettes et de pigeons qui se disputaient les miettes et restes incrustés dans les interstices entre les dalles de pierre. Il éclata entre une mouette et un pigeon un affrontement si acharné que mon père s'arrêta net de parler, et c'est en silence que nous vîmes la mouette prendre peu à peu le dessus et, avec une sauvagerie indescriptible, cribler le pigeon de coups de bec. Enfin elle prit son envol, abandonnant sur la place le corps sans vie du pigeon ; un mince filet de sang coulait sous son bec. D'autres mouettes allaient et venaient entre la place et les eaux du port en jetant des cris stridents, quelques pigeons envoyés en reconnaissance décrivirent un, deux cercles au-dessus de leur congénère frappé à mort, mirent ensuite le cap sur les façades des immeubles de la ville avant d'aller se percher sur l'un des toits. Mon père eut un frisson de dégoût, et nous avons préféré lever le camp. Nous sommes allés nous poster tout à l'extrémité du môle pour jouir du panorama qu'offrait la ville. Le ciel à présent était blanc et semblait se demander encore s'il consentirait à laisser le soleil percer. La ville, à cette distance, contemplée depuis la mer, semblait afficher une certaine tristesse, qu'elle avait du reste tout lieu d'éprouver, mais il y avait en même temps dans cette tristesse, ou plutôt dans son caractère absolu, un je-ne-sais-quoi de réconfortant qui se fait souvent jour dans les lieux où les appartenances ne sont pas clairement définies, où l'écheveau des possibles paraît plus dense qu'ailleurs. Et si mon père m'avait interrogée en cet instant, je lui aurais volontiers concédé que Trieste avait en effet quelque chose d'italien, tout en songeant à part moi que ces mots recouvraient chez chacun de nous une réalité très différente.

Je l'ai reconduit à son hôtel, sur le versant d'une colline. Les touristes n'attendaient plus que lui pour partir. Le ciel entre-temps avait pris parti contre le soleil, il était voilé d'une pluie fine qui semblait rester en suspension dans l'air plutôt qu'elle ne tombait. Nos dernières promenades remontaient à très loin, et j'ai remarqué pour la première fois que mon père éprouvait toutes les peines à gravir la pente raide de la rue. Il lui fallait s'arrêter de temps à autre pour reprendre haleine. J'ai constaté que le car était déjà là, et pris congé de lui. La vision de mon père à bord d'un autocar de tourisme, plein de zèle en dépit de ses difficultés à respirer, me donnait froid dans le dos. Je me le suis imaginé en *professore* ratatiné et souffrant d'insuffisance cardiaque, assis sur un siège juste à côté du chauffeur, privé de toute liberté d'aller et venir à sa guise, et ce tableau m'a épouvantée. À titre d'adieu, il m'a chaudement recommandé les mosaïques de Ravenne. Par-dessus tout la mosaïque du port, ajouta-t-il avec insistance et sans plus d'explication. Puis il me quitta. Je me suis demandé ce qu'il était advenu de sa science experte des nuances de bleu, et de l'inclination qu'il avait partant pour les tableaux de Fra Angelico, dont il ne m'avait plus parlé depuis longtemps, et je me suis promis de le questionner à ce sujet quand nous nous reverrions.

Mon père est mort l'année suivante. Je l'ai revu l'hiver qui précéda son décès, mais nous n'avons pas échangé un mot sur Trieste, et n'avons pas davantage évoqué les bleus de Fra Angelico. Pendant l'automne, traversant la moitié septentrionale de l'Italie, depuis le nord-est jusqu'au Tibre, il avait effectué un circuit étrusque, pour reprendre ses propres mots. Spina, me dit-il, Spina, dans le delta du Pô, voilà encore un bien grand mystère. Je ne tenais pas à m'engager dans une longue discussion, et j'ai coupé court aux développements qu'annonçaient déjà les cartes largement déployées.

Au printemps de l'année suivante, mon père, qui s'en revenait à peine d'un circuit consacré à des mosaïques, fut terrassé par un infarctus. Aussi longtemps qu'il eut encore ses esprits, il imputa celui-ci à la valise qu'il lui avait fallu porter pendant un long bout de chemin. Le chauffeur de l'autocar l'avait déposé quelque part sur les bords du Rhin, en face de son foyer, sur l'autre rive, et il avait dû traîner après lui sa valise jusqu'à la rampe d'embarquement d'un bac fluvial. Peut-être ne tenait-il pas à ce qu'on le vît descendre de l'autocar de tourisme. Peut-être avait-il éprouvé aussi quelque plaisir à traverser une fois encore le fleuve, de sa rive gauche à sa rive droite. C'est là, sur la rive orientale du Rhin, la berge de droite, qu'il avait grandi. Elle passait aux yeux de tous pour la moins riante. Il l'avait pourtant toujours tenue quant à lui pour la plus belle, même s'il reconnaissait volontiers qu'il fallait la contempler depuis la rive gauche pour en découvrir les plus saillantes beautés.

Le jour de son retour, il sévissait, m'assura-t-on, une chaleur brûlante. En pensée, je me suis souvent représenté mon père cheminant avec sa valise, le dos fléchi et la silhouette penchée, sous la lumière blanche et tranchante qui règne en Rhénanie par les journées torrides, dirigeant ses pas vers le nord, les yeux déjà rivés sur ce méandre où les eaux du fleuve, laissant derrière elles toutes les collines, se tournent vers l'ouest. Il me semble le voir campé sur l'appontement du bac, prenant patience, les yeux braqués sur la rive opposée.

Plus la mort de mon père s'éloignait dans le temps, plus il rapetissait quand je l'imaginais cheminant le long du fleuve, tandis que je voyais grossir à vue d'œil cette valise où il avait bourré on ne sait combien d'éléments de sa vie, sans jamais leur trouver un nom.

Pluie

Le jour des funérailles de mon père, il pleuvait à torrents. Le temps avait brusquement changé pendant la nuit. Un violent orage avait fait voler en éclats la chaleur qui écrasait les campagnes, et abattu un arbre le long de l'étroit sentier qui menait au cimetière. Nous fûmes contraints de nous garer sur l'accotement de la route et de faire la dernière partie du chemin à pied, des rafales de pluie nous cinglaient les jambes, et le bas de la robe d'été noire que j'avais jetée en toute hâte dans ma valise, à la maison, comme si cette vague de chaleur devait ne jamais cesser, était ruisselante. Un homme portant un grand parapluie franchit le seuil du funérarium, s'avança vers ma mère et lui chuchota quelques mots. En une ultime tentative, ma mère me demanda si je ne tenais vraiment pas à voir une dernière fois mon père, je lui répondis encore que non, et l'homme, comme s'il était terriblement embarrassé ou craignait que n'éclate une querelle de famille, s'empressa de déguerpir. À bonne distance, planté dans le vestibule du funérarium dont les portes étaient ouvertes, il s'écria : Bien, dans ce cas nous allons le visser maintenant !

Le long du chemin scandé de flaques, nous formions un cortège funèbre réduit à la plus simple expression. Ma mère n'avait averti personne à l'exception des plus proches parents. Au spectacle de cette modeste troupe, mon père aurait éprouvé un sentiment de honte, il attachait de l'importance aux rites funéraires et se faisait toujours un devoir de prendre part aux processions funèbres. Il s'était sûrement imaginé aussi qu'une foule plus nourrie escorterait un jour son cercueil.

Le cimetière m'était un lieu parfaitement inconnu, et il me sembla que nous mettions des éternités à rejoindre la tombe. Le corbillard cahotait dans les ornières des allées caillouteuses trempées de pluie, le gravier crissait sous nos pas, et les hommes qui poussaient le véhicule se retenaient peut-être de lâcher des jurons. Au bord de la tombe, il nous fallut attendre ; les fortes pluies avaient fait s'ébouler dans la fosse une partie de la terre qui la bordait. Petite complication, souffla l'employé du funérarium d'un ton contrit où perçait aussi une pointe de mécontentement. Je fus frappée d'entendre en un lieu pareil le vocabulaire des hôpitaux. L'homme s'entretint avec les porteurs de cercueil d'une voix murmurante. Il leur fallait décider si la fosse était encore assez profonde.

La température était aussi fraîche qu'en octobre. Un vrai froid de mouton, comme on disait autrefois. L'été avait ses journées de chien et son froid de mouton, peut-être use-t-on aujourd'hui encore de ces expressions. C'est à la mi-juin qu'on procédait à la tonte des moutons. Il m'est revenu le souvenir de parcs à moutons que nous avions vus à l'occasion d'un voyage. Ils étaient situés à la lisière d'un village, non loin de la frontière entre la

Suisse et l'Italie, peut-être dans les environs de Bergame. Depuis la route, on embrassait du regard l'étendue rase des campagnes. Après la tonte, les parcs étaient déserts, et au fond des pacages, dans les abris, la laine, triée avec un soin irréprochable, était entreposée sous forme de ballots : à gauche la laine blanche, à droite la laine foncée.

Les porteurs de cercueil et l'homme du funérarium hochèrent la tête d'un air convaincu. Oui, se persuadaient-ils mutuellement en feutrant la voix, la fosse était encore assez profonde. La pluie crépitait avec rage sur les parapluies, du Rhin nous parvenait la corne des péniches, sur l'autre rive les trains passaient avec un fracas si retentissant qu'on aurait dit que les rails du chemin de fer couraient à quelques mètres à peine de nous. Par temps de pluie, il en allait toujours ainsi, à cet endroit où le fleuve, après une dernière boucle, s'apprête à laisser définitivement derrière soi les collines pour couler à travers une étendue de plaine où les sons doivent emprunter de tout autres directions. Ici, les collines basses se plaisaient à en renvoyer l'écho, de la rive droite à la rive gauche et inversement, c'était une loi de la nature, en particulier par temps de pluie, un inlassable jeu de résonances.

On descendit le cercueil dans la fosse, les pelletées de terre humide s'abattirent dans un choc sourd sur le couvercle de bois. La pluie dura encore pendant des jours.

III.

Comacchio

Le parole. Già.
Dissolvono l'oggetto.
Come la nebbia gli alberi,
il fiume : il traghetto.

Giorgio Caproni

Bassa

La terre de la Bassa Padana, sous cette lumière des jours de grand froid hivernal où je ne l'avais jamais vue encore, est d'un brun clair, presque irisée de mauve, tant l'air ici est imprégné de bleu, sous un ciel vaste. Vers le nord-est, les monts Euganéens dessinent d'une main hésitante sur le bord inférieur du ciel leur silhouette d'un bleu délicat. Les champs ont été soigneusement labourés, la terre molle des terrains alluviaux fragmentée en autant de petites mottes. Les fermes se dressent en îlots dans la mer des labours, entourées d'arbres dont le gel a figé la membrure rougeâtre et nue qu'aucun souffle d'air n'agite ; tout ce qui fait corps avec le sol adopte ces tons terreux et clairs qui se détachent contre le bleu du ciel. Entre des appentis et des granges, dans les cours ouvertes, le matériel agricole est entreposé, on ne distingue pas la plus petite pâture à des lieues à la ronde, peut-être faut-il y voir un enseignement tiré des grandes crues au cours desquelles les bêtes, emportées par le fleuve qui avait sournoisement débordé ses rives d'un jour à l'autre, ne tardaient pas à dériver au gré du courant, ventre en l'air, avant qu'enfin d'épaisses broussailles ne les arrêtent un peu plus loin en aval, ou qu'elles ne soient bloquées par l'enchevêtrement de poutres de toits de fermes ou de granges effondrés, pendant que le niveau des eaux déjà baissait peu à peu, et qu'on pouvait commencer à compter les pertes.

Le temps des terres inondables est révolu, le Pô est contenu sur ses deux rives par des digues dans l'ombre protectrice desquelles s'étendent agglomérations et modestes hameaux. En ce mois de janvier, le fleuve roule des eaux très peu abondantes, ici et là affleurent quelques îlots de graviers d'une teinte claire, c'est à peine si l'on distingue depuis le chemin de digue le mouvement du fleuve vers le delta, qui s'esquisse déjà tout à l'horizon, vers l'est. Entre la digue et les eaux, on a planté de jeunes arbres, des essences à croissance rapide dont les troncs grêles tracent autant de hachures dans une épaisseur de feuilles mortes. Dans un coude du Pô, le sentier de digue se met largement en retrait du fleuve et ménage assez de place pour un chantier de construction qui semble laissé en friche, comme abandonné en toute hâte. Une herbe blafarde chevauche des tubes disposés en cercles, et un amoncellement d'objets rouillés qui se blottissent dans un creux du talus de digue montre à quel point ce rouge-brun irrégulier se fond à merveille dans le paysage, comme si celui-ci était modelé dans le bleu du fleuve et l'ocre de la terre, né de ces frêles buissonnements de saules et de ronces auxquels l'incidence de la lumière et de l'ombre donne tour à tour un ton jaunâtre ou violet. Parmi les broussailles, une sorte d'appareil de levage se dresse contre le ciel comme un imposant signe de ponctuation, griffonné précipitamment et sans qu'aucune phrase ait suivi ; tous les accessoires rassemblés ici ne font figure dans le meilleur des cas que de caractères s'unissant pour former un alphabet de couleurs. Sur l'autre rive du fleuve, un haut clocher profile sa silhouette penchée contre des alignements réguliers de troncs d'arbres au garde-à-vous. Une barre oblique sur l'horizon, un signe de ponctuation solitaire une fois encore, autour duquel viennent se serrer toutefois quelques toits comme autant de mots. Non loin du village, une volée de pigeons prend son envol, une petite écriture aérienne dont les pointillés sombres se changent bientôt en de scintillantes arabesques. Là-bas, sur l'autre rive, juste en dessous d'elle, se développe une phrase qui s'adresse à la plaine, une brève sentence rendue inoubliable par son trait oblique, comme une introduction au méandre que le fleuve à cet endroit s'apprête à décrire, en un large geste de douceur magnanime à l'égard de ces terres si plates et rases qu'il leur faut toujours s'attendre à subir atteintes et assauts, mais que les eaux enserrent avec tant de sollicitude qu'elles y consentent volontiers, avec toute la grâce de leurs berges foisonnantes de saules. Ce méandre lui-même est une phrase, un petit mot d'excuse murmuré par le fleuve si peu de temps avant qu'il ne s'effiloche en d'innombrables incertitudes qui se dissimulent sous tous les noms possibles et imaginables.

Sur une petite avancée de la rive qui s'est formée à la naissance du méandre, un homme chaussé de grandes bottes pêche à la ligne. Les îlots de galets et les bancs de sable ne semblent qu'à un jet de pierre, les eaux ici ne peuvent qu'être basses. Dans le courant peu profond, les poissons se font certainement rares, à plus forte raison par ce froid hivernal, quand la plupart d'entre eux s'agglutinent dans les cavités du lit du fleuve pour avoir la vie sauve. L'homme, la canne à pêche, la ligne, tout est immobile, l'eau coule presque imperceptiblement, une discrète écriture là encore, l'homme-au-bord-du-fleuve, l'attrapeur de poissons sans aucun espoir de ramener une prise, mais il n'en serre pas moins fermement sa canne.

Sur le sentier de digue, voici qu'une femme s'avance d'un pas résolu. Le soleil est bas et entoure sa silhouette d'un halo. Difficile de déterminer son âge. La démarche est juvénile, mais sa mise est d'un autre temps. Elle est vêtue d'un manteau blanc à large col dont la ceinture lui serre fermement la taille et fait ressortir les pans arrière du vêtement. Comme pour une promenade en ville, un sac à main noir se balance à son avant-bras ; elle arbore une coiffure frisée dépourvue de souplesse qui lui fait une sorte de casque autour de la tête. Chaussée d'élégants escarpins, elle marche d'une allure déterminée, les yeux à demi baissés. Dans la direction d'où elle vient, on ne distingue pas le plus petit village. En lisière du petit bourg situé derrière la Rocca, elle ne fera également que passer, découpant contre le ciel de l'après-midi une silhouette toujours plus lointaine. Quelque figurante égarée de l'un des nombreux films qui furent tournés dans la région autrefois. Peut-être n'avait-elle jamais voulu rendre le beau manteau et errait-elle depuis sans fin d'une scène à l'autre, sans engagement, préparée à toutes les métamorphoses alentour ; la donna del Po.

En cette fin d'après-midi, le bâtiment trapu de la Rocca, une citadelle miniature située autrefois au plus près des eaux qui avaient pris depuis leurs distances vis-à-vis d'elle, jette une ombre tout en longueur, engoncé dans le corset d'échafaudages censé le prémunir de tout effondrement. Une fissure court le long du mur, séquelle d'un tremblement de terre. Sur la rive d'en face, le clocher doit peut-être son inclinaison au même séisme, qui l'a changé en un point d'exclamation rappelant aux populations les dangers des déplacements de terrain.

Depuis les champs qui s'étendent au pied du talus me parviennent par bouffées des pépiements de passereaux, les syllabes d'hiver frissonnantes et brèves de petits oiseaux s'ébattant dans des taches de soleil qui bientôt se réduiront à rien. Un homme gravit le talus du chemin. Il porte des bottes à haute tige, une veste imperméable, une casquette en cuir, des jumelles oscillent à son cou. Voilà à quoi peuvent ressembler des chasseurs embusqués dans les roseaux. Seul le chien manque à la panoplie. La femme au manteau blanc n'est déjà plus qu'une silhouette minuscule dans le lointain. Dois-je la suivre, ou continuer ma route dans la direction opposée ? Perplexe, je m'adresse à l'homme aux allures de chasseur. Dans quelle direction la vue est-elle la plus belle ? Ici, tout est pareillement beau, me répond-il en désignant d'un geste ample le chemin, le petit village, les labours et les fermes, les plantations de jeunes arbres et le chantier de construction, le fleuve et les lointains. Tout est pareillement beau, tout, insiste-t-il.

Plus tard, au crépuscule, c'est en empruntant de petites routes départementales que je regagne la ville. C'est un jour chômé, les fêtes de Noël tirent leurs dernières cartouches. À l'heure du déjeuner, sur les routes, c'est à peine s'il circulait quelques voitures ; maintenant, dans les villages, les voici garées en nombre devant les maisons. Une journée consacrée tout entière à la famille. Dans les petites rues des villages dont le soleil éclairait le sol inégal, des enfants tremblotant dans leurs habits des jours de fête essayaient, l'allure pataude, les patins à roulettes, trottinettes et autos télécommandées dont on venait de leur faire présent, jusqu'à l'instant où les parents leur criaient de venir manger. À présent le silence s'est instauré entre les maisons, ici et là des lumières s'allument déjà, le soir descend, quelques corneilles attardées se rassemblent et prennent leur essor, nuées d'oiseaux voletant en direction de leurs arbres-dortoirs – des aulnes, des saules, des peupliers, des ormes défeuillés profilant leur silhouette contre le bleu dilué du soir. À l'extérieur des localités s'étirent sans fin de longues allées, des fossés remplis d'eau, des terres à labours. Par places, au milieu de champs entretenus dont on a retourné les sols, une ferme abandonnée achève de s'affaisser sous le poids écrasant de ses toits délabrés. Il monte des champs et des fossés un brouillard au sol presque immatériel, et dont on ne doit rien remarquer en ville.

Corso

Je suis retournée à Ferrare pour y arpenter de long en large le Corso Ercole I d'Este, couler des regards dans les jardins qui, imaginaires, surgis de mes lectures et réels, bordent la rue sur ses deux côtés, épier par-dessus la crête des murs, à l'intérieur des porches, dans la profondeur des venelles qui bifurquent à angle droit de la rue courant droit devant elle. Nous étions encore en janvier, et je voulais cheminer jusqu'à la Porta degli Angeli et de là rejoindre les remparts qui enserrent la ville. C'est avec cet itinéraire en tête que je suis arrivée à la petite gare et me suis avancée sur son parvis, où les réfugiés africains, en ces journées de solitude, de faim et de froid, tuaient le temps dans les parages de la gare, guettaient l'arrivée des autocars, pour s'en retourner à la nuit tombée dans les villages silencieux et désœuvrés, les localités à demi abandonnées qui s'étendaient autour d'usines désaffectées ou qui n'étaient plus exploitées qu'en apparence. C'est là, dans les terres environnantes, qu'ils avaient leurs abris, dans d'anciens édifices publics sommairement aménagés qui leur faisaient à grand-peine office de toit. Ils fréquentaient le petit îlot urbain du quartier de la gare, à la périphérie de Ferrare, s'occupaient à des riens, liaient peut-être connaissance avec d'autres réfugiés et, les jours de marché, rejoignaient la Piazza Travaglio dans l'espoir de se faire embaucher par les commerçants pour de menus travaux, de donner un coup de main aux Chinois dressant leurs étals d'articles textiles, qu'on leur cède un plein sac de paires de chaussettes qu'ils auraient toute licence de vendre à la sauvette dans les rues.

Je suis arrivée par le train-navette de Bologne, il faisait déjà sombre, le brouillard qui s'était formé sur la région commençait à givrer. Les brumes n'étaient pas pour me déplaire. Instruite par la connaissance d'autres plaines basses soumises aux caprices d'un fleuve, j'espérais tout au contraire voir les objets s'envelopper d'un voile, les lointains se dissoudre. Mais ce soir de brume qui inaugura mon séjour à Ferrare se révéla une illusion. Dans les jours qui suivirent, le soleil illumina un ciel froid, les pelouses étaient couvertes de givre, et sur les douves qui entouraient le château, en ville, il s'était formé une fine épaisseur de glace. J'avais loué un petit appartement aux murs nus dans un bâtiment rénové à la va-vite, ma chambre était dans les combles et, tous les matins, par la fenêtre de la cuisine, je voyais émerger peu à peu dans une lumière bleutée un paysage rougeâtre de tuiles, de pignons et de cheminées. Quand le ciel s'était éclairci, des pigeons apparaissaient sur le faîte des toits, muets de froid ; dans les cannelures et les fissures des vieilles tuiles proliféraient des mousses et une herbe rase qui présentait même ici et là de minuscules efflorescences blanches. Dans mon champ de vision se dressait un chantier de construction, un immeuble moderne dont on assurait la réfection ou qu'on rehaussait de quelques étages culminait au-dessus des toits. Tous les jours, là-bas, une grue de chantier était à l'œuvre, dès le gris de l'aube on voyait des ouvriers s'affairer sur les échafaudages dans le froid glacial, et le vent me soufflait de temps à autre quelques bribes de leurs vifs échanges en langue roumaine.

Pendant la nuit du cinq au six janvier, il se fit un grand vacarme dans les petites rues, une fois minuit passé des cortèges de noctambules y défilèrent à grand tapage, réveillant en moi le souvenir de la fête populaire donnée en l'honneur de la sorcière de l'Épiphanie, à Olevano, de cet écho imprévisible et amplificateur que maisons et versants rocheux s'ingéniaient à renvoyer, et qui figeait dans l'air pour de si longs moments les accents monotones de la musique et les clameurs stridentes.

Ma première promenade le long du Corso Ercole I d'Este ne tarda pas à estomper le tracé des cartes géographiques que je trimballais dans ma tête. Les pavés inégaux semblaient vouloir laisser leur empreinte dans la plante de mes pieds, comme une écriture dont la saisie se ferait par le toucher, ils guidaient mes pas le long des façades austères et lisses aux volets clos, qui me paraissaient si hiératiques et figées que je finissais par me demander si elles n'étaient pas factices. Derrière, tout était possible : no man's land, retour à l'état sauvage, théâtre troublé d'histoires anciennes. Puis quelqu'un s'avança sur le seuil d'une maison, une femme en vison qui referma toutefois si sèchement la porte derrière elle qu'il me fut impossible de glisser ne serait-ce qu'un regard fugitif à l'intérieur. Par-dessus la crête des murs qui rompaient ici et là la monotonie des façades se dressaient les ramures figées d'arbres dépouillés de leurs feuilles, des cimes de cyprès, des frondes de palmier d'une maussaderie toute hivernale. Le gel rigoureux avait tout pétrifié. Les hivers de Giorgio Bassani sont glacés eux aussi, moins lumineux que ce dimanche de janvier, plutôt brumeux, grisâtres, appesantis de givre ou de neige. Il ne circulait presque personne sur le Corso, la rue développait sa longue perspective dans une quiétude ensoleillée, et nulle part je ne voyais s'esquisser les vagues traces que je guettais pourtant. Je ne tardai pas à abandonner ma quête du jardin mythique des années trente, j'éprouvais toutes les peines à l'intégrer sur la carte de la ville et ne trouvais rien qui pût servir de repère à mon esprit. Le jardin des Finzi-Contini demeurait un territoire saturé de lectures et de souvenirs, la zone de perte qui se tenait à jamais à couvert. Dans ces rues étrangères dont les noms m'étaient cependant familiers, le sens de ma quête résidait dans l'exploration incertaine et sensible des lisières qui bordaient ce terrain d'abandon. Les noms ce faisant devaient me faire office d'appui, de même que le souvenir de la réalité des promenades parmi les tertres funéraires coiffés de verdure de la nécropole de Cerveteri.

À l'extrémité du Corso, j'atteignis la Porta degli Angeli, la Porte des Anges, le long du chemin de ronde qui couronne les remparts enceignant la ville, d'où le regard plonge alors vers un sentier de ceinture extérieur, les eaux dormantes d'un canal d'où montent sûrement pendant l'été de nauséabondes exhalaisons, une bretelle de sortie très passante, les marges où le tissu urbain de Ferrare, s'effilochant tantôt en villages, tantôt en d'orgueilleux faubourgs, est sillonné de mornes rangées de peupliers, piqueté ici et là de bouquets d'arbres clairsemés, dans un coin de campagne encore rétif à toute exploitation, ou de quelques broussailles dont on tolère qu'elles dissimulent des objets en décrépitude. Rien ici qui ne porte au moins plusieurs empreintes superposées. Tout se tient en un perpétuel équilibre entre la trace et son effacement. Des troupes de coureurs vêtus de survêtements aux couleurs criardes me dépassèrent sur le chemin conduisant à la Montagnola, une sorte de collinette située à l'angle où la muraille d'enceinte de la ville fait un coude vers le sud-est. Depuis cette éminence, on balayait du regard la périphérie de la ville, qu'une urbanisation anarchique avait défigurée et à laquelle ne s'attachait plus aucun caractère rural. Une image s'est alors imposée à mon esprit : venus de la plaine qu'enveloppent les brumes, de jeunes hommes à bicyclette, transportant dans leur paquetage des outils ou de la nourriture, s'avancent jour après jour vers cette muraille de place forte, la prennent d'assaut et, une fois leur exploit accompli, chevauchent de nouveau leur bicyclette et se dispersent, poursuivent leur route sans plus de façons, qui rejoignant les étals du marché, qui son atelier, avant de reprendre le large à la tombée du soir en empruntant l'une des portes orientales de la ville. Sans que nul ne reconnaisse en eux des conquérants, les voici qui, juchés sur leurs bicyclettes, s'enfoncent alors dans le crépuscule qui s'avance lentement sur la plaine. Aujourd'hui, plus un seul garçon de la campagne ne gravissait, bicyclette jetée sur l'épaule, les remparts hérissés de touffes d'herbe pour s'épargner la corvée d'un détour par l'une des portes d'accès de la ville. Il n'existait même plus à Ferrare de marché proprement dit, à l'exception des stands tenus par des Chinois sur la Piazza Travaglio, le sas d'entrée de la ville, où s'étalaient articles textiles et objets ménagers en plastique de médiocre qualité.

Midi sonnait, le flot bariolé des coureurs se tarissait peu à peu dans le lointain, le chemin ne déroula bientôt plus entre ses alignements de platanes qu'un ruban désert. En bas, au pied de la muraille avec l'allée de platanes, des jardins, des prairies plantées d'arbres fruitiers composaient au cœur de la ville, à l'abri de ses remparts, une manière de retraite pastorale qui demeurait préservée des possibles assauts du dehors. Un sentier descendait droit vers ce paysage idyllique et calme qu'entouraient des haies et des buissonnements de ronces ; dans les fourrés touffus, le gazouillis haut perché des accenteurs mouchets déployait un mince voile sonore que recouvrait le silence. Un homme était assis sur un banc, il portait un manteau de tweed râpé, des tennis d'une blancheur éclatante et des lunettes de soleil à fine monture de métal dont la touche surannée ressuscitait un pan de l'Amérique des années soixante-dix, ces photographies prises à New York où des hommes à l'allure décontractée prennent la pose sur une plage de l'Atlantique, tandis que des gratte-ciels se reflètent dans les verres de leurs lunettes. Entre les revers du manteau, un chien minuscule au pelage d'un brun mat pointait le bout de son museau. Il avait le poil si ras qu'on l'aurait dit presque nu. La nuque de la bête présentait des bourrelets. L'homme s'est levé sitôt que je me suis approchée, comme s'il n'avait guetté que cette occasion pour se joindre à un passant solitaire. *Ha fredo*, dit-il en désignant son chien d'un mouvement du menton, et il m'est alors revenu à l'esprit, après bien des années, cette phrase que ma grand-tante ne se lassait pas de marmonner à part soi d'un air désemparé, comme s'il n'existait en ce monde aucun remède à sa détresse : J'ai si froid. L'homme était de très petite taille et avait toutes les peines à soutenir mon allure, mais il ne désarmait pas. J'imagine que vous vous rendez au cimetière juif, me dit-il à l'instant où nous longeâmes un imposant mur de brique beige. Soyez sur vos gardes, crut-il bon de me prévenir, sans même attendre ma réponse. Faites attention où vous mettez les pieds. Le chien émit alors une discrète plainte, comme s'il tenait lui aussi à exprimer son point de vue à ce sujet.

C'est là qu'il faut sonner. L'homme désignait du doigt le grand portail. Il portait des gants de tricot ajourés avec des empiècements de cuir marron. Des *gants de conduite*. Ce mot ancien m'est revenu en mémoire. C'était à peine si je m'en souvenais encore. Voilà longtemps que je n'en avais pas vu de semblables. Le gardien du cimetière m'ouvrit la porte et sans un mot me laissa pénétrer à l'intérieur. Il tenait en main une serviette de table, par une porte entrebâillée s'échappaient bruits d'assiettes et tintements de couverts ; il tardait au gardien de retourner à ses agapes. Sans plus me retourner vers l'homme au manteau de tweed, je me suis alors avancée entre les tombes.

La logique qui avait présidé à l'aménagement du cimetière me demeurait impénétrable. Peut-être était-elle calquée sur l'agencement complexe de la synagogue de Ferrare, dans la Via Mazzini, dont l'édifice abritait derrière un même portail donnant directement sur la rue les trois temples, l'italien, l'allemand et le judéo-espagnol, côte à côte ou l'un au-dessus de l'autre. À l'abri d'un portail qui pour être imposant n'en était pas moins assez discret, ils composaient, hiérarchisés selon les différents degrés de préséance et d'importance, un monde intérieur dans lequel on pouvait se perdre. Le cimetière juif, étalé sur une grande surface, avait lui aussi, avec ses carrés que partageaient des haies, d'étroites allées et des bouquets d'arbres, et en dépit des vastes pelouses qui en aéraient l'étendue, quelque chose de déstabilisant et de compliqué. Il était situé en contrebas des remparts et le visiteur, levant les yeux, pouvait apercevoir la promenade bordée de platanes où ne circulait plus en cette heure méridienne le moindre joggeur. Les platanes, dont les branches portaient encore quelques feuilles racornies auxquelles l'hiver avait retiré toute couleur, dressaient contre le ciel d'un bleu glacial leurs membrures figées. À quelque distance de là, un bref instant, j'entendis un gobemouche noir jeter son cri, sans moduler de trilles, rien que cette succession de notes redoublées qui me laissaient toujours l'impression que la gorge de l'oiseau s'évertuait à étrangler, à annuler par la deuxième syllabe le son qu'elle venait à peine de pousser. Un chant qui s'accordait avec la clarté vacante des matins de février, il flottait déjà dans les petites rues de la ville une odeur de février, ce parfum remonté des profondeurs de l'enfance qui annonçait le déclin de l'hiver et auquel se mêlaient de discrets et gourmands effluves de beignets ; une odeur à laquelle on devine pourtant que des gelées sont encore à craindre. Nulle part je ne suis parvenue à repérer l'oiseau, il se tenait assurément tapi dans une échancrure de soleil parmi les dernières feuilles qui, dans leur rigidité cassante

272

de janvier, n'attendaient plus que quelques bourrasques pour tomber. Dans les zones ombragées du cimetière, la terre, l'herbe et les feuilles mortes étaient couvertes d'une épaisseur de givre. Par places, le sol était jonché de fruits de ginkgo qui répandaient une odeur à vous donner la nausée. Peut-être était-ce à cela que l'homme au chien avait fait allusion quand il m'avait dispensé son conseil. Le gel avait fait éclater les fruits tombés à terre, l'odeur putride se diffusait par bouffées dans toutes les directions et, bien des jours plus tard, semblait encore adhérer à mes souliers et empuantir l'atmosphère.

Quelques visiteurs cheminaient entre les tombes, en quête d'on ne savait quoi, déchiffraient ici et là des épitaphes sur les stèles. Une femme d'un certain âge s'était assise, rompue de fatigue, sur une sépulture pareille à un sarcophage, un adolescent dont les lèvres s'ombraient d'un léger duvet se tenait auprès d'elle, les épaules tombantes, la mine perplexe. Où se trouve la tombe de Bassani ?, s'écria la femme à mon adresse, d'une voix stridente, tout en entreprenant de relacer ses bottines. Elle somma le gamin d'aller prendre des renseignements auprès du gardien du cimetière. Deux hommes, vêtus de manteaux d'hiver à la coupe impeccable et coiffés d'élégants chapeaux, s'avancèrent d'un pas résolu. Je les vis s'arrêter devant un caveau de famille où ils se recueillirent pendant un assez long moment, peut-être priaient-ils, puis ils se mirent à déambuler d'un pas nonchalant entre les tombes, inspectant les noms qui y étaient gravés. Je ne dus qu'à la faveur d'un hasard de découvrir la tombe de Bassani, en bordure d'une grande étendue gazonnée. Un églantier portant de gros akènes velus jetait son ombre sur la stèle commémorative. Plus tard, une fois que j'eus examiné les inscriptions figurant sur les pierres des sépultures situées à l'autre extrémité de la pelouse, espérant y débusquer les traces d'histoires que j'avais lues, je vis les deux hommes élégants faire également halte devant la tombe de Bassani.

Héron

Un matin, une femme de ménage à la silhouette grêle se présenta pour nettoyer l'appartement que j'occupais. Elle s'exprimait dans un patois très prononcé auquel je n'entendais absolument rien. Elle s'efforça en vain de m'expliquer quelque chose, tout en esquissant avec les mains une sorte de mouvement ondulatoire. En y réfléchissant après coup, il me vint plus tard l'idée curieuse qu'elle voulait peut-être désigner par cette pantomime des anguilles. Peut-être tenait-elle à me faire savoir qu'elle était originaire d'une région où l'on pêchait l'anguille, ou issue d'une lignée de pêcheurs d'anguilles, à moins qu'elle n'eût à me vendre quelques spécialités à base d'anguille qu'elle tenait toutes prêtes dans son grand sac en tissu synthétique, d'où elle tira également sa blouse de travail. Quand elle comprit qu'elle s'échinait en pure perte, elle sortit de son sac un petit transistor, alla le poser dans la cuisine sur l'appui de la fenêtre et choisit une fréquence diffusant des chansons à succès.

C'était par un de ces petits matins brumeux qui correspondaient à l'idée que je m'étais faite de la région. J'ai arpenté les rues de Ferrare, atteint la gare, pris le train en

direction de Codigoro. À la lecture du nom de cette localité sur le panneau des horaires de départ, un tableau fait
de fragments épars s'imposa à ma vue. Des éléments de
l'histoire d'Edgardo Limentani et du héron remontèrent
à ma conscience et, se mêlant au souvenir de tout autres
lieux, bien plus lointains, composèrent une image aux
bords effrangés ; quelques bribes de souvenirs que rien
ne reliait entre eux émergèrent de la vaste toile du néant.
C'est dans une auberge miteuse bordant la grand-place de
Codigoro qu'Edgardo Limentani passa les heures qui pré-
cédèrent et suivirent la chasse à l'affût dans les marais de
la plaine du Pô. C'était par une journée d'hiver, deux ans
après la fin de la guerre. Mon père, de toute sa vie, n'avait
sûrement jamais tenu en main un fusil pour abattre des
oiseaux, et il n'existait à mes yeux aucun parallèle déce-
lable entre Edgardo Limentani, qui habitait une maison
de la Via Montebello menant à l'imposant portail du
cimetière juif de Ferrare, et dont le dégoût de l'existence
s'étalait tout au long des pages d'un mince récit, et la vie
de mon père. C'est pourtant bien lui que je crus avoir
sous les yeux pendant tout le temps de ma lecture.

C'était un petit train régional. En face de moi avait
pris place, vêtue d'un manteau matelassé qui avait connu
des jours meilleurs, une femme qui conduisit jusqu'à
son siège, à très petits pas traînants, un homme âgé à la
lippe pendante. Le vieillard avait le souffle pantelant. Une
fois qu'il fut installé, la femme se mit à compulser une
liasse de lettres – des courriers officiels, m'a-t-il semblé –
qu'elle transportait dans un grand sac à main. Les enveloppes avaient été très proprement ouvertes, et il m'est
revenu à l'esprit le coupe-papier que possédait mon père,

un atroce objet dont le manche d'ébène était sculpté en tête d'oiseau. Ma grand-mère le lui avait rapporté d'un des voyages qu'elle avait effectués dans son grand âge. Je ne sais s'il fallait en attribuer le mérite au tranchant de la lame ou à l'habileté de mon père, mais il était en tout cas impossible de savoir, à les regarder simplement, si les enveloppes reposant sur son bureau avaient été ouvertes ou non.

Quelques-uns des passagers du train présentaient une infirmité visible, et ma perplexité ne se dissipa qu'à l'instant où la rame, après quelques arrêts, se vida presque entièrement au niveau du centre hospitalier régional de Ferrare. Un moment encore, je pus suivre du regard le lent et chancelant cortège des impotents qui, flanqués de leurs accompagnateurs fourbus, sondaient le sol avec leurs cannes d'un geste tâtonnant et, tandis que montaient déjà en voiture d'autres personnes à la santé délicate dont la consultation venait de s'achever, traversaient le quai et empruntaient le chemin qui, courant entre des talus gazonnés en dépit du bon sens, menait au grand bloc de béton de l'hôpital.

Après Cona, le regard s'ouvrait sur le large des campagnes. J'avais espéré que s'offrent à moi des paysages embrumés, la paix silencieuse de ce monde intermédiaire de formes et de couleurs que chaque fleuve charrie avec lui et répand à l'occasion comme une lave pour tenir sous son charme les vivants qui résident dans les proches environs. Mais, en cette journée de janvier, les brumes ne tardèrent pas à se dissiper, ce n'était pas l'épais brouillard des rivières et des canaux, rien qu'un léger voile que le ciel faisait descendre sur la terre, à chaque instant un peu plus ténu, avant qu'enfin il ne se volatilise tout à fait dans la clarté blafarde d'un soleil d'hiver. Le ciel conservait encore ce bleu tourterelle lointain des jours où ses rayons ne se décident pas complètement à percer, mais la moindre silhouette était nettement découpée et la plaine déployait sans fin son étendue rase qu'interrompaient ici et là quelques bouquets d'arbres, des allées, des digues de canaux dérobant à la vue l'horizon d'une scintillante blancheur, à l'est, là où je croyais deviner déjà le delta et ses innombrables ramifications courant vers la mer. À la lisière des champs, des volées d'oiseaux prenaient leur essor, des pigeons décrivaient leurs demi-cercles penchés, montaient en une nuée noire et, en vol, se positionnaient de telle sorte que la lumière du soleil, même hésitante, fît briller leur ventre d'un vif éclat, un jeu mouvant avec la lumière que je connaissais pour l'avoir souvent observé dans les plaines fluviales et les estuaires, et dans lequel je ne pouvais me défendre de lire autant d'oracles, sans avoir toutefois jamais appris à les déchiffrer. Le long du remblai de la voie ferrée s'étendaient des cultures fruitières en espaliers, les arbres à la membrure grêle et nue, eux dont on avait bridé la croissance, étaient plaqués sur les treillages, comme écartelés, mais au moins quelques herbes folles d'une verdeur hivernale avaient-elles poussé en touffes généreuses entre les rangées d'arbres. Les bâches en plastique blanches de serres maraîchères bon marché étaient réduites en lambeaux et, quand le souffle du train les prenait en écharpe, flottaient au vent et semblaient adresser un salut au voyageur. Les hautes serres tunnels arrondissaient leur dôme au-dessus d'un fouillis d'herbes et de broussailles, tout affichait l'état de délabrement et

278

d'abandon de la morte saison, à l'exception des champs impeccablement labourés avec leurs sillons bien droits. Au-dessus d'un champ où ne perçait encore qu'à peine la verdeur de semences d'hiver commençant à germer, deux hérons gris volaient à basse altitude. Le train s'arrêtait dans de modestes localités ; à côté des vestiges de huttes et de fermes où la nature avait déjà repris ses droits, de petits lotissements aux maisons toutes identiques avaient vu le jour, dans les jardinets s'épanouissaient des arbustes ornementaux défeuillés et des essences à feuillage persistant soigneusement entretenues. Personne ne circulait par les rues ; personne, cet après-midi-là, ne montait à bord de la rame pour entreprendre le bref trajet vers Codigoro. Les personnes de santé fragile quittaient le train une à une, se campaient sur l'étroit quai de gravier et, cillant des paupières, paraissaient fouiller leur mémoire pour se rappeler le chemin qui les reconduirait chez elles. En dépit de la présence des ruines envahies par la végétation, la région ne semblait peuplée que de fraîche date, et comme à titre expérimental ; les clochers eux-mêmes, coiffés d'étranges petits dômes qui évoquaient un peu les églises orthodoxes, à ceci près qu'ils n'étaient pas rutilants, mais dans l'ensemble comme cabossés, semblaient de simples ébauches. On aurait dit que c'était à dessein que la voie ferrée traçait une ligne de partage inflexible entre les bourgades et leurs cimetières toujours situés à l'écart ; le petit village des morts qu'entourait un mur d'enceinte en briques était invariablement situé de l'autre côté de la voie ferrée, en face de la localité à laquelle il se rattachait, toujours en rase campagne, cerné de terres à labours ou de prairies, pareil à une accueillante citadelle tournant vers qui l'observait depuis le train la face arrière de ses tombeaux fastueux. Le soleil d'hiver faisait étinceler les extrémités des croix de pierre et des statues d'anges blanches. Ici et là, une allée que jalonnaient des arbres épars – tilleuls, platanes, marronniers – s'étirait entre la ligne de chemin de fer et le cimetière, et esquissait une coupure que les rails de la voie ferrée achèveraient d'entériner. Les cortèges funèbres devaient toujours être organisés de telle sorte qu'aucun train, sur cette ligne il est vrai peu fréquentée, n'interrompît la procession, à moins que les parents des défunts, le conducteur du corbillard des *Onoranze funebri* où reposait le cercueil paré de fleurs et le curé lui-même ne fussent préparés à faire halte quelques instants devant le passage à niveau, dont les barrières s'abaissaient dans un grand fracas métallique. Selon les circonstances, il pouvait même arriver qu'un cortège funèbre fût ainsi coupé en deux, et que le cercueil eût déjà franchi les voies tandis que les proches du défunt étaient encore contraints de prendre leur mal en patience de l'autre côté.

Le train s'arrêta le long d'un vieux bâtiment ferroviaire. Deux passagers descendirent du wagon de queue. Je les vis s'éloigner sur le quai de ballast. Le bâtiment principal de la gare, avec son imposant portail et ses belles baies en plein cintre, était fermé à double tour, mais, dans une aile latérale de l'édifice, une porte ouverte laissait apercevoir une salle d'attente à l'ameublement fruste dont les murs étaient couverts de graffiti. Il ne s'y trouvait que deux banquettes, mais elles étaient aussi larges que des lits, et à ce point rapprochées l'une de l'autre qu'on aurait dit qu'elles s'offraient comme couche de fortune pour les naufragés du rail qui avaient manqué le dernier train, ou, s'étant échoués ici, dans cette petite gare, hésitaient encore quant à la suite à donner à leur voyage. Les portes de notre voiture se refermèrent enfin, mais le train ne s'ébranla pas. Le contrôleur, campé sur le ballast, passait un appel téléphonique. Il frappa finalement quelques coups aux vitres des wagons pour inviter la petite poignée de voyageurs qui s'y trouvait encore à descendre. Je me suis jointe aux trois femmes qui, lestées de leurs cabas, faisaient cercle autour du chef de train. Le train n'était pas en mesure de repartir. Un autocar passerait nous prendre. Quand, nul ne le savait. Notre petit groupe est allé patienter sur le parvis de la gare, une mince bande de terrain semée de gravillons blanchâtres le long d'une allée bordée d'arbres. À travers les ramures, j'ai vu des toits, les murs crépis d'ocre et de rose d'habitations villageoises. *Lidi*, pouvait-on lire sur les flancs de l'autocar qui arriva enfin, l'autocar à destination des plages, une indication topographique bien vague dont il fallait peut-être imputer le flou à la période hivernale, quand il ne se trouvait de toute façon quasiment personne pour se rendre dans les stations balnéaires. Les trois femmes montèrent à bord. Au dernier moment, je me suis quant à moi ravisée. Tandis que l'autocar bleu s'éloignait déjà le long de l'allée en direction de l'est, j'ai soudain éprouvé un intense soulagement à l'idée que je ne connaîtrais jamais Codigoro. Que m'importaient les lieux qui avaient été le théâtre du désespoir d'Edgardo Limentani ? À quoi bon y guetter les ombres imaginaires de mon père, dans des bistrots, de modestes auberges, à l'extrémité de rues étroites où déjà des roseaux, bordant la berge de quelque canal, agitaient leurs houppes d'une pâleur hivernale ?

J'ai déambulé par les rues du petit village que l'hiver, en dépit du soleil, avait engourdi dans le silence. Dans l'épicerie où une femme noire se tenait derrière son comptoir, proposant du fromage, de la charcuterie, un petit assortiment de poissons séchés à la chair coriace, se tenaient de rares clients. En attendant que ceux-ci aient fait leur choix, la femme restait figée là, les mains croisées sur le ventre, comme si elle avait appris sur le bout des doigts, non sans avoir d'abord tâtonné, la pose d'une employée d'*alimentari* italienne d'il y a trente ou quarante ans. Voilà des lustres que plus aucune marchande ne se tenait ainsi dans sa boutique, mais, pour on ne savait quelle raison, la femme noire qu'un quelconque hasard avait amenée ici s'était mis en tête de faire sien le langage corporel des épicières d'autrefois. Peut-être avait-elle vu dans son pays natal de vieux films italiens dont la bande-son s'était alors mêlée au bourdonnement fatigué d'un ventilateur, à la rumeur emplissant les rues du village où elle vivait, au tintement des avertisseurs, aux clameurs des passants, au brinquebalant vacarme des autobus, de sorte que cette posture apprise dans des films lui donnait la sensation de n'avoir pas tout à fait quitté son chez-soi.

Le patron d'un café à la terrasse couverte se tenait devant son établissement, sans espoir de voir affluer le moindre client. Attenant au café se trouvait un petit hôtel à l'enseigne du *Héron*, comme l'indiquait au-dessus de l'auvent vitré, sur un pan de mur, une inscription à la calligraphie passée de mode. Peut-être que l'enseigne brillait même lors des nuits d'été et s'imprimait sur la rétine des touristes de passage. Les rues étroites du village étaient désertes, à l'exception de quelques chats qui tous étaient bruns tigrés. Dans un jardin, un homme âgé se penchait sur sa pile de bois de chauffage et en remplissait à gestes lents un plein panier. Il saisissait une à une les bûches qui s'empilaient en un tas impeccable à côté de la resserre, les soupesait, les tournait et les retournait dans sa main avant de les déposer dans le panier. Le jardin était exigu et profond, dans la ramure d'arbres fruitiers taillés en boule d'une main experte de jardinier, des merles faisaient bouffer leurs plumes, et dans l'herbe trottaient des poules aux pattes raidies de froid.

Il existait au village, en plus de l'hôtel à l'enseigne du *Héron*, une Piazza Giorgio Bassani où l'on devait se rassembler, par les journées plus clémentes et les soirs de vive clarté, pour boire un verre et discuter, tout en posant les yeux sur la vitrine d'une boutique au-dessus de laquelle s'étalait en caractères de grande taille l'inscription *Game Over*. Derrière le village, deux canaux ou bras de rivière coulaient bord à bord et semblaient sur le point de confondre leurs eaux, mais se ravisaient toutefois au dernier moment, laissant une digue s'interposer entre eux. De l'autre côté, par-delà les cours d'eau, des basses terres cultivées se développaient sur des lieues et des lieues, parcourues de fossés de drainage ; la plaine deltaïque asséchée d'où l'on avait exhumé autrefois la nécropole engloutie de Spina. Au Musée archéologique de Ferrare, des photos si démesurément agrandies que les silhouettes en étaient déformées représentaient les ouvriers s'affairant à la tâche sous leurs chapeaux à large bord, nu-pieds, les jambes de pantalon retroussées, prenant appui sur leurs pelles ou leurs bêches et, la mine embarrassée, faisant au photographe la faveur d'un sourire édenté, tandis qu'à leurs pieds se déployaient les ornements funéraires des Étrusques, dans leur dos et à côté d'eux les terres cultivables chaque jour plus imposantes que recouvrait autrefois la nappe immense des eaux. Les photographies étaient censées illustrer la découverte fortuite du site de Spina à l'occasion du creusement de canaux de drainage pour récupérer à des fins agraires une vaste étendue de sol, mais elles paraissaient toutefois maladroitement posées. Les lèvres des prétendus découvreurs se fendaient d'un sourire grimaçant, artificiel et figé, et l'on n'osait imaginer ce qu'il serait advenu si l'un des hommes de peine aux mollets encroûtés de boue avait eu le front de se pencher pour saisir l'un des vases.

Le village était de taille modeste, et le charme suranné de ses cafés, de ses petits commerces et de ses jardins se dissipait à mesure qu'on en approchait les lisières, où quelques bâtiments modernes très fonctionnels dressaient leur silhouette carrée au milieu d'arbustes taillés au cordeau. Juste derrière montait en pente raide le talus d'une route de contournement. *Lidi*, annonçait un grand panneau routier qui indiquait la direction de l'est. Après l'autocar des plages, voici que je découvrais la route des plages. Il n'y circulait presque aucune voiture. Dans mon enfance, le mot *Lido* s'était toujours paré à mes yeux d'une certaine élégance, jusqu'au jour où un voyage que nous avions entrepris au début du printemps nous avait conduits un court moment sur les bords de l'Adriatique. Nous voulions voir la mer, et mon père fut contraint de nous soulever un peu pour que, jetant un regard par un trou dans une palissade de planches, nous pussions apercevoir un vide aveuglant, l'étendue rase d'une plage où des mouettes, en un incessant ballet, cherchaient pitance au-dessus de vagues au clapotement lointain et faible. Nous avions également déniché dans la petite station un café dont la gérante parut considérablement troublée par notre apparition. *Tutto chiuso*, nous dit-elle aussitôt, comme si elle voulait se débarrasser de nous. Il se pressait pourtant au comptoir quantité d'hommes vêtus de salopettes qui buvaient quelques verres au son des inévitables tubes italiens. De toute évidence, ils préféraient rester entre eux, ne pas être importunés par des étrangers dont l'heure n'était pas encore venue. On finit tout de même par nous servir une limonade à la saveur douce-amère conditionnée en petites bouteilles, nous sommes allés nous installer à la terrasse du café, dans le vent froid qui faisait claquer un drapeau au-dessus de nos têtes, et, par une échappée entre des cabines de plage, nos yeux se sont posés sur une mince bande d'un bleu tendre et pâle qui était la mer.

Le long de la route des plages, j'ai fait la découverte d'un cimetière qui devait être de construction récente. Un parc de béton sans apprêts posé au milieu de champs où picoraient des corneilles. Des herbes folles et des adventices à fleurs jaunes en enserraient avec chaleur le mur d'enceinte, qui dans son anguleuse raideur de pierre n'offrait par ailleurs au regard que bien peu de réconfort et d'appui. À travers les barreaux de la grille, j'aperçus des columbariums, des alignements de dalles funéraires, des fleurs artificielles dans des supports en plastique, autant d'ornements indestructibles aux tons acides qui avaient été employés ici en lieu et place des vases, de la vaisselle et des parures que renfermaient les tombes de Spina. Les lumières des petites lanternes funèbres, de ces veilleuses perpétuelles auxquelles Olevano m'avait familiarisée, ne se distinguaient même pas dans la clarté du jour, mais je me suis imaginé que le cimetière, si solitaire, posé au milieu des champs à l'écart du village, devait évoquer par les nuits de brume, quand flottaient ses flammes capricieuses et chancelantes, une assemblée de feux follets. Avant que j'aie eu le temps d'observer les noms et les dates figurant sur les tombes, un véhicule des *Onoranze funebri* locales fit son apparition, un corbillard gris foncé où reposait un cercueil couvert de gerbes et de rubans chamarrés. Des proches du défunt sortirent des voitures garées sur le bord de la route et formèrent un modeste cortège funèbre qui avançait au pas derrière le corbillard. Un maigre convoi formé d'une bonne douzaine d'hommes et de femmes en deuil vêtus de tenues d'hiver fonctionnelles – parkas matelassées et anoraks à capuche bordée de fausse fourrure. Ils jetèrent dans ma direction des regards pleins de méfiance.

Je me suis prestement éclipsée, navrée d'avoir fait preuve de curiosité à un moment aussi peu propice, en un lieu qui m'était parfaitement inconnu et où le hasard seul m'avait conduite. Je suis allée me camper à quelque distance du petit cimetière, ne sachant trop qu'entreprendre, et mes yeux se sont alors posés à nouveau sur deux hérons. Ils étaient perchés sur un câble tendu entre deux poteaux. Étaient-ils un signe, ou étaient-ils eux-mêmes dans l'attente d'un signe ? Ils donnaient en tout cas l'impression d'être des sentinelles postées au bon endroit, eux qui semblaient tout à la fois accompagner le cortège funèbre, sans qu'il y parût trop, et veiller sur les morts en gardant vis-à-vis d'eux la distance qui s'imposait.

Un autocar s'arrêta au bord de la route, comme surgi du néant. *Ferrara,* pouvait-on lire sur une pancarte coincée dans le châssis de la fenêtre. Un couple de personnes âgées tout de noir vêtu en descendit, la femme tenait en main des roses artificielles d'un ton agressif et donnait le bras à son époux ratatiné sur lui-même. Je suis montée dans l'autocar vide et j'ai regardé les vieilles gens s'éloigner à pas lents et traînants. Un membre du cortège funèbre est accouru à toutes jambes du cimetière et, adressant de grands signes au chauffeur, s'est lancé à la poursuite de l'autocar ; une cravate rouge voletait devant son élégant plastron, et les pans arrière de son manteau déboutonné semblaient effleurer au passage les roseaux qui tapissaient le fossé bordant la route. Enfin le chauffeur de l'autocar donna un coup de frein et recula pour prendre à son bord l'homme qui avait fui l'enterrement. Celui-ci s'affala lourdement sur un siège, et mit un long moment à reprendre son souffle. Il sortit de la poche de son pantalon un grand mouchoir en tissu avec lequel il se tamponna le front, puis il poussa un soupir de soulagement, comme s'il venait de réchapper à quelque péril. L'autocar s'engagea sur une voie rapide, le paysage déroulait de paisibles perspectives de terres rases, il n'y eut un assez long moment rien à quoi se raccrocher. Des roseaux aux plumets gris-blanc bordaient la route ; entre les champs, les tilleuls et les acacias entourant des fermes, buissonnaient ici et là quelques saules ; des alignements de peupliers se dessinaient dans le lointain. Des troupes de corneilles erraient à petits pas malhabiles et lents sur la terre aux tons clairs de quelques parcelles labourées. De loin en loin émergeaient en bordure de la voie rapide une zone industrielle, de modestes usines, sur la berge d'un plan d'eau des travailleurs coupaient des roseaux rougeâtres. Quand l'autocar est arrivé à Ferrare, l'homme qui avait quitté l'enterrement en était descendu depuis très longtemps, et je ne m'en étais même pas aperçue.

Ambre

La nuit qui succéda à mon excursion avortée à Codigoro, j'ai fait un rêve. Je marche au fond d'un fossé dont les deux hautes parois sont trempées, le sol est semé de flaques où se reflète le ciel. Les parois de terre du fossé sont incrustées de cailloux brillant d'un éclat terne. Malgré le miroitement du ciel dans les flaques, il règne dans le fossé une lumière crépusculaire, et il y flotte une odeur de terre humide avec une discrète touche saline, comme au niveau des veines d'argile. Je m'avance le cœur serré d'angoisse, craignant tout à la fois que mes pieds nus n'écrasent quelque créature vivante, que je sentirais alors filer sous mes orteils, et que les parois du fossé ne s'effondrent, car dans mon rêve la gravière de mon enfance me revient soudain à l'esprit. Des enfants, bravant les interdits, avaient coutume d'y creuser de petites cavités dans les parois de graviers, et il était arrivé que certains périssent ensevelis. J'aimais à me tenir en ce temps-là au bord du petit plan d'eau circulaire qui occupait le fond de la fosse, et qu'entouraient des parois en pente raide formant entonnoir où l'on entendait toujours se déclencher ici ou là des ruissellements de sable. Dans mon rêve, peu de temps avant que j'atteigne, à l'extrémité du fossé, un escalier de bois me permettant d'en sortir, j'extrais de la paroi de terre un petit caillou et, avec la sensation de commettre quelque sacrilège, je referme la main dessus. Les marches de l'escalier tanguent sous mes pas comme le plancher d'une barque. Une fois en haut, au bord du fossé, voici que je prends pied sur un plateau où pousse une herbe étique et blafarde. Les brins à la pointe effilée se couchent sous l'effet d'un vent violent dont je ne ressens pourtant pas le plus petit souffle. Alors que les flaques, au fond du fossé, reflétaient un firmament bleu pommelé de nuages, le ciel au-dessus du plateau est maintenant d'un blanc tirant sur le gris. Il règne une chaleur brûlante, comme en été. Des cris d'oiseaux retentissent dans un grand lointain, les accents plaintifs d'un chant de courlis, sans que j'aperçoive cependant le moindre oiseau. C'est un paysage parfaitement désert à l'horizon duquel rien ne s'esquisse. J'ouvre la main et m'aperçois que le caillou est une pierre d'ambre qui affecte la forme d'une tête. On distingue sans peine le profil d'un visage au nez très droit, mais ce que le petit caillou d'ambre possède de plus frappant, c'est l'arrondi très prononcé de l'occiput, qui, en rêve, ravive instantanément en moi la sensation de tenir dans mes mains la tête de M., pendant les derniers temps de sa maladie, quand je pouvais palper les moindres aspérités de son crâne sous la peau, avec une netteté si parfaite que j'en restais épouvantée. En rêve, l'espace d'une dernière pensée, déjà sur le seuil du réveil, je me dis que ce sont ces souvenirs tactiles siégeant dans mes mains qui ont façonné à partir du caillou une pierre d'ambre en forme de tête.

Plus tard, il m'est revenu le souvenir d'un collier d'ambre que j'avais possédé dans l'enfance et qui m'était longtemps apparu comme la plus belle chose au monde. Les gouttes d'ambre de forme irrégulière, aux contours sans rudesse, semées de petites inclusions qui, dans la lueur jaunâtre de ces pierres qu'on eût dites transparentes, imprimaient autant de petits messages ou d'ombres de messages, prirent bientôt le relais des billes, dont les énigmes devaient rester à jamais irrésolues. C'est une tante à laquelle m'unissait un lointain et incertain degré de parenté qui m'avait fait présent du collier. Elle avait passé sa jeunesse à Königsberg et, dans chacun des récits qu'elle consacrait à ce lieu, évoquait les grands froids qui sévissaient là-bas pendant les mois d'hiver et contribuaient à geler en plein ressac les flots de la mer, de sorte que les vagues restaient figées au bord du rivage, arrondissant au-dessus du sable couvert de neige la délicate dentelle de leurs crêtes d'écume pétrifiées, avant qu'enfin, au terme de longues semaines, sinon de mois entiers, le dégel ne s'amorce. Ce moutonnement d'écume figé en une sorte de dentelle demeura pour moi une image à laquelle s'associait en permanence un tintement feutré, une rumeur haut perchée, et je préférais ne pas songer à l'affliction qui devait vous étreindre quand, au moment où s'annonçait le dégel, ces beautés dont le chant et le sifflement du vent avaient inlassablement poli les arêtes s'effondraient sur elles-mêmes avec un bruit de verre fracassé. Dans ces récits consacrés à Königsberg, la neige tombait toujours à gros flocons, le monde y reposait à jamais dans la paix immobile d'un conte d'hiver, et cependant il devait bien exister d'autres saisons, car ma tante, lorsqu'elle me remit le collier, m'apprit que c'était surtout à l'occasion des tempêtes d'automne et de printemps que les flots de la mer Baltique rejetaient l'ambre à foison sur le sable blanc des plages de Königsberg, comme si un géant l'avait dispersé là à pleines et généreuses poignées. Peu de temps après qu'on m'avait offert le collier, lors d'un voyage en Italie, nous avions fait halte dans un petit village situé au bord du Pô pour y déjeuner. Nous avions contemplé le fleuve, appuyés au parapet d'un pont, avant d'aller prendre place dans le jardinet d'une auberge, au pied du talus de digue. Mon père nous fit alors au sujet de l'ambre un récit qui devait m'éloigner grandement de Königsberg et des rivages de la Baltique. Il s'agissait de l'histoire de Phaéton, qui, poussé par sa nature impétueuse à prendre les rênes du char du Soleil, en perdit le contrôle et manqua d'embraser le monde entier, avant que Zeus ne le foudroie. Phaéton fut alors précipité dans un fleuve qui, nous assura mon père, n'était autre que le Pô, quoiqu'il portât dans la légende un nom tout différent. Les sœurs de Phaéton, postées au bord des eaux, versèrent des larmes sur la mort de leur frère. Inconsolables, elles furent changées en peupliers et leurs larmes se transmuèrent en gouttes d'ambre. J'avais sous les yeux les peupliers de la Bassa Padana et le fleuve, mais rien dans ce qui m'entourait ne s'accordait à mon sens avec le conte de neige et de glace du nom de Königsberg, et j'en avais été momentanément troublée.

La légende des larmes versées par les sœurs du malheureux Phaéton s'enracine dans le delta du Pô, au sein de ce vaste territoire à l'environnement toujours changeant, parcouru de bras de rivières cheminant vers leur embouchure, et de remontées d'eaux salines qui sont autant de doigts tendus par la mer en direction de l'intérieur des terres. C'est dans cette région que se trouve le site de Spina. J'avais pu admirer au musée de Ferrare les pièces archéologiques de l'ancien comptoir, et il m'avait fallu un certain temps pour comprendre à quel lointain souvenir ce nom faisait écho en moi. Je ne m'étais pas attendue à retrouver ici la trace des Étrusques, mes souvenirs leur assignaient une place au centre de l'Italie, loin de Ferrare et des terres qui environnaient la ville. La Bassa Padana était une plaine où nous passions sans guère nous y arrêter, une, deux nuits d'hôtel remontaient vaguement à ma mémoire, il n'y avait là-bas aucun site archéologique que nous aurions pu visiter, et peut-être était-ce aussi pour cette raison que mon affection s'était ingénument portée sur cette région dont j'avais vu si souvent défiler sous mes yeux l'étendue inaccessible et vierge, comme un film où il ne se passerait rien. Mais j'appris par un dimanche où régnait un froid perçant, dans le Palazzo du musée de Ferrare, qu'une cité étrusque avait existé aux portes de la ville, dans la plaine qui s'étendait à l'est, un comptoir maritime et sa nécropole, que la lutte perpétuelle que se livrent la terre et la mer avait fini par ensevelir sous le sable, les marécages et les pierres. Une notice m'apprit que les Étrusques, dans cette plaine à l'est des montagnes, avaient succédé aux Picentins, un peuple dont je n'avais encore jamais entendu le nom et dont les chefs, se laissant guider par le chant du pic – de là le nom de Picentins – avaient alors migré vers le sud-est pour s'y établir. Dans mon esprit, il ne faisait aucun doute qu'il s'agissait du *pic vert*, et je comprenais très bien que les Picentins, charmés par ce chant poignant dont on ne parvenait à découvrir

293

l'auteur qu'au prix d'une longue recherche, se fussent laissé guider par lui, au point d'émigrer dans une autre région. Puis, observant les photos au grain grossier reproduisant les travaux de dégagement des vestiges, il m'était soudain revenu à l'esprit que mon père, vingt-cinq ans plus tôt, à Trieste, m'avait parlé de ce site comme d'un lieu plein de promesses. J'ai passé en revue les vitrines du musée et contemplé les merveilles qui étaient censées prêter compagnie aux défunts : des jouets taillés en os de bête pour les enfants, de minuscules broches de pierre façonnée pour les femmes, des pièces de vaisselle de toute taille figurant des scènes de banquets ou de batailles, des bracelets et des bagues. Les ornements de verre coloré ne firent leur apparition que plus tard et, avec leurs verts et leurs bleus dilués, la délicatesse de leurs tonalités pastel, translucides, mais non transparents, attachés à la lumière de toutes leurs couleurs sereines à l'éclat amorti, préfigurèrent les mosaïques. Il n'est que d'observer ces objets pour imaginer le ravissement qu'ils devaient susciter chez ceux qui préparaient les morts à leur dernier voyage, et du reste chez les morts eux-mêmes, quand ceux-ci rouvraient les yeux dans leur monde souterrain ou renaissaient de leurs cendres. Ils sont autant de témoignages attestant l'amour qu'on portait alors aux défunts, aux en-allés, à ceux qui nous avaient devancés dans l'au-delà. Plus tardivement encore que le verre coloré, l'ambre vint s'ajouter à ces trésors ; il était un bien marchand, et l'on ne puisait pas ses larmes dans le delta du Pô. Cette énigmatique résine fossilisée en provenance d'une mer dont les Étrusques ne pouvaient assurément pas se faire la plus petite idée avait dû éclipser, dès lors qu'ils l'avaient eue en main, la tournant de tous côtés, la présentant à la lumière, en éprouvant le contact sur la peau, tous les joyaux et pierres précieuses connus jusqu'alors, et c'est ainsi que l'ambre devint pour un temps la plus haute promesse qu'on pût donner aux morts pour viatique.

Par la fenêtre de la dernière salle du musée, j'ai observé le jardin s'étendant à l'arrière du Palazzo. Des buis taillés, des cyprès, des portiques de treillage nus – le froid glacial avait tout figé dans un bleu très foncé, cependant qu'à l'ouest le soleil sur son déclin était d'un rouge vaporeux. J'ai repris le chemin de mon logement, et suis passée par la rue où Bassani avait grandi. La maison portait une plaque commémorative, elle devait être encore habitée aujourd'hui, mais en cet instant aucune des fenêtres n'en était éclairée. Dépassant la crête du mur du jardin, un arbre à la ramure vaste découpait contre le ciel du soir, d'un bleu clair mêlé de turquoise, sa silhouette raide et noire. Seule, une grenade pétrifiée de froid pendait encore à l'une des branches ; je pouvais m'imaginer à quel point elle devait être ratatinée après les nuits glacées de ces temps rudes de janvier. On distinguait aussi dans le fouillis des rameaux un nid d'oiseau qui, accroché au niveau de la partie inférieure de la ramure, en paraissait une excroissance toujours plus sombre, un peu de travers, comme si le vent l'avait déjà soumis à rude épreuve, à demi suspendu entre ciel et terre dans le soir où le froid glacial engourdissait tout. *Il nido è in tavola !*, je crus entendre la voix du personnage féminin d'*Uccellacci e Uccellini*, dont les enfants n'ont plus rien à manger et qui leur a préparé un nid d'oiseau. L'homme de la famille, assis à sa modeste table, fait un sort au nid, et chaque fois qu'il me revient le souvenir de cette scène, il me semble qu'il mange avec un mouchoir déployé sur la tête, comme le font ceux qui se délectent en été des petits ortolans que les chasseurs d'oiseaux ont attrapés. Pourquoi se dissimulent-ils sous un mouchoir ? – il est bien naturel de se poser la question. Réponse : Pour que Dieu ne les voie pas.

Gare de triage

Ferrare était une ville déconcertante. Sous un jour d'hiver, ses ruelles étroites vous menaient souvent en des endroits inattendus, la lumière, jouant sur les rouges et bruns changeants des façades, ne permettait pas de déterminer avec précision l'heure qu'il était, et rien n'était plus propre à vous égarer que cette froide quiétude septentrionale que venait tempérer le pressentiment d'ombres profondes et acérées en d'autres saisons, sous une chaleur mordante. Tout était empreint de gravité, d'un austère quant-à-soi qui avait quelque chose de presque ottoman : on devinait des jardins, des demeures aux perspectives profondes qui tenaient dissimulés derrière leurs portes closes et leurs façades sans lustre tous les biens fastueux qu'elles pouvaient recéler. Au matin de mon dernier jour à Ferrare, je me suis rendue sur les bords du Pô di Volano, la branche deltaïque dont le cours tangente le flanc sud de la ville, bordé de murs et de grands axes de circulation, traçant une frontière avec les faubourgs, les terres environnantes, une ligne de partage entre la ville abritée derrière ses remparts et les rares zones industrielles qui s'insèrent ici dans l'étalement périurbain. Le petit jour était d'un froid amer, et, sur la rive tournant le dos au soleil, il s'était formé une petite épaisseur de glace sur les branches tristement pendantes de buissons clairsemés. Le cours du fleuve, à la hauteur de la ville, avait été à ce point rectifié que celui-ci donnait bien plutôt l'impression d'être un canal, un chemin d'eau purement utilitaire qui demeurait peut-être navigable sur quelques kilomètres encore, avant de se perdre dans le delta une fois passé Codigoro, débouchant dans la lagune où Edgardo Limentani avait assisté à l'agonie du héron. La route qui conduisait à la mer en passant par la Via Pomposa devait être la même aujourd'hui encore, enveloppée de brumes par les soirées d'hiver où l'humidité montait des *bonifiche*, ces étendues de terre asséchées où courent mille petits bras sclérosés du Pô, et que quadrillent canaux et fossés.

En retrait du cours d'eau, mes pas m'ont menée dans la Via Piangipane, la Rue-du-pain-et-des-larmes, comme je pus le lire ; un nom bien singulier pour la rue où se dressait autrefois la prison. Elle se trouvait certes dans l'enceinte de la ville, mais comme reléguée à ses marges ; le quartier, comme frappé de mise au ban, semblait avoir été tenu à l'écart parce que nul ne souhaitait en entendre parler. Ici et là, derrière des clôtures rouillées, des friches s'avançaient jusqu'au bord de la route, les maisons étaient des édifices modernes qu'on n'avait pas fini de bâtir et au cœur desquels subsistaient peut-être encore les vieilles masures, tout cependant avait été consciencieusement badigeonné d'un vernis de respectabilité, des chiens jappaient avec fureur derrière des portails, une famille chinoise au grand complet achevait de s'extraire d'une voiture. Entre les immeubles d'habitation s'inséraient de petites boutiques, un salon de manucure et un comptoir de pizzas à emporter, sans le moindre client en cette heure matinale. La maison d'arrêt était un bâtiment de briques tout en longueur dont la première rangée de fenêtres portait encore des barreaux. C'est là, devant le grand portail, que les femmes devaient faire la queue pour mendier des nouvelles, apporter des victuailles, se concilier les faveurs des gardiens avec un peu de fromage, des anguilles et du vin, afin qu'ils transmettent aux détenus quelques lettres, pourquoi pas un livre ou des cigarettes. Aux portes de la maison d'arrêt, le trottoir, morne et désert, vraisemblablement écrasé de chaleur aux mois d'été, semblait avoir été conçu pour les solliciteurs et les personnes désemparées. La prison de Ferrare n'hébergeait plus aucun détenu. Le bâtiment, flanqué de bandes de friches où la nature sauvage étendait de nouveau son empire – d'anciens jardins potagers, peut-être, dont les détenus devaient travailler la terre –, était désormais orné d'une menorah penchée qui l'élevait à la dignité de Musée du Judaïsme. La propreté irréprochable de la façade, l'entretien des fenêtres, la respectabilité nouvelle dont pouvait s'enorgueillir, dans cette rue où il ne détonnait en rien, l'ancien pénitencier, se voyaient ainsi pourvus d'un cadre qui ne s'adressait qu'au vide. C'était un triste spectacle que cette maladroite débauche d'efforts, et plus d'un observateur devait être tenté de prendre la fuite sans plus attendre pour rejoindre les ruelles plus riantes, un peu plus haut, en ville. Derrière la prison, par-delà la muraille d'enceinte, s'étendait le petit port de Ferrare, un bassin à flot de modeste taille que peuplaient autrefois bateaux de pêche et chalands, et où mouillaient aujourd'hui des navires d'excursion à l'hivernage. C'est sur la petite place qui bordait le bassin que se nouaient certainement par le passé transactions et marchandages, elle était une brèche où la ville baissait un peu la garde et d'où l'on partait peut-être aussi à l'assaut de la muraille d'enceinte, avec plus de discrétion que ne le faisaient les jeunes paysans équipés de leurs bicyclettes, au niveau de la Punta della Montagnola. La gare routière occupait désormais l'espace intermédiaire entre le port et les remparts, formant une aire indécise qu'animaient aux premières heures du jour les nouveaux arrivants ; des femmes, surtout, descendaient des autobus desservant les faubourgs et, lestées de grands sacs, la tête baissée pour faire obstacle au froid, chaussées de bottines d'hiver aux talons usés, se rendaient à pied sur leur lieu de travail, la démarche empressée. À la fenêtre du petit guichet bleu où l'on dispensait informations et tickets, un minuscule arbre de Noël recouvert de neige artificielle en bombe clignotait encore ; le guichetier se tenait au fond du local, près de la porte, et partageait une pause cigarette avec les conducteurs d'autocar. Il suffisait de tourner un coude de la muraille d'enceinte pour découvrir la gare, qui formait avec la prison et le port un triangle aigu qui, en dépit des remparts, tranchait sur l'austère rigueur de Ferrare et s'attachait à être tout autre chose, un canton de la ville où les traces de l'entre-deux-guerres se lisaient encore dans les vieux blocs d'habitation, les trottoirs au béton fissuré où les passants, enveloppés dans leurs écharpes pour se garantir du froid, agrippant fermement leurs mallettes, mettaient le cap sur la gare en hâtant le pas. En bordure du triangle trônait en majesté le stade, qui représentait peut-être aujourd'hui encore un lieu central pour les ouvriers et les petits employés résidant dans les blocs d'immeubles. Des riverains, occupés à promener leur chien, passaient, rétifs au froid, à pas languissants et fourbus devant les portes d'accès numérotées du stade, se saluaient mutuellement d'un bref hochement de tête et de quelques mots marmonnés dans leurs cache-nez, pendant que les vieux chiens asthmatiques, espérant s'en retourner bien vite chez eux pour échapper au froid, se soulageaient parmi les détritus que le vent et les intempéries avaient accumulés sous les tribunes, dans des recoins. Au niveau de la Porta Po, j'ai rejoint les remparts. Les carrefours, avec leurs espaces verts sillonnés de sentiers battus, les postes d'essence, les boutiques et les immeubles d'habitation bordant l'inextricable lacis des bretelles de sortie, ce bâtiment de briques qui se dessinait dans le lointain, en lisière de la zone ferroviaire, et avait certainement fait office autrefois de gare de marchandises, tout, jusque dans le mol affairement des rues, les lessives flottant au vent sur les balcons, la présence de ces jeunes hommes oisifs plantés aux coins des rues et de deux policiers désœuvrés dont le regard se perdait au loin, réveillait soudain en moi le souvenir de l'Italie de mon enfance, et plus généralement de mon enfance elle-même, de cette sensation d'espoir vague qui se nourrissait de la lumière, de la vastitude des paysages, de la direction incertaine des routes de sortie inconnues filant vers les campagnes, et faisait pleinement corps ici, aux portes de la ville, avec les petits fragments d'horizon de la Bassa Padana que révélaient à la vue d'étroites échappées. L'Europe centrale regorge de ces gares de marchandises et de triage, vestiges décatis des temps anciens semés le long d'un vaste réseau de voies

301

désaffectées entre lesquelles s'épanouissent des verges d'or, des coquelicots et de la chicorée sauvage, au bord de remises en brique portant des panneaux dévorés par la rouille. *Expédition des marchandises*, pouvait-on lire sur l'un de ces écriteaux endommagés, dans la gare de la ville où j'ai passé mon enfance ; un bâtiment de brique hollandaise sombre, trapu, aux murs aveugles, enveloppé en permanence d'une tenace odeur de brûlé, avec une haute plateforme derrière laquelle les portes coulissantes en métal étaient parfois ouvertes, laissant le regard s'engouffrer dans d'effrayants abîmes de noirceur. La gare de triage dont il est question dans l'histoire des Finzi-Contini, l'évocation par Micòl du vacarme incessant des trains ballotés au gré des voies, qu'elle pouvait entendre de sa fenêtre, dans l'enfance, avaient fini par se confondre au fil des ans avec mes propres souvenirs, avec l'écoute à demi curieuse, à demi angoissée des trains dans la pénombre, ce mélange d'attente et d'effroi qui reste indissociable de l'écho des trains filant à grand fracas dans la nuit, le long du Rhin. Des jours durant, à Ferrare, j'avais suivi les voies figurant sur une carte géographique de fiction, je m'étais efforcée de tisser des fils entre les noms de lieu, les points cardinaux, les citations, et ce n'est qu'à présent, entrevoyant à quel point le souvenir de mes lectures s'était mêlé à la mémoire de mes propres affûts nocturnes, qu'il m'était donné de comprendre, au terme de toutes ces déambulations sur le chemin de ronde et dans les rues essaimant à partir du Corso Ercole I d'Este, après avoir arpenté la Via Arianuova et m'être évertuée à trouver des points de repère dans mon esprit, que le lieu de l'histoire était un lieu de mémoire dont les chemins et les perspectives obéissaient à d'autres règles que celles que j'avais cru pouvoir suivre, en ma qualité d'étrangère, bien des décennies plus tard. Il était un lieu auquel seules une sensation d'absence et la mémoire sensible de ce qui s'était perdu donnaient accès, et qui puisait en elles une réalité bien plus matérielle que celle de tous les autres lieux de Ferrare qu'il vous était loisible de fouler et d'explorer.

L'après-midi même, j'ai pris l'autocar pour les plages. L'arrêt était situé juste en face de la gare et je suis arrivée en avance. J'ai patienté devant un café au comptoir d'un bar, les yeux rivés sur la route. Des clients allaient et venaient, un poste de télévision était allumé, un soleil rasant faisait étinceler les boîtes de chocolats dans leurs emballages de Noël et les quelques *panettoni* qui n'avaient pas trouvé preneur. Dehors s'attroupaient des écoliers, des femmes à la mine fourbue vêtues d'épaisses doudounes qui achevaient à peine leur service et n'aspiraient qu'à rentrer chez elles, trois Africaines portant des écouteurs qui les coupaient du monde. L'autocar était plein de collégiens qui tous descendirent après Ostellato, à des arrêts de fortune situés en rase campagne, à côté de bandes de roseaux, de bouquets de peupliers, de buissons de saules, quelqu'un les attendait là pour les reconduire en voiture chez eux, dans une ferme solitaire et perdue ou l'un de ces mornes pavillons que se partageaient toujours deux familles. L'autocar se vidait petit à petit, desservait à un rythme nonchalant, en bordure de longues routes, les stations balnéaires sans âme qui vive situées au-delà de Comacchio, suivait des alignements de maisons fermées à double tour dont les pièces sommeillaient pour l'heure derrière des volets clos. Je me suis demandé où vivaient les écoliers, quelles circonstances les avaient contraints à s'installer dans l'un de ces lieux déserts, quel métier leurs parents pouvaient bien exercer. Il n'y a jamais qu'à Porto Garibaldi, l'antique village de pêcheurs, porte de Ferrare sur la mer, que je découvris enfin un peu d'animation, au milieu des chantiers navals et des stations d'épuration, le long d'un imposant canal bordé de bateaux qui débouchait dans la mer. Je suis descendue à Lido degli Estensi, où commençaient déjà les forêts de pins parasols de la région de Ravenne, certes réduites ici à la dimension de petits bouquets d'arbres proprets enclavés entre les lotissements de maisons de vacances, mais cependant d'une majesté austère et élancée, presque noirs en ces mois d'hiver. Derrière un parking, on apercevait la mer, d'un bleu livide sous le ciel où le crépuscule s'installait déjà.

Saline

À l'arrière-plan des stations balnéaires s'étendent les Valli di Comacchio où les eaux prennent le pas sur la terre, des fossés, des bassins, des canaux au long desquels courent d'étroits chemins ; les marges sud du delta, entre le Po di Volano et le fleuve Reno. Autrefois, c'est dans cet espace lagunaire qu'on produisait le sel, tout comme en face, de l'autre côté de l'arc adriatique, à Strunjan, entre Piran et Koper, où, bien des années plus tôt, par une brûlante journée d'avril, j'avais marché au hasard en compagnie de M. et, au milieu de parcelles de terrain que la sécheresse avait craquelées et d'une étendue de bassins que partageaient des talus herbeux de faible hauteur, nous avions découvert un silence et un vide comme nous n'en avions encore jamais connu ailleurs. Tout, lors de cette journée, semblait relégué dans un inaccessible lointain – les rochers qui masquaient Piran, les maisons le long du versant côtier de Strunjan, les vignobles, la mer elle-même dans notre dos. Plus rien ne comptait, hormis ces sols crevassés, ces eaux dormantes au creux des fossés, ces petites cabanes sans fenêtre. Le mot *zone* m'avait alors traversé l'esprit ; la zone saline où le temps suivait une autre pente, où de tout autres règles avaient cours. Il était midi, nous étions les seuls à des centaines de mètres à la ronde, l'air vibrait au-dessus de ce terrain qu'écrasait une extraordinaire chaleur, sous un ciel voilé de nuages blanchâtres, et, quand nous avons repris la route de Piran, longeant les falaises où menaçaient chutes de pierre et éboulements, nous nous sommes tous les deux aperçus que nous avions perdu toute conscience du temps qui avait pu s'écouler pendant que nous déambulions dans les marais salants.

C'est au fond par accident que je m'étais retrouvée ici, dans une location dont les fenêtres prenaient jour sur des buissons de saules, un palmier en pot faisant grise mine, un foisonnement de joncs et un vaste pan de ciel. À l'écart de la route côtière, en retrait des stations balnéaires désertées, vers l'intérieur des terres. Les gérants de la pension semblaient avoir abdiqué tout espoir d'en tirer de suffisants revenus, il y avait un peu d'amertume dans l'air, comme un étonnement mélancolique à constater que le vide des villégiatures de bord de mer, le spectacle du désert des salines en hiver ne suscitaient pas seulement chez qui les observait un accablant désespoir. La famille des gérants logeait dans une maison que défendait un imposant portail métallique. Les petits pavillons hébergeant les clients flanquaient le terrain qu'elle occupait. La maison et les pavillons semblaient de simples objets contingents posés en marge du vide, vers le sud des labours s'étendaient derrière un fossé rempli d'eau, on distinguait faiblement dans le lointain une ferme que cernaient des peupliers. Acacias, aulnes, saules, peupliers : des arbres comme il s'en trouve dans toutes les régions où la nappe phréatique peut à tout instant affleurer à la surface d'une mince épaisseur de sol, se manifester sous la forme de rides, de sillons ou de petites cavités, et refléter soudain l'étendue du ciel. Tout ce qui s'épanouit par ici déploie des racines voraces, les arbres poussent vite, comme s'ils craignaient que les eaux les fassent disparaître dans leurs marécages. Les peupliers fusent vers le ciel avec une si foudroyante vitesse qu'ils n'ont pas le temps de former des cernes annuels, et que chaque été qui passe en évide un peu plus profondément le tronc. Les espaces creux tiennent alors lieu de refuge aux apparitions qui surgissent sur ces terres quand les brumes montent du sol : rois des Aulnes, spectres menant leur sarabande. Les tempêtes ont la partie belle avec ces arbres élancés au tronc sonnant creux. Ils s'effondrent, rendent impraticables les chemins, provoquent des catastrophes ; voilà bientôt les esprits sans logis, contraints de déménager dans d'autres arbres. Le bois de peuplier m'était toujours apparu comme fragile et de peu de valeur, mais je m'étais aperçue un jour que bien des œuvres peintes sur des panneaux de peuplier avaient survécu aux outrages des siècles. Fra Angelico, dont les bleus avaient la faculté de susciter chez mon père un ravissement qui vous jetait presque dans l'embarras, et au sujet desquels il était intarissable, peignait ses tableaux sur bois de peuplier, et je me suis demandé incidemment s'il existait un rapport entre la nature du bois et la qualité de ce bleu si particulier qui enchantait mon père.

Devant la pension s'étendait un terrain dégagé que parcouraient des sillons bourbeux. Il faisait apparemment office d'aire de camping pendant l'été. De petits panneaux indicateurs tordus se dressaient sur le sol ; le long d'une voie d'accès, des pancartes maculées de boue indiquaient l'emplacement d'une zone de réception qui demeurait invisible. Une excavatrice à la carrosserie couverte de boue séchée trônait à présent au milieu du terrain, comme si l'on avait eu il y a longtemps un grand projet auquel on avait renoncé, abandonnant la machine à elle-même. À côté de l'excavatrice se trouvait une terrasse couverte, avec des tables et des bancs ; tout à l'extrémité du toit, une décoration de Noël s'attardait encore, qui à y regarder de plus près était une enseigne lumineuse en forme de traîneau tiré par un renne.

Le propriétaire me fit un éloge sans conviction des flamants roses qui, m'assura-t-il, nichaient en colonies non loin de la pension, dans des plans d'eau. Je suis partie pour une brève promenade. L'après-midi touchait à sa fin, le soleil était bas dans le ciel, la température ne tarda pas à fléchir rudement. Je suivis un petit sentier qui courait entre des roseaux où murmurait le vent, et dont les hampes blanchâtres formaient d'épaisses touffes émergeant de la profondeur des fossés. Le sentier conduisait à une vaste pièce d'eau rectangulaire, un bassin artificiel pareil à un petit lac. Sur la rive couverte d'herbe, un ponton branlant s'avançait dans l'eau. Au bord du sentier, profondément enfoncée dans des buissons, l'armature tordue d'une balançoire achevait de rouiller ; un peu plus loin, déjà à demi ensevelies dans le sol, c'étaient deux chaises de jardin blanches ; les vestiges mal en point d'une tentative d'idylle champêtre qui avait tourné court.

J'ai suivi le sentier qui faisait le tour du plan d'eau. Le chemin formait une sorte de large digue de l'autre côté de laquelle s'étendaient encore des cours d'eau, des fossés ou des canaux, les eaux n'étaient pas immobiles, mais animées d'un lent mouvement qu'entretenaient les perpétuels échanges entre les bassins communicants, un système complexe mis au point pour assurer le drainage des sols. À la différence des marais salants de Strunjan, ceux de Comacchio ne présentaient dans le lointain ni falaises ni collines semées de constructions, le pays déroulait à perte de vue ses tableaux sans relief. Il vous suffisait d'aller vous percher sur une bande d'herbe en léger surplomb pour n'apercevoir, au nord, à l'ouest et au sud, qu'un évanescent motif de chemins d'eau et de talus herbeux qu'interrompaient simplement en de rares endroits quelques édifices presque croulants, hauts comme des maisons de deux étages, percés de rares fenêtres, peut-être des greniers à sel ou d'anciens bâtiments techniques, des sites où l'on tamisait le sel avant de le mettre en tonneaux. J'avais perdu le souvenir de ce que m'avaient appris au sujet des marais salants les vieux films en noir et blanc du musée de Piran, seuls m'étaient restés en mémoire le papillotement des zones endommagées de la bande de celluloïd, la surexposition des images due au soleil aveuglant, la posture penchée des femmes avec leurs tamis et leurs paniers, la dureté manifeste de la collecte, ainsi qu'une sensation de meurtrissure à la vue des mains et des pieds nus des paludières qui manipulaient de grandes quantités de sel. Dans les marais de Comacchio, si l'on faisait abstraction des rares bâtiments, seules quelques excroissances végétales brisaient de loin en loin la ligne de l'horizon, des arbres biscornus et trapus qui étaient parvenus à prendre pied au bord des fossés depuis qu'on avait arrêté la production de sel, des roseaux, des buissonnements de saules, des tamaris aux rameaux graciles. Le territoire était bien plus vaste que celui de Strunjan, mais voilà bien des années qu'on n'y tirait plus le sel des carreaux. Il offrait aux oiseaux qui n'avaient pas besoin du refuge des arbres un territoire sauvage où s'ébattre. Le soleil déclinait, un ciel où l'orange, le rouge, le pourpre et le mauve formaient autant de couches superposées arrondissait sa voûte au-dessus du paysage dont les plans d'eau reflétaient les couleurs, encadrées par les lignes toujours plus sombres des terres. Des oiseaux traversaient le ciel, oracles pareils à des flèches, noirs contre le rouge à chaque instant plus sombre du couchant. Dans les buissons, au bord du bassin, des mésanges nonnettes faisaient entendre leur chant discret aux accents angoissés. J'entendis de l'autre côté du bassin des sarcelles d'hiver, des vanneaux huppés dans le lointain, plus tard quelques bihoreaux gris.

À mon retour, l'enseigne lumineuse, sur le toit de la terrasse, était allumée, le traîneau et son renne brillaient maintenant d'un éclat blanc, bien trop faible et lointain cependant pour qu'un quelconque voyageur, sur la route, pût y lire une invitation. Mais à qui serait-il venu l'idée d'aller se perdre dans ce désert, de toute façon ? Le propriétaire de la pension rôdait autour des pavillons. Il m'invita à aller faire quelques emplettes à Porto Garibaldi en compagnie de sa famille. Peut-être ne leur inspirais-je pas confiance, ou préféraient-ils ne pas me laisser toute seule à la pension. J'ai accepté l'invitation, Porto Garibaldi m'intéressait, il m'était apparu depuis la vitre de l'autocar comme un lieu intermédiaire voué tout entier au provisoire, un point nodal échappant à toute mainmise ou contrôle, une enveloppe protectrice comme il s'en forme si souvent autour du noyau des villes, en vertu d'une sorte de loi physique, pour les prémunir d'une faiblesse dont nul ne semblait jusqu'alors s'être avisé. Le canal, l'alignement sans fin des bateaux de pêche amarrés aux quais, les chantiers navals et les parkings à bateaux où d'innombrables embarcations, dans le plus grand désordre, étaient ici abandonnées aux rigueurs de l'hiver, tout attestait de façon réconfortante la présence d'une vie en retrait des stations balnéaires offrant un spectacle de désolation.

Mais pour l'heure il faisait déjà sombre, on voyait à peine Porto Garibaldi. Le trajet fut bref et déconcertant, sur une route où circulaient essentiellement des poids lourds et le long de laquelle des enseignes au néon clignotant timidement surmontaient des commerces désaffectés en hiver ou simplement laissés à l'abandon, et nous conduisit bientôt, au terme d'un parcours en lacets, sur le parking d'un supermarché. À l'ouest, où une dernière bande de ciel rougeâtre s'apprêtait à être absorbée par la nuit, une grande obscurité descendait sur les campagnes. Pendant cette sortie en famille impromptue, je ne savais où me mettre et me sentais mal à l'aise, à court de phrases. Les petites filles du propriétaire, installées à côté de moi, ne disaient pas un mot et pianotaient sur leurs téléphones portables. J'ai passé sous silence le dégoût que m'inspiraient les supermarchés et fait quelques achats. Sur le chemin du retour, le territoire où m'attendait un toit, sous le clignotement protecteur de l'enseigne lumineuse, me parut plus encore que pendant l'après-midi, dans la pleine lumière du jour, une manière d'îlot sur lequel je peinais à poser un nom.

Au cours de la première nuit, je n'ai que bien peu dormi. Le vent s'était levé et agitait sans relâche les feuilles flapies du palmier en pot qui se desséchait sur pied. Depuis les marais salants me parvenaient des cris d'oiseaux inquiets. J'entendais non seulement le chant des bihoreaux gris, mais des canards, le concert de voix discrètes d'oiseaux chanteurs qui se tenaient sûrement tapis dans la profondeur des buissons, et un oiseau au timbre rauque dont le chant ne m'était pas familier. Peut-être y avait-il là quelques petits prédateurs s'approchant en tapinois de leurs proies. Je ne pouvais pas m'imaginer qu'il y eût ici des renards, ils n'auraient rien eu pour se mettre à couvert. Je me tenais près de la porte et prêtais l'oreille à la rumeur de la nuit. Le scintillement de l'enseigne lumineuse ne contribuait qu'à vous aveugler, et ne diffusait pas une lumière suffisante pour qu'on pût distinguer quoi que ce soit. L'obscurité était trop profonde. Je n'étais en proie à aucune inquiétude. L'îlot sans nom était un lieu accueillant. Le froissement des frondes de palmier, le murmure des hampes de roseaux sèches, les cris d'oiseaux, tout m'était un langage nouveau qui ne demandait qu'à être appris.

Oiseau de glace

Le lendemain matin, l'enseigne lumineuse ne clignotait plus. Peut-être avait-on assigné aux enfants la tâche de l'éteindre avant de se rendre à l'école et de la rallumer à leur retour, et je me demandais de quel nom ils avaient bien pu affubler cet objet. Il revenait certainement au père de famille le soin de l'installer et de le démonter le moment venu, et le traîneau tiré par le renne devait passer la plus grande partie de l'année dans quelque coin sombre d'un garage, sans doute au milieu d'autres accessoires de Noël dont on n'avait plus l'emploi depuis très longtemps. Les fillettes avaient passé l'âge des décorations de Noël et ne juraient plus que par l'écran de leurs téléphones portables. À mon arrivée, j'avais repéré dans un recoin situé entre la maison et le garage deux petits jouets d'enfants, des caddies en plastique rose bonbon qui, comme propulsés avec fureur contre le mur, s'étaient encastrés là, à demi détruits, et renfermaient maintenant quantité de feuilles mortes et de déchets de toute sorte, comme si personne n'y avait touché depuis des lustres. Une réplique en miniature des caddies de métal cabossés que les adolescents des petites rues de l'Est de Londres, animés d'une provocante colère, malmenaient et entrechoquaient avec une telle violence qu'aucun habitant du quartier n'était bientôt plus en mesure de les désolidariser les uns des autres ni de s'en débarrasser. En quelques semaines à peine, quelle que fût la saison, ils se remplissaient de détritus, se changeaient en encombrants symboles des soirées d'amertume, et plus personne ne leur prêtait la moindre attention.

La nuit passée avait été très froide, et sur le terrain de camping les sillons de boue avaient gelé. L'eau du fossé bordé de hauts roseaux blafards que le sentier longeait pour rejoindre le bassin était recouverte d'une mince épaisseur de glace qui n'était pas encore tout à fait compacte. J'aperçus sous la glace une silhouette blanche : un oiseau mort, enseveli sous ce dais translucide. Gisant sur le dos, il était de taille modeste, peut-être comme un pigeon ou une hirondelle de mer, sa livrée paraissait d'un gris-blanc sans éclat, mais cela tenait peut-être aussi à l'eau brunâtre et trouble sous l'épaisseur de glace. Je parvenais à distinguer les ailes écartées, les pointes des pennes chiffonnées par l'agonie, la tête légèrement inclinée sur le côté, le plastron. La veille encore, je m'étais campée exactement au même endroit, posant les yeux sur la ferme qui se dressait à l'autre extrémité du champ, et rien dans le petit cours d'eau n'avait frappé mon attention. Se pouvait-il que l'oiseau, pendant la nuit, avant que ne s'amorce le gel qui devait figer les eaux, fût ainsi tombé droit du ciel dans le fossé, les ailes déployées ? Bien des années plus tôt, nous avions découvert, M. et moi, un oiseau mort sous la glace d'un étang profondément gelé. C'est M. qui avait attiré mon attention sur l'ombre blanchâtre : il ne parvenait pas à reconnaître ce que c'était. L'oiseau se trouvait près de la berge marécageuse, parmi des roseaux élancés qui à cet endroit battaient légèrement en retraite, comme pour ménager un peu d'espace à la bête. L'épaisseur de glace était bien plus importante qu'ici, il régnait depuis des semaines un gel rigoureux, et j'avais alors supposé que l'oiseau venait d'être abattu par un chasseur. Celui-ci ne l'avait peut-être pas trouvé, ou alors il lui avait fallu prendre la fuite après le coup de feu, parce qu'il n'avait pas de permis de chasse, ou craignait que quelqu'un n'arrivât. Ici, de toute évidence, personne ne s'adonnait à la chasse.

Les eaux du bassin étaient lisses comme un miroir. Tout à son extrémité tanguait une petite barque, et des voix d'hommes trouaient le silence. L'un d'eux mit en marche le moteur, l'embarcation pencha dangereusement, les hommes éclatèrent de rire et échangèrent d'une voix sonore quelques phrases brèves. Une fois la barque au centre du plan d'eau, le moteur se tut, les hommes parurent examiner un je ne sais quoi dont l'emplacement était indiqué par de petites balises flottant sur l'eau. La barque oscillait, allait de-ci de-là, les hommes tiraient sur des cordes, enfonçaient des perches dans l'eau ; sans doute y avaient-ils posé des nasses ou jeté des filets. Ils se rapprochaient de la berge, faisaient demi-tour, remettaient le cap sur les bouées, en un circuit divagant qui demeurait impénétrable au profane. Quand le moteur se taisait, l'air était tout vibrant du chant des oiseaux. Des nuées de mésanges nonettes s'affairaient au cœur des buissons ourlant la berge, je voyais frémir les longues plumes caudales dans le fouillis des branches, et, sur un câble électrique tendu entre deux poteaux de guingois, six, sept hérons encore dans leur jeune âge s'étaient perchés. Au bord du bassin, par petits groupes, des macreuses noires avançaient à coups de pagaie tout en poussant des sons plaintifs. À plusieurs endroits, la barre d'appui de la clôture courant le long du chemin était tordue et coudée vers le sol. Juste derrière se dressait une digue depuis la crête de laquelle, embrassant du regard l'intérieur du pays, on n'apercevait jusqu'à l'horizon qu'une immense alternance de bandes de terre et d'eau. Dans le bassin voisin, je découvris les flamants dont le propriétaire de la pension m'avait parlé. Très loin, à l'autre extrémité du plan d'eau, ils s'étaient rassemblés en une troupe compacte. Peut-être agissaient-ils toujours ainsi par temps de grand froid. Les flamants revêtaient dans mon esprit quelque chose d'exotique qui ne s'accordait pas avec l'univers d'oiseaux auquel j'étais familiarisée. Le nom par lequel on les désignait en italien, comme je l'avais appris la veille, était *fenicottero*, on y entendait vibrer le lointain écho du phénix, un oiseau qui n'est nulle part chez soi hormis dans le monde des légendes. Ici non plus, les flamants semblaient ne pas être dans leur foyer naturel, même s'ils avaient apparemment réussi à s'accommoder du gel rigoureux qui sévissait de temps à autre. De loin, on aurait cru voir flotter une ribambelle de coussins d'un rose crasseux, les détritus épars d'une décharge sauvage, les accessoires mis au rebut de lointains plaisirs dont le souvenir s'était s'effacé, et qui n'attendaient plus qu'une bourrasque pour dériver ailleurs. Si l'on s'approchait toutefois des oiseaux pour les observer, on s'apercevait qu'ils ne flottaient pas, mais étaient dressés sur leurs pattes très hautes et grêles dans une faible profondeur d'eau. La plupart d'entre eux cherchaient pitance et, le cou en S, avaient la tête enfoncée dans l'eau. Même s'ils ne bougeaient qu'à peine, et ne redressaient la tête qu'en de rares occasions, comme soudain à l'affût, ils dégageaient une impression de nervosité. Le rose de leur livrée tranchait sur les gris, les bruns et les verts amortis du paysage, y introduisant une note dissonante qui provoquait un certain trouble ; au printemps, parmi les tamaris aux chatons rosissants, il devait en aller autrement. Sous un ciel plus clair et moins bas, dans un écrin de verdure, il devait même émaner des flamants une manière de grâce. Soudain, sans qu'un seul son eût retenti à mes oreilles, ils redressèrent tous la tête au même instant. Je me suis imaginé qu'ils devaient avoir une sorte de langage subaquatique propre à leur espèce, certain mouvement des pattes, peut-être, une brève rotation du corps qui imprimait à l'eau un mouvement ondulatoire, de sorte que chacun d'eux était averti d'un possible danger. Trois flamants prirent leur essor et, dévoilant sous leurs ailes largement déployées le rouge éclatant des plumes et le noir de la partie inférieure, couleurs nettes et tranchées qui offraient un curieux contraste avec le rose sale de la couverture alaire, volèrent en émissaires dans ma direction et, le cou dressé, leurs longues pattes roses tendues, poussèrent des sortes de petits couinements, brefs et aigus, qui me surprirent de leur part. Je m'étais attendue à quelque chose de plus vigoureux, à un cri de grue cendrée par exemple, mais il est vrai que les flamants roses n'étaient pas dotés du cou souple et puissant des grues, aussi se contentaient-ils d'émettre ces sons misérables et peu mélodieux, cependant que leurs congénères toujours figés dans le bassin les suivaient muettement du regard. Les oiseaux cinglaient vers moi, puis soudain ils changèrent de direction, allèrent se poser au centre du bassin de faible profondeur et enfouirent la tête dans l'eau. Le reste de la colonie, dans le lointain, migra alors à un autre endroit. Le bref accès de nervosité des flamants semblait s'être transmis aux macreuses noires qui tanguaient sur l'eau tout près de la rive, il éclata entre elles, dans de grandes gerbes d'eau et des caquètements stridents, un court affrontement qui céda bientôt la place au silence.

Il flottait dans l'air une odeur de sel et de terre, les effluves de la mer se mêlaient à ceux des campagnes. Au sein du paysage d'hiver aux tons blafards, la maison aux petits pavillons dressait, accueillante en dépit de son haut portail, sa silhouette d'un rose foncé. Derrière le bâtiment se trouvait un poste électrique : un édifice tout en longueur, des pylônes à la silhouette élancée dont les bras courts et écartés semblaient adresser au ciel une supplique désespérée, des enrouleurs de grande taille, des épaisseurs de câbles et de fils, derrière une clôture que sécurisait un système d'alarme. À l'arrière-plan s'étendait la voie rapide que nous avions empruntée pour nous rendre à Porto Garibaldi. Il y passait en cet instant un flot ininterrompu de poids lourds, mais, comme si la route appartenait à un autre monde, on n'en percevait aucun écho dans l'arrière-pays. Si l'on faisait abstraction du chant des oiseaux et, de temps à autre, des soudains rugissements de moteur du bateau où se tenaient les trois pêcheurs, il régnait un parfait silence, le cortège sans fin des véhicules défilait comme un film, un élément de décor silencieux complétant ce tableau où la maison aux murs roses paraissait étendre sa protection sur les plans d'eau, les herbes folles, les buissons épars et les oiseaux, le paysage tout entier semblait se résoudre à présent en autant de bandes cinématographiques qui se déroulaient séparément, et au centre desquelles se trouvaient la maison, les bassins, les oiseaux ; à main droite, sur une scène secondaire, la ferme entourée de peupliers, non loin de laquelle je voyais s'en aller maintenant, toujours sans un son, une voiture, se dressait au fond des terres à labours ; à l'arrière-plan, lointaine et soumise elle aussi à ses propres règles temporelles et sonores, s'étendait la route où passaient les camions. Quand je plissais les paupières, il me semblait aussi pouvoir constater que la lumière, là-bas, au-dessus des champs et de la ferme, n'était pas la même, et se différenciait de celle de la route et de celle de mon îlot, le grain des couleurs et des surfaces lui-même était autre qu'à l'endroit où je cheminais dans une brise légère, sous un ciel couvert et une lumière blanchâtre de grand froid.

Presepio

Un après-midi, le propriétaire de la pension proposa de m'emmener à Comacchio. *Via Romea*, déclara-t-il d'un ton contrit quand il nous fallut prendre notre mal en patience avant de pouvoir nous insérer dans le trafic le long de la grande route engorgée. Via Romea, la résonance archaïque du mot n'était pas pour me déplaire, elle m'évoquait Rome, les chemins de pèlerinage et de randonnée. À présent, la voie était surtout le domaine réservé des camions qui, assurant la navette entre Rimini et Venise, le long de la côte adriatique, traversaient l'immense étendue du delta du Pô, à l'environnement si fluctuant. Le bord des routes était constellé de déchets. Les plaques minéralogiques de la plupart des poids lourds, de l'autre côté, indiquaient Croatie, Serbie, Turquie, alors que les inscriptions sur leurs flancs renvoyaient à d'autres origines, viande allemande, plastique néerlandais, sans aucun rapport certainement avec les itinéraires et les missions des camions, qui étaient eux-mêmes du stock bradé d'origine différente encore. Les exploitants n'avaient sûrement rien contre ces publicités fallacieuses.

Comacchio était situé dans les proches environs. La route passait le long de friches, de garages en sommeil, de structures à l'abandon tournant le dos aux stations balnéaires. D'un côté, la vue s'ouvrait de temps à autre sur des étendues d'eau avec des bateaux de pêche. La petite ville, par-delà des rocades, déployait ses rues désertes sous un ciel hivernal d'un gris clair.

En Italie, pendant les fêtes de Noël, on voyait fleurir un peu partout des crèches, tantôt une vitrine offrait un vaste panorama peuplé d'innombrables figurines, hommes ou bêtes, tantôt la crèche n'était qu'une naïve maison de poupées avec des accessoires de chambre d'enfant. La place des *presepi* était dans les églises, mais ici, à Comacchio, on rencontrait en tous lieux des sujets grandeur nature représentant des scènes de Noël : des Saintes Familles au grand complet s'entassaient dans des barques sous les arches des ponts, se serraient sous des porches d'immeuble, en marge de modestes places. Dans la petite ville déserte où l'on ne voyait jamais errer le long des trottoirs bordant les canaux qu'une poignée de chats affamés, ces tableaux de groupe qui paraissaient se détourner des façades aux volets clos, des murs et des fenêtres où s'étalaient des pancartes aux lettres pâlies, avaient dans leur raideur de santon quelque chose de presque inquiétant. Dans l'ombre froide et humide des ponts, au niveau de ces éléments en saillie où le vent affûtait ses traits, dans des recoins où tout au contraire sa fureur s'émoussait, les personnages des *presepi* faisaient figure de simulacres d'habitants. Ils étaient autant de tentatives maladroites pour détourner l'attention du promeneur des nombreux panneaux rongés par les intempéries qui proposaient à la vente maisons et logements. Il existait à Comacchio un musée dont le fleuron était une épave romaine dégagée des sables, et il se trouvait également quelque part une conserverie d'anguilles qu'il était possible de visiter, comme devait me l'expliquer un poissonnier qui, à l'instant où je suis passée devant lui, se tenait dans son échoppe déserte qu'éclairaient des néons, perdu dans ses pensées. Il était chaussé de bottes en caoutchouc, portait par-dessus son anorak un tablier ciré et gardait les yeux rivés sur l'esplanade déserte derrière laquelle passait la rocade contournant la ville. À l'instant où je m'étais arrêtée devant sa boutique pour en contempler les étals, le marchand de poissons, qui assurément venait de connaître ou s'apprêtait à connaître encore de longues et mornes journées de solitude, avait saisi l'occasion pour m'adresser la parole. Tandis que je laissais courir mon regard sur le stand vide de toute marchandise, le long des étagères où s'entassaient conserves et bocaux dont on aurait été bien en peine de déterminer le contenu, il me fit à grands gestes l'éloge de ses produits. Pressentant qu'il n'arriverait pas à ses fins, il se saisit d'un prospectus vantant une exposition consacrée aux coutumes locales, ainsi qu'à l'art de mariner et fumer les anguilles. Avec enthousiasme, il désigna du doigt les reproductions d'imposants baquets à l'intérieur desquels on préparait de grandes quantités d'anguilles. Un frisson m'a parcouru l'échine et je suis partie, abandonnant le poissonnier à sa déception.

À Comacchio, il n'y avait pas grand-chose à voir. En été, la petite ville devait être plus accueillante, les rues en être plus animées, les façades des maisons plus pimpantes. Par les fenêtres et les portes grandes ouvertes, la musique des transistors courait alors les rues, des chiens se prélassaient au soleil, des courants d'air faisaient frémir les rideaux de porte à lanières de plastique multicolores. Les touristes flânaient le long des canaux, des orchestres jouaient peut-être quelques airs sur les petites places, et l'on se pressait à la terrasse des cafés. Il soufflait une brise de mer saline et chaude, et tôt ou tard éclatait sans doute, avec une régularité d'horloge, en contrepoint d'un signal qu'on entendait à des kilomètres à la ronde, une grande clameur : Les anguilles, voici les anguilles ! À présent, derrière les volets clos de bien des maisons, les pêcheurs devaient être plongés dans une torpeur hivernale et songer rêveusement à ces temps lointains. Le long d'un canal, j'ai avisé un café qui jusqu'alors n'avait pas attiré mon attention. Je me suis arrêtée net et j'ai coulé un long regard à travers la grande fenêtre, telle Jane Eyre sur la lande, au seuil de la chaumière qui assurera son salut. C'était un bar d'amateurs de sport où des hommes étaient agglutinés autour d'un billard, un poste de télévision diffusait un programme, des clients se tenaient au comptoir et, par petits groupes, discutaient, sirotaient une bière ou un café, levaient les yeux vers l'écran. L'endroit paraissait chaleureux, vivant, la scène qui s'y jouait aurait pu prendre place dans l'Italie que j'avais connue dans mon enfance. Au sein de cette petite ville du delta du Pô, comme abandonnée et perdue, le bar des sports m'ouvrait une fenêtre vers un univers de bistrots qui m'était lointainement familier, n'était certes réservé qu'aux hommes et me demeurait inaccessible, mais, en ces semaines où, déambulant dans les rues du nord de l'Italie, j'avais senti une vague et indéfinissable sensation de perte et d'absence m'accabler, avait au moins la vertu de me réconforter un bref instant.

Quand nous avons repris la route, le propriétaire de la pension était d'humeur radieuse, peut-être venait-il d'apprendre une bonne nouvelle ; un délai de paiement, qui sait, à moins qu'on lui eût enseigné une petite ruse pour tromper le fisc. Il avait en tout cas abandonné quelque part son porte-documents rempli à craquer, et c'était assez pour qu'il s'en aille à présent d'un pas plus léger dans le froid de l'hiver.

Il prit un grand détour pour contourner les Valli. Une digue séparait la route de l'étendue des eaux. Dépassant la crête de ce haut talus, les toits des cabanes de pêcheurs et les perches penchées entre lesquelles étaient tendus les carrelets découpaient leur silhouette sombre sur le fond gris-blanc du ciel. De l'autre côté, vers l'intérieur du pays, se déployaient des terres à labours dont aucun village ni hameau ne rompait la monotonie, les *bonifiche* où des fouilles avaient mis au jour les vestiges de la nécropole de Spina. Sans préambule, le propriétaire de la pension m'asséna que l'assèchement des sols avait contribué à casser les reins des habitants du Delta. Ceux-ci n'étaient pas rompus aux travaux des champs, leur élément, c'était l'eau, et non la terre. Depuis qu'on avait effectué les travaux de drainage, le malheur s'était étendu sur la région. Il semblait fermement convaincu que nos penchants nous inclinent vers la mer ou la terre en vertu d'une sorte de disposition héréditaire. C'est à cause de l'assèchement des terres humides et de la disparition des métiers liés à l'eau que son grand-père en son temps était devenu fasciste. Mais attention, un bon fasciste, s'empressa-t-il d'ajouter avec force. J'avais peine à me représenter ce que pouvait être un bon fasciste, et, tandis que défilaient ces grands vides de chaque côté de la route, je me sentais toute petite, mal à mon aise, à côté de cet inconnu qui avait certainement voulu me faire plaisir en me racontant son histoire et en me conduisant à Comacchio. Son grand-père était maire d'un village. Un brave homme, insista-t-il encore, que les communistes avaient aidé à fuir en Sicile afin qu'il échappe à une peine de prison. En cette fin d'après-midi, le long de la route qui filait entre des plans d'eau où se reflétait le ciel à chaque instant un peu plus sombre et les champs labourés qui devaient offrir en été un spectacle encore plus triste et désolé qu'à présent, dans l'ombre naissante, avec leurs sillons parcourant le sol d'un brun très clair jusqu'à l'horizon lointain où des ramures d'arbres défeuillés dessinaient comme une ligne basse de nuages, j'appris un certain nombre de choses. C'est non loin d'ici, dans l'arrière-pays de Ravenne, que passait autrefois le tracé de la Linea Gotica. Dans la région des Valli di Comacchio, les rebelles fascistes avaient tenu bon plus longtemps que dans toute autre partie de l'Italie. En 1945 encore, on en avait cueilli là-bas par dizaines, et l'enfance du propriétaire de la pension elle-même avait été marquée par la découverte de caches d'armes et de munitions dans les campagnes, par de soudaines explosions fortuites ou provoquées qui avaient estropié des gens du pays ou leur avaient même coûté la vie. Le paysage prit à mes yeux une tout autre couleur, et la journée d'hiver d'Edgardo Limentani, entre Codigoro et le Po di Volano, à quelques kilomètres à peine au nord d'ici, s'éclaira soudain sous un nouveau jour, à la faveur de la lumière que la grande histoire jetait sur la petite.

La nuit tombait déjà quand nous avons traversé le cours du Reno, qui se jette dans l'Adriatique au sud des Valli di Comacchio. On touchait ici aux confins du delta. La verve du propriétaire de la pension se tarissait. Mais il tint malgré tout à me montrer encore quelque chose. *Piangipane.* Un panneau d'agglomération émergea au bord de la route. Quelques minutes plus tard, nous avons fait halte devant un cimetière. Dans le crépuscule d'un gris très profond se dressaient des alignements réguliers de pierres tombales blanches et toutes identiques. On ne distinguait pas autre chose, à l'exception d'une étoile de David au niveau d'un des piliers de l'entrée, que les phares de notre véhicule arrachèrent à la pénombre au moment du départ. Les stèles funéraires qui s'étaient abolies dans le soir derrière nous m'apparurent comme autant de bornes milliaires de cette frontière du nom de Linea Gotica dont le paysage gardait mémoire, et qui dans le nord de l'Italie était encore au cœur des conversations et constituait la trame de bien des récits. À Berlin, au printemps qui précéda la mort de M., nous avions entendu, à l'occasion de l'anniversaire de la *Liberazione*, un garçon de café d'un abord rude entonner les chants des résistants. Mais seulement ceux qu'on chantait au sud de cette ligne, prit-il soin d'ajouter. Il nous chanta *O Vanna mia* en soulignant qu'il était question de ses grands-parents, et M. en avait été profondément touché.

Nous sommes rentrés en empruntant la Via Romea. Le trafic était moins dense que pendant la journée. À gauche et à droite de la route, de petites forêts basculaient dans la nuit, les phares de notre auto effleuraient des pins parasols aux troncs immenses, ici et là de modestes plans d'eau, par de larges et soudaines échancrures se déployaient en direction de la mer des étendues rases que piquetaient de minuscules lumières esseulées. À main gauche, on devinait les Valli, où la nuit ouvrait sa grande bouche d'ombre. Il m'est revenu fugitivement le souvenir d'un trajet que j'avais effectué en compagnie de M. sur les routes de Crimée où descendait la nuit, et au cours duquel nous avions vu tous nos repères géographiques se brouiller. Pendant ce temps le propriétaire de la pension me faisait le récit des années qu'il avait passées avec sa famille sur un catamaran au large des Antilles. Son histoire, ici, dans cette plaine deltaïque frissonnante de froid et que la guerre avait à jamais marquée de son empreinte, me parut si irréelle que je me suis d'abord demandé si je devais y accorder foi.

Incapable de trouver le sommeil, j'ai réfléchi au rapport qui unissait le village, le cimetière et la rue bordant l'ancien pénitencier de Ferrare. Existait-il vraiment là-bas, dans cet arrière-pays de Ravenne que le soleil couchant avait fini par rattraper, un village-du-pain-et-des-larmes, ou avait-il prêté à la rue son nom seulement lié en apparence au pain et aux larmes ?

Canal des hommes

La nuit, je ne tardai pas à me faire au froissement du vent dans les frondes de palmier, aux cris des oiseaux dans l'obscurité. Le trouble qui m'avait agitée lors de la première nuit ne se manifesta plus. J'entendais par instants des bihoreaux gris, des vanneaux huppés, parfois des sons plus clairs et plus perçants ; je me suis demandé si les flamants cancanaient aussi pendant la nuit, et quelle pouvait être la portée de leurs cris. La nuit, je n'aurai en tout cas jamais entendu que des oiseaux, jamais d'autres bêtes. Pendant la journée, je partais pour de longues promenades entre les bassins des marais salants, et, dans la lumière changeante des journées d'hiver, le terrain révélait inlassablement à ma vue de nouveaux aspects. Tous les matins, j'apercevais les jeunes hérons perchés sur leur câble électrique. Ils ne paraissaient effarouchés en aucune façon et, tandis que j'approchais, gardaient longtemps la pose. Tôt ou tard, par groupes de deux ou trois, ils finissaient malgré tout par prendre leur envol, déployant des ailes blanches et des plumes caudales blanches que je n'aurais pas soupçonnées sous la livrée brunâtre. La plupart du temps, l'un d'eux restait perché sur le câble jusqu'à l'instant où je me tenais presque à la verticale de celui-ci. Une sorte d'épreuve du feu qui s'accordait bien avec leur grande sérénité. Il m'était donné pour la première fois de voir des hérons formant un groupe, si modeste fût-il, ils se présentaient d'ordinaire seuls ou par paires ; c'était, au bord d'un épanchement d'eaux vives, quelques hérons cendrés, ou en de très rares occasions des aigrettes garzettes à l'embouchure d'un fleuve, impassibles, comme pétrifiées. Ici, les jeunes oiseaux faisaient preuve de la même quiétude immobile, alignés en rang, sans que rien trahît entre eux la moindre entente. Les plumes de l'occiput elles-mêmes ne frémissaient pas. Perchés là-haut sur leur câble, ils évoquaient par leur port de tête et leur maintien, chacun avec une perfection égale, les représentations de hérons de l'Égypte ancienne, quand l'échassier prêtait sa silhouette à Bénou, le dieu des morts. Au déclin du jour, le héron-dieu égyptien se métamorphose en un faucon qui s'envole vers le soleil couchant, et renaît à l'aurore sous la forme d'un héron. Ainsi les échassiers qui vivaient ici dans le voisinage des *fenicotteri* avaient eux aussi quelque chose du phénix. Jamais toutefois je n'aperçus dans les marais salants un seul faucon.

Tous les jours, les trois pêcheurs étaient de sortie dans leur petit bateau. Ils se contentaient de procéder à des contrôles, et jamais je ne les vis remonter des filets ni tremper une ligne. Par-delà quelques fossés se dressait un édifice tout en longueur et trapu qui m'évoquait une sorte d'étable. J'avais appris entre-temps que les vieux bâtiments de brique des marais salants, qui pour certains menaçaient ruine, s'appelaient des *casoni*, et avaient hébergé autrefois les sauniers. L'édifice pareil à une étable avait abrité lui aussi en son temps des travailleurs du sel, il se trouvait à l'extrémité d'une zone de petits bassins que quadrillait un réseau de larges chemins. Tous les jours, je voyais garée là-bas une fourgonnette, et un homme vêtu d'un gilet de protection jaune fluorescent arpentait le terrain, se penchait ici et là pour observer on ne savait quoi, ou s'accroupissait pour regarder certaines choses de plus près. La plupart du temps, je parvenais aussi à débusquer quelque part sur le terrain un oiseau à la livrée blanche. Tous les matins, je le guettais du regard comme on scrute une image-devinette. Il se tenait au loin, immobile et solitaire, aussi blanc qu'une aigrette garzette ; à une telle distance, il ne m'était pas permis d'en distinguer davantage. Peut-être aimait-il à se dissimuler ainsi, par jeu.

Le sentier rencontrait bientôt une route étroite bordée d'un talus, où le bassin d'eau était raccordé à un canal par-delà la levée de terre et à l'étendue des Valli. Un petit pont enjambait le canal. C'est là qu'avaient coutume de se retrouver des hommes qui se livraient à la pêche aux coques. Ils garaient leur voiture au bord du chemin, discutaient, riaient, grillaient des cigarettes, tout en manipulant leurs nasses, leurs filets, leurs outils de pêche. Derrière eux se dressait une digue par laquelle on accédait à un autre réseau de canaux, de bassins et de fossés. Au milieu de ronciers aux vrilles rouillées par l'hiver, on apercevait au nord, laissant courir le regard sur de paisibles pièces d'eau, le bourg de Comacchio, et dans l'autre direction, après la pension et le poste électrique, les pins parasols dont les ramures, au-delà de la Via Romea, formaient comme un dais de nuages au-dessus des maisons de Lido di Spina. À deux pas de la pension, un mirador, vestige des siècles où les paludiers régnaient en maîtres, émergeait des roseaux jaunâtres. Un poste de vigie depuis lequel on sondait autrefois du regard le terrain, à la recherche des voleurs de sel.

Sur la digue, un sentier courait le long du canal en direction de la mer. Le talus était couvert d'un buissonnement de ronces où s'accrochaient déchets et détritus, ici et là quelques sentiers battus descendaient tout au bord de l'eau, où des parcelles de terrain avaient été débroussaillées et aménagées pour le promeneur. En face s'alignaient des cabanes de pêcheurs dont les perches et les filets se dressaient immobiles dans le ciel, attendant de voir affluer les bancs d'anguilles sur le point de retourner à leurs origines. On pouvait étudier l'ancestrale mécanique par laquelle les carrelets étaient plongés dans l'eau avant de remonter enfin, lourds de ces anguilles au corps sinueux que la peur nouait en pelotes, et qui ne reverraient jamais la mer où elles avaient vu le jour. Un peu plus loin, de l'autre côté du canal, on distinguait entre les arbres des bicoques de faible hauteur pareilles à des cabanons, puis un alignement de cages contre les barreaux desquelles se ruaient avec fureur des chiens comme enragés. Tout autour des cages s'étendait une sorte de parc à ferraille où deux hommes s'affairaient. L'un d'eux s'avança vers les chiens à pas traînants et flanqua des coups de pied dans les cages, ce qui ne contribua qu'à amplifier les aboiements furieux des bêtes.

J'ai longuement hésité avant de traverser la Via Romea. Le trafic était incessant. Au niveau des glissières de sécurité, sur le pont enjambant le canal, s'amoncelaient papiers et lambeaux de plastique, tous les emballages que les conducteurs de poids lourds avaient jetés par les fenêtres : paquets de cigarettes, mignonnettes d'eau-de-vie, sachets de cacahuètes, boîtes de chocolats et de préservatifs portant des inscriptions en croate, en serbe, en albanais.

De l'autre côté de la route, le lit du canal allait s'élargissant, et au pied du talus, un chemin de planches conduisait à des cabanes de pêcheurs flottant sur l'eau, qui n'étaient guère autre chose que des radeaux fabriqués à partir de tous les matériaux possibles et imaginables. Certains avaient de petites barques arrimées à leur flanc, on distinguait sous d'épaisses bâches en plastique la forme de moteurs hors-bord, des cannes à pêche se dressaient vers le ciel, pareilles aux perches retenant les carrelets dans les Valli. Sur la digue, on ne croisait personne, mais des bicyclettes étaient couchées dans l'herbe, et, à l'instant où j'ai sorti mon appareil photo de sa sacoche et regardé dans le viseur, je me suis aperçue que des hommes se tenaient immobiles sur quelques-unes des installations de pêche flottantes et, à demi dissimulés entre leurs bâches et leurs accessoires de pêche, m'observaient avec un calme parfait.

Ici les sons étaient feutrés, c'est à peine si l'on entendait la rumeur des camions sur la route, les rares mouettes et hirondelles de mer qui, en quête de nourriture, tournoyaient dans le ciel, le faisaient sans un bruit. Il n'y a jamais qu'au niveau d'un chantier naval flanqué d'un atelier de mécanique marine, de l'autre côté, que j'entendis monter un instant une brève nuée de sons : des grincements de métal, le vacarme crachotant d'un moteur de machine qu'on démarre, de courts échanges de paroles entre des hommes dont certains étaient vêtus de complets-vestons, d'autres de simples salopettes de travail. Mais les propos un peu vifs cédèrent finalement la place à des éclats de rire et de cordiales tapes sur l'épaule, et les crissements, les martèlements et les vrombissements se tarirent peu à peu. Les blocs d'habitations et les pins parasols de Lido degli Estensi encadraient une vaste bande de terrains en friche au bord de laquelle se dressaient des panneaux publicitaires ravagés par les intempéries qui annonçaient la construction de futurs immeubles. Les rues étaient désertes ; aux abords de la plage, un panache de fumée s'échappait toutefois de la cheminée d'une maison dont les fenêtres étaient éclairées. En hiver, au milieu de tous ces pins parasols, l'obscurité devait être profonde. Sous le couvert des arbres, les façades des maisons paraissaient lépreuses et semées de rousseurs, elles avaient subi les outrages des éléments et la petite touche alpestre des balcons et des pignons ouvragés n'en offrait un spectacle que plus dérisoire encore.

Le soleil avait beau ne pas se montrer, il régnait sur la vaste plage une clarté aveuglante. La mer était étale, dans les petites vagues qui moutonnaient au niveau de l'embouchure creusée de sillons du canal flottaient des hirondelles de mer à tête noire. Des guifettes en livrée de deuil ? On a tôt fait d'accoler cette épithète à tout ce qui dans la nature se pare de noir.

Tout, dans ce coin de la plage, évoquait les lointains vestiges d'une autre époque, les accessoires mis au rencart de films anciens, de scènes oubliées, disparues, balayées d'un geste ou dont on ne gardait plus qu'à demi le souvenir, les réminiscences éparses et lacunaires de générations et de générations de voyageurs qui avaient foulé le sol de l'Italie : les sculptures de béton abstraites, ce toboggan de fête foraine aux ornements de plastique d'un rouge blafard qui dévalait dans un minuscule bassin, les palissades de chantier penchées, le matériel de plage désœuvré, massif et sans grâce, à la destination incertaine, que le temps et les intempéries avaient rongé, l'armature à nu des digues du canal au niveau de son embouchure, où s'était formé un petit paysage de rocaille fait de coulures de béton. De toute évidence, on avait espéré que ces horreurs resteraient à jamais ensevelies sous les flots. Mais, même le long de cette côte si rudement éprouvée, que le rythme violent auquel affluaient et refluaient le temps d'une saison les vacanciers avait contribué à défigurer, la mer restait son propre maître, et, en l'absence de rochers sur lesquels elle aurait pu se briser, courait tantôt ici, tantôt là, selon son bon plaisir, aussi la disgracieuse excroissance était-elle restée offerte aux yeux de tous.

Non loin de l'embouchure du canal, deux hommes installés dans une barque s'affairaient. Ils raclaient le fond du canal pour en remonter du sable et des graviers, puis enfonçaient des perches afin de mesurer la profondeur des dépôts. Ils s'exprimaient d'une voix sonore, à mots tranchants qui évoquaient une dispute, et se redressaient soudain dans la barque qui se mettait alors à tanguer. Un bref instant, je crus qu'ils allaient en venir aux mains, mais chacun d'eux se rassit finalement sur son siège. Le long du canal, un véhicule de police roulait au pas. Il tourna dans la rue qui courait derrière la plage. À travers le pare-brise, les deux agents, comme hébétés, regardaient droit devant eux et fixaient le vaste tableau lumineux que composaient le vide et l'abandon.

Sur le chemin du retour, j'empruntai de nouveau le sentier courant sur la digue. Je me gardai cette fois de sortir mon appareil photo de sa sacoche et m'efforçai de ne pas prêter attention aux silhouettes qui, à demi dissimulées parmi les accessoires et outils qui s'entassaient sur les sommaires refuges flottants, me suivaient du regard dans une quiétude parfaite. Pas une seule parole ne fut prononcée, mais je me faisais cependant l'effet d'être un corps étranger au sein du terrain bordant le canal, une intruse occupée à observer ici, entre canal et talus, un spectacle destiné à rester secret.

Près de l'excavatrice, le propriétaire de la pension avait rassemblé autour de lui des hommes qui lui prêtaient main forte pour examiner le moteur, sous le capot maintenu par un vérin. Un chien folâtrait autour d'eux. L'un des hommes l'occupait en lui lançant de petits bâtons que le chien s'empressait de rapporter. Il se rua vers moi en aboyant, bête zélée soucieuse de faire à son maître la démonstration de sa vigilance docile, et ne battit en retraite qu'à regret au moment où on le rappela d'un bref sifflement. Les hommes, penchés au-dessus du moteur, discutaient, se perdaient en conjectures. Ils sondaient le moteur, manipulaient des outils, lançaient d'une chiquenaude leurs mégots de cigarette, ce qui avait le don de mettre chaque fois le chien dans un état d'excitation, pour un court instant. Dans la lumière de l'après-midi, d'un gris tendre, le renne clignotait encore : les enfants avaient oublié de s'acquitter de leur tâche du matin.

Spina

Le lendemain matin, les mécaniciens reparurent et entreprirent de réparer l'excavatrice. Une mince croûte de givre recouvrait l'aire de camping boueuse. Dans la grisaille du petit jour, le traîneau et son renne clignotaient encore. Cette fois, un homme avait pris place dans la cabine de l'engin, des paroles furent échangées d'une voix sonore, le moteur démarra soudain, fit entendre quelques crachotements, se tut de nouveau. Dans des caisses à outils grandes ouvertes, des clés anglaises scintillaient faiblement. Le propriétaire de la pension prêta un moment compagnie aux mécaniciens et les regarda s'affairer à relancer la machine en panne. Puis il se mit à arpenter l'aire de camping, comme s'il tenait à en prendre une fois encore les mesures exactes avant de donner une impulsion nouvelle à son grand projet. Le chien des mécaniciens se montrait plus serein que la veille, mais il se mettait à aboyer chaque fois que le crachotement du moteur s'étouffait de nouveau. Le soleil se levait, les plumets des touffes de roseaux se teintaient de rose, le ciel retentissait d'appels qui m'évoquaient les criaillements des oies sauvages, sans qu'on pût apercevoir toutefois le moindre oiseau.

Je me suis mise en chemin vers le site archéologique de Spina, dont j'avais repéré l'emplacement sur la carte de la région. Ce matin-là, à l'endroit où les pêcheurs de coques s'affairaient avec leurs filets, des vaguelettes moutonnaient dans un grand bruissement au niveau de la jonction entre le bassin et le canal, comme si l'on avait ouvert les vannes d'une invisible écluse. Des chiens se faufilaient entre les jambes des pêcheurs de coques qui, désœuvrés, fumaient, papotaient, observaient le paysage. Les bêtes n'en omettaient pas pour autant de me jeter des regards vigilants. Derrière un coude du chemin, une vaste et rase étendue de terres marécageuses à demi immergée se révéla à ma vue. Près de la berge, au milieu de broussailles rampantes d'un rouge terreux, j'aperçus un oiseau à la livrée blanche dans lequel je reconnus sans aucun doute possible une aigrette garzette. Franchissant un pont, je me suis alors retrouvée sur un terrain où je pris soudain conscience que le grand vide que je pouvais apercevoir depuis mon pavillon n'était jamais que le commencement d'un désert encore bien plus vaste que je l'avais imaginé. Je voyais se déployer sans fin devant moi un paysage – ou plutôt une absence de paysage – qui semblait s'ingénier à vous faire oublier l'existence de Comacchio, de la mer, de la Bassa Padana, comme s'il n'y avait jamais eu au monde que le vacillement de ces plans d'eau, de ces minuscules îlots d'herbes échevelées que le soleil d'hiver parait d'une lueur d'un rouge tirant sur le violet, rien d'autre que les anciens entrepôts des marais salants suspendus dans le lointain comme des mirages, que ces bassins, ces digues, ces minuscules buissonnements d'arbustes que l'œil devinait plutôt qu'il ne les voyait, aucune autre créature au monde

337

que les oiseaux. On trouvait ici des flamants rassemblés en grandes colonies, des courlis, des bécasses, des hérons, des goélands argentés et des goélands ichtyaètes qui fendaient parfois les airs en lançant leurs cris perçants. Le chemin se changeait en une digue courant entre l'immensité des marais salants et des Valli et un large canal sur le flanc nord duquel se dressaient les cimes d'arbres poussant sur des basses terres : saules, aulnes, peupliers dépouillés à l'arrière-plan desquels on entrevoyait déjà la vaste plaine déserte des terrains agricoles conquis sur les eaux, où l'on avait mis au jour les vestiges de la nécropole de Spina.

La digue s'étirait encore sur des kilomètres et des kilomètres, au point que je finis presque par perdre tout espoir d'arriver quelque part. Tandis que je cheminais dans le froid cinglant de l'hiver, je perdais peu à peu la sensation du sol sous mes pieds et m'enfonçais un peu plus profondément à chaque pas dans un rêve, un no man's land, un néant composé de plans d'eau qui, scintillant d'une lueur glacée, étaient animés d'un léger mouvement, et de flottants îlots de broussailles où seuls des oiseaux pouvaient trouver refuge et appui. Quand, dans la lumière vive de cette journée d'hiver, je vis s'avancer lentement sur l'horizon, au sud-ouest, des ombres bleues de montagnes, je me sentis tout à fait affranchie des règles de ce monde et soustraite à celles-ci, livrée tout entière, sur l'ordre d'on ne savait qui, au magnétisme d'un chemin qui se substituait à mon itinéraire. Par intervalles, je voyais maintenant des aigrettes garzettes postées au bord du fossé rempli d'eau, impavides et blanches, sentinelles affectées à la surveillance d'un désert. Certaines s'envolaient dès que je les approchais et, rentrant la tête, déployant largement leurs ailes, se propulsaient dans l'air, les pattes fermement tendues en arrière, cinglaient un peu plus loin à amples battements d'ailes en poussant des cris rauques, secs et détimbrés, se reposaient enfin sur le bord du fossé ; le délicat faisceau de plumes qui leur surmontait la tête frémissait alors encore un court instant, presque imperceptiblement, tandis qu'elles reprenaient déjà leur muette vigie, comme si elles savaient toujours très exactement quelle place il leur fallait occuper. Comment prenaient-elles la mesure des distances, comme procédaient-elles au découpage de cet impondérable espace ?

Enfin, j'atteignis un pont qui enjambait le canal et, sur l'autre rive, débouchait en bordure d'une petite route départementale. C'est elle que nous avions dû emprunter, le propriétaire de la pension et moi-même, pour longer les marges sud des Valli et le cimetière de Piangipane. Il ne pouvait pas exister d'autre chemin, même si le spectacle qui s'offrait à ma vue échouait à raviver en moi le souvenir de ce trajet dans le jour déclinant. A l'idée que j'avais déjà suivi cette voie, de surcroît en compagnie d'un homme qui venait lui aussi de l'autre côté du terrain, même s'il se distinguait de moi en ceci qu'il était originaire de la région et y avait établi sa vie, je retrouvai un peu de calme et d'appui dans ce désert où le sol, même depuis que je ne cheminais plus sur la digue, semblait encore vaciller sous mes pas. Des deux côtés de la route se développait maintenant un paysage de labours, une immense étendue de terres agricoles parcourues de sillons tracés avec régularité où pointait déjà par places la verdeur naissante des semis d'hiver. Ici et là, des haies de buissons défeuillées marquaient les limites d'un champ ou de quelque cours d'eau. De rares bouquets d'arbres piquetaient par endroits le paysage. Disséminés au milieu des surfaces agricoles, des édifices qui paraissaient ne pas tenir lieu d'habitation m'évoquaient bien plutôt des sortes de granges, des resserres, des silos, des sites de traitement où le produit des récoltes devait être trié avant d'être empaqueté. Peut-être que personne ne tenait à vivre ici, avec la nécropole sous ses pieds, on devait craindre des esprits, je ne sais quelles calamités, il circulait peut-être des histoires à faire peur, on se racontait les malheurs ayant frappé tous ceux qui avaient tenté de s'établir ici. Chacun au pays savait en outre combien il fallait se garder des remontées d'eaux souterraines, qui du jour au lendemain pouvaient inonder terrains, vérandas et perrons, au point qu'il ne subsistait bientôt plus dans les jardins que le reflet des nuages, et nul ne pouvait ignorer que le vent dans cette région pouvait causer lui aussi d'impitoyables dégâts.

Des tracteurs à l'arrêt s'alignaient en rangs impeccables à côté des granges ou des remises, tout était immobile, à l'exception d'une poignée de minuscules autos qui, dans un grand lointain, progressaient comme des coléoptères sur les chemins rectilignes qui partageaient les champs, et dont l'accès était interdit aux personnes non autorisées. J'ai repensé à la formule amère que le propriétaire de la pension avait employée au sujet de l'assèchement des zones humides à des fins agricoles, et je me suis imaginé le jaune acide des champs de colza, les feuilles sales des pieds de betteraves, le bleu-vert des plants de pommes de terre, l'air poussiéreux des champs de maïs, tout ce qui en d'autres saisons s'épanouissait généreusement ici. Les rapports qui unissaient les Valli et les *bonifiche*, ce monde aquatique aux aspects changeants sur lequel les oiseaux étendaient leur empire et leur protection, et les terres agricoles à la morne et immuable docilité, ne pouvaient être qu'antagonistes, les arbres aux ramures défeuillées semblaient dessiner une écriture barbelée qui entendait tracer et imposer des frontières plus strictes encore que celles qui délimitaient les champs.

Le site archéologique de la *necropoli* se distinguait des parcelles agricoles en ceci qu'il était entouré d'une clôture. La voie d'accès était barrée par un portail fermé où se détachait un panneau figurant une main noire – entrée interdite. De l'autre côté, à quelque distance de la route à la chaussée étroite, se dressait un bâtiment aux contrevents clos. Rien ne bougeait alentour. Sur le chantier de fouilles, un chemin que bordaient des arbres grêles menait à une étendue dégagée, on distinguait derrière des fourrés quelques cabanons, des édifices trapus, un sol d'un brun terreux. Un peu plus loin, le long de la clôture, j'aperçus une roulotte de chantier que flanquaient des objets sans forme distincte recouverts de bâches, il pouvait s'agir d'outils, d'installations destinées à protéger les zones de fouilles. Une parcelle de terrain était parcourue d'ornières creusées par des roues de voiture, comme sur l'aire de camping qui devançait la pension, au bord des marais salants. On aurait dit qu'un imposant véhicule y avait circulé après les pluies tombées dernièrement. À l'arrière-plan de cet emplacement s'étendait une vaste zone déserte dont la terre à nu était d'un ton plus clair que celle des champs environnants, peut-être parce que le sol n'en avait pas été retourné. Je vis émerger soudain dans le lointain, comme surgi du néant, un homme qui s'avança à pas mesurés au milieu des levées de terre. Il portait un gilet de protection jaune fluo, était coiffé d'une casquette ou d'un casque, et évoquait en tout point l'homme que j'avais vu s'affairer tous les jours entre les bassins des marais salants. Pareil à celui-ci, il se penchait ici et là vers le sol, se mettait à genoux, se redressait de toute sa hauteur et s'en allait un peu plus loin, sans jamais détourner la tête ; il ne m'avait de toute évidence pas aperçue, et quand bien même m'aurait-il prêté attention que je n'aurais pas été autorisée à pénétrer sur le chantier : aussi bien, je n'avais rien à y faire. Je vis s'approcher à cet instant une grande volée de corneilles. Formant une nuée ondoyante et éparse, elles se posèrent sur le terrain et entreprirent d'en picorer le sol, quelques mouettes firent leur apparition et se mirent à tournoyer au-dessus d'un champ voisin. Le gris de leur livrée se rehaussait d'irisations rosées. Les corneilles et les mouettes prenaient leur essor, montaient et descendaient dans les airs, ne se confondaient jamais, dessinaient un mouvant et vibratile tableau qui insufflait au paysage un peu de vie. Elles traversaient les champs en poussant leurs craillements et leurs cris grinçants, les sons échappés de ces gorges d'oiseaux se figeaient alors dans l'air un instant puis s'effondraient sur le sol dans un choc sourd, et peut-être fallait-il mettre sur le compte de cette absence de tout écho la sensation d'inconsolable tristesse qui me submergea alors, si paralysante qu'il me sembla que j'allais y succomber et ne pourrais jamais plus bouger un orteil pour m'arracher à la torpeur qui me clouait sur place. Après avoir contemplé tous les précieux joyaux dont regorgeaient les vitrines du musée de Ferrare, m'être étonnée de l'amour pour les morts dont ces objets portaient témoignage, émerveillée de la sollicitude qu'on avait de toute évidence mise à assurer aux défunts le plus grand bien-être possible, ce morne chantier de fouilles, au milieu de terres agricoles cultivées avec si peu de soin et d'amour, m'apparut dans toute sa froide brutalité. Plus rien ne permettait de se faire une idée de la nécropole engloutie, il était impossible de se représenter le passage des cortèges funèbres, le cheminement, entre la ville des vivants et la cité des morts, des êtres soucieux d'honorer la mémoire des défunts. Pouvait-on imaginer plus profond contraste que celui qui opposait ce site où l'on entretenait avec confiance et respect la mémoire de ceux qui ne seraient plus d'aucune utilité, et ces terres asséchées dédiées à l'agriculture, vouées tout entières au profit et à la rentabilité ? Il existait entre la nécropole et les terres arables quelque chose d'inconciliable qui évoquait l'irréductible opposition entre les Valli et les *bonifiche*, une tension qui avait mis à mal un équilibre ancien.

Je ressentais à présent le froid perçant qui pénétrait toute chose de part en part, en dépit du soleil. Lorsque je me suis remise en chemin, les corneilles se sont envolées, l'ombre bourdonnante, diffuse et sans repos des innombrables corps d'oiseaux aux ailes déployées s'est figée un moment au-dessus de ma tête comme une nuée protectrice, et les cris eux-mêmes avaient quelque chose de tutélaire et d'encourageant. Quand j'ai atteint de nouveau la longue digue qui courait le long du fossé, la lumière du soleil avait déjà déserté le bord inférieur du talus, et les aigrettes garzettes s'y dressaient comme autant de statues bleutées. Elles n'ont pas bougé quand je me suis approchée.

343

Au niveau de la zone marécageuse qui marquait l'entrée des marais salants, avant même l'endroit où les pêcheurs de coques installaient leurs filets, je me suis arrêtée un moment. Les flamants s'étaient maintenant rassemblés ici dans de grandes flaques, le temps d'un bruyant colloque. Dans la lumière du soleil couchant, ils offraient un aspect plus avenant et gracieux que sous un ciel plombé. Quelques-uns d'entre eux se détachèrent de la bruissante nuée et prirent leur envol, je vis chatoyer les miroirs rouges et noirs des ailes, et les lettres que formaient les évolutions de la petite troupe sur la toile du ciel. En vol, les flamants se comportaient comme des grues cendrées, étirant leur long cou, tendant leurs pattes vers l'arrière, déployant très largement leurs ailes. Ils avaient ce faisant quelque chose de presque cocasse, comme s'ils avaient à cœur de mettre en valeur par leur posture ce que leur corps au cou démesuré pouvait avoir de déséquilibré. Mais ensuite ils se balançaient dans la lumière et inclinaient leurs ailes jusqu'à ce que le soleil fît scintiller les plumes de leur dos comme une nacre rosée, puis ils mettaient de nouveau le cap vers le soleil, ne découpant bientôt plus sur le ciel où ils se muaient en autant de signes qu'une silhouette sombre effaçant en vous le souvenir de leur démarche pataude et raide quand ils barbotaient dans l'eau saumâtre. Ils volaient au-dessus du plan d'eau en décrivant des cercles et de grands triangles, traçaient dans l'air leurs lignes tantôt courbes, tantôt brisées, les effaçant un instant plus tard d'un trait fugitif et iridescent. À puissants battements d'ailes, ils cinglaient vers le soleil couchant et émettaient ces sons qui m'avaient évoqué le matin même les cris des oies sauvages : de rauques coups de clairon lancés à pleine gorge, un vacarme perçant que j'avais plutôt tendance à associer aux régions septentrionales.

Sous les ombres des flamants qui peuplaient le ciel, je me suis aperçue que je n'avais pas été victime d'une illusion, le matin même, lors de ma promenade parmi les étendues d'eau miroitantes des Valli : dans la lumière de l'après-midi finissant, on distinguait bien tout à l'horizon, vers le sud-ouest, les contreforts des monts Apennins dont la silhouette mauve se dessinait avec netteté sur le fond timidement turquoise du ciel, et, à mon grand réconfort, je vis se restaurer en moi un certain ordre du monde. Au pied de ces montagnes bleues s'étendait Bologne, et tout au nord-ouest Milan, le pays retrouvait une géographie, des couleurs et des noms auxquels se rattachaient des souvenirs et qui étaient reliés les uns aux autres comme la nécropole de Spina pouvait l'être à l'immensité gris-bleu des Valli.

Sur le chemin qui contournait le bassin, ma route croisa celle du propriétaire de la pension. Il était vêtu d'une veste matelassée à la dernière mode, dont l'orange éclatant vous blessait presque la vue dans la lumière du jour déclinant. Il faisait faire le tour du terrain à un homme dont il saisissait le bras de temps à autre, dans un mélange d'enthousiasme et de familiarité. Il me salua avec une chaleur expansive, mais tout aussitôt se retourna vers l'inconnu. Aux quelques bribes de conversation que je pus surprendre, il me sembla comprendre qu'il vantait à l'autre les charmes de son domaine. Peut-être que l'homme était un éventuel acheteur qui permettrait au propriétaire de la pension de laisser à jamais derrière lui la maison rose, l'excavatrice, l'aire de camping et les pavillons, l'empire des oiseaux tout bruissant du murmure des joncs et ce monde suspendu entre les plans d'eau et le ciel. Il ne lui resterait plus dès lors qu'à se frotter de loin en loin les paupières, à son réveil, pour en chasser les ombres de vanneaux, de hérons et de flamants qui hantaient encore ses rêves.

Chiens

Autour des marais salants, on entendait éclater de temps à autre, tantôt toutes proches, tantôt plus lointaines, des détonations qui me jetaient dans le trouble. Je ne parvenais pas à en déterminer l'origine, leur direction et leur puissance sonore étaient variables, je ne distinguais nulle part les traces d'une quelconque destruction par explosifs, ni colonne ni nuage de fumée. Parfois, il me semblait entendre se succéder en rafales de petites détonations sourdes échappées des pylônes électriques qui s'alignaient en imposantes rangées sur toutes les parcelles de terre ferme, parfois, il me semblait encore que les explosions retentissaient au-delà de la Via Romea. Spontanément, j'établissais un lien entre ce vacarme et les réserves d'armes et de munitions qui, de ce côté-ci de la Linea Gotica, étaient restées cachées pendant des années et même des décennies avant d'être débusquées, comme me l'avait appris le propriétaire de la pension lors de notre sortie autour de la lagune. Un matin, l'air retentit de détonations si violentes que j'eus l'impression qu'un échange de coups de feu avait lieu dans les proches environs. L'origine en demeurait invisible, ce qui ne contribuait qu'à les rendre plus menaçants encore, sinon franchement inquiétants, même si les oiseaux ne laissaient transparaître aucune agitation particulière. Ce matin-là, je n'ai pas pris le chemin des marais salants, mais la direction de la mer. Les détonations refluèrent dans le lointain, se firent plus rares, disparurent enfin, effacées par les cris des mouettes et le déferlement des vagues. C'était par une journée de grand froid. Sur la plage, un vent violent me cinglait le visage. Tous les mornes équipements de loisirs décatis qui scandaient l'étendue déserte et lumineuse des sables se tordaient et courbaient l'échine sous les bourrasques. Dans les rues de Lido Estensi, on entendait tinter et cliqueter tout ce qui, pendant l'automne et l'hiver, avait rouillé jusqu'à la dernière fibre ou s'était détaché de son fragile support : panneaux d'agences immobilières, auvents, antennes paraboliques. La longue promenade qui, sur le front de mer, courait parallèlement à la plage entre deux arcs monumentaux constitués d'éléments de béton, était jonchée de pommes de pin et d'aiguilles sèches, de détritus, d'objets impossibles à identifier et dont ne subsistaient plus que des fragments dispersés ici et là par un vent vagabond. Les glaciers, les salles d'arcade et les boutiques de mode étaient fermés et sommeillaient derrière leurs volets clos. Le long de la route, côté mer, entre des bâtiments commerciaux trapus, se dressait un grand immeuble d'habitation dont la façade était couverte d'un revêtement de carreaux imitation mosaïque. L'assemblage de petites pièces vertes et bleu clair, pâle succédané figé de la mer, qui en dépit de sa proximité demeurait d'ailleurs invisible ici, s'était déjà détaché par endroits, il s'écaillait par pans larges comme la paume et laissait apparaître ici et là des vides d'un gris très foncé. *Condominio Poker d'Assi*, pouvait-on lire sur un panneau que le vent et les intempéries avaient malmené. Une femme s'avança sur le seuil du bâtiment. Elle était vêtue, sous un lourd blouson de cuir noir, d'une ample et vaporeuse tenue composée d'un caftan à paillettes dorées et d'un pantalon bouffant, et portait à son bras un petit sac à main également doré. Les traits marqués, la mine fourbue, elle balaya du regard la route déserte et eut un haut-le-corps à l'instant où elle m'aperçut. Elle baissa les yeux vers ses souliers noirs, dont les pointes dépassaient de son pantalon brillant, et laissa ses pas la guider vers le seul commerce qui était ouvert à la ronde. Elle en ressortit bientôt, tenant entre le majeur et l'index une cigarette allumée, et rejoignit à pas décidés l'édifice d'un bleu livide. J'ai évité de poser les yeux sur elle, je venais de troubler son fragile sommeil hivernal et m'étais mise en travers du rêve auquel elle entendait se raccrocher pendant cette brève sortie. À part moi, je lui ai souhaité un hiver plein de douceur ; elle en suivait peut-être, depuis l'une des fenêtres du Condominio prenant jour sur la plage et la mer, à l'occasion de ses brefs réveils quotidiens, le lent déclin, et je lui étais reconnaissante de m'avoir indiqué le chemin de la boutique. La vendeuse qui tenait celle-ci, une femme à la silhouette grêle, s'étonnait de cette cliente inattendue. La jeune femme au caftan était sûrement une personne de sa connaissance, et, après son bref passage, elle s'était sans doute préparée à connaître une journée paisible derrière son comptoir, près de son petit radiateur d'appoint, au milieu des magazines de mots croisés et des boîtes de chocolats qui lui restaient des stocks d'été, tout comme les quelques articles de toilette qui, à présent disposés en de savantes décorations, garnissaient encore les rayonnages par ailleurs vides. En plus de ces derniers vestiges de l'été, on trouvait dans la boutique des paquets de cigarettes et des briquets. On pouvait également y acheter des tickets d'autobus. Quand j'ai demandé à la femme des cartes géographiques de la région et des cartes postales, elle a haussé les épaules d'un air navré. C'est que nous sommes en hiver, m'expliquat-elle avec une politesse presque indulgente, comme si elle supposait que la chose m'avait échappé. En hiver, tout vient à manquer. Et, d'un geste qui exprimait une certaine résignation et me laissait en même temps entendre qu'elle aurait préféré qu'on la laissât en paix, elle désigna à mon adresse les rayonnages mal achalandés de son commerce.

J'ai franchi le canal et mis le cap vers Lido di Spina. Le nom de cette station balnéaire avait quelque chose de fallacieux, et sans doute n'était-ce que depuis quelques décennies à peine qu'on en avait affublé cette bande de terrain de l'arrière-pays de la côte adriatique, semée de pins parasols et jusqu'alors déserte, afin d'établir un lien entre celle-ci et l'ancien comptoir maritime englouti sous les eaux, avec sa nécropole légendaire. Les rues de la station n'avaient pas la rectitude impeccable des avenues de Lido Estensi, elles formaient autour de lotissements où des pavillons tous identiques s'entouraient de pins un tortueux lacis, de modestes jardinets que l'hiver avait dépouillés de leur charme pimpant s'avançaient jusqu'au bord des trottoirs, ici et là quelques nains de jardin faisaient figure de lointaines et misérables réminiscences des ornements funéraires étrusques. Il n'y avait pas un seul passant dehors, un petit camion-benne sillonnait des rues le long desquelles on n'apercevait pas le moindre conteneur à ordures. Le véhicule, s'acquittant avec conscience de sa mission sur ce terrain désert, croisa si souvent ma route qu'on aurait dit qu'il s'était égaré et cherchait la sortie de ce réseau de ruelles que la morte saison avait vidées.

La station de Lido di Spina s'étendait tout entière à l'ombre des pins parasols. Les maisons se serraient par petits groupes au cœur de la forêt dont les arbres les dominaient de toute leur hauteur. Le vent, qui sur le front de mer était d'un froid très perçant et chassait sur le sol de petits lambeaux de papier et des aiguilles de pin sèches, ne parvenait qu'à peine à agiter la cime noire des pins, comme si ceux-ci étaient soumis à de tout autres règles. Quelques corneilles noires étaient dispersées sur des bandes de gazon. Le camion-benne n'avait pas reparu depuis un bon moment. À présent, j'avais moi-même perdu tout repère. On n'entendait plus la mer, qui cependant devait être toute proche, et j'avais l'impression qu'aucune route ne me reconduirait jamais vers la station voisine ou la Via Romea. Seules les détonations trompeuses retentissaient encore, à très faible volume et dans un grand lointain, sans qu'on pût en déceler l'origine. Je me suis demandé si je n'étais pas en train de tourner en rond, j'ai gardé en mémoire les buissons d'un jardinet et retenu le nom fantaisiste d'une maison de vacances, mais, même si tout le reste me laissait une impression d'uniformité et de déjà-vu, je n'ai jamais pu retrouver les repères que j'avais mentalement établis. Comme je longeais un groupe de maisons devant lequel il me semblait déjà être passée plusieurs fois, j'ai remarqué deux chiens postés devant une entrée. Ils avaient tous deux un pelage d'un blanc sale et un museau pointu qu'ils dressaient un peu en l'air comme s'ils flairaient une piste. Sitôt qu'ils m'aperçurent, leur queue balaya légèrement le sol dallé et ils adoptèrent de façon presque imperceptible une posture de vigilante attention, mais sans émettre toutefois le moindre son. Dans la maison, les lumières étaient allumées, ce qui avait quelque chose de soudainement réconfortant, mais ne contribuait en même temps qu'à souligner le parfait abandon où était laissé ce petit lotissement au réseau de ruelles étonnamment complexe et tortueux. Aussitôt une femme parut sur le seuil, comme si elle avait pu percevoir de l'intérieur de la maison l'infime modification dans l'attitude des chiens silencieux. Elle s'avança entre les deux bêtes et posa la main sur la tête de chacune d'elles. Elle était vêtue d'un survêtement rose qu'ornait au niveau de la poitrine un personnage Disney en effigie, et chaussée de tennis d'un gris argenté. Derrière elle, j'aperçus un vestibule faiblement éclairé. Un peu gênée, je lui ai expliqué que je n'arrivais pas à trouver la sortie du lotissement, tout en espérant qu'elle ne verrait pas là un prétexte destiné à masquer des intentions peu avouables. La femme leva la main et tout aussitôt disparut, sans refermer la porte ; il ne me restait qu'à attendre. Les chiens, tenant en lisière leur joie, frétillaient à présent de la queue, semblaient l'un et l'autre sur le point de se lever mais finissaient cependant par se rasseoir, comme s'ils s'exhortaient mutuellement à faire preuve d'obéissance et de tenue. La femme reparut, vêtue d'un manteau de fourrure qu'elle avait négligemment jeté sur ses épaules, à l'exemple des élégantes des temps anciens. Le manteau était du même blanc crasseux que le pelage des chiens. Quand la femme eut refermé la porte, ceux-ci se levèrent et se mirent en marche du même pas qu'elle. De plus près, je m'aperçus qu'elle était moins jeune que je ne l'avais d'abord imaginé ; sa chevelure blonde resplendissante m'avait induite en erreur. Je lui ai glissé quelques paroles de reconnaissance embarrassées, elle s'est contentée de hocher la tête et là-dessus nous sommes parties. Elle me devançait à pas traînants, l'échine un peu courbée, mais à belle allure, flanquée des deux chiens. Quand ceux-ci se blottissaient contre son manteau de fourrure, les trois, vus de dos, paraissaient ne plus former qu'une seule créature, un animal étrange et fabuleux qui n'avait encore fait l'objet d'aucun récit. La femme ne semblait guère désireuse de lier conversation, mais ne cessait en même temps de murmurer à ses chiens des paroles indistinctes. Je finis par saisir au vol quelques bribes de ce marmonnement, et m'aperçus qu'elle s'exprimait en russe. Je n'en fus pas autrement étonnée : les Russes étaient légion en Italie, et, au soir du 6 janvier, j'avais vu passer dans les rues de Ferrare, vêtues de tenues d'apparat très élégantes, des familles russes et des dames portant dans leurs bras de grands bouquets de fleurs. J'avais alors supposé qu'elles s'apprêtaient à célébrer le Noël orthodoxe. La femme russe, chaussée de ses tennis argentés, cheminait d'un pas résolu, les doigts enfouis dans les épaisses touffes de poils qui garnissaient la nuque des chiens. Elle ne cessait d'incliner le buste en avant pour rajuster sur ses épaules le manteau de fourrure qu'elle y avait négligemment jeté, et sa tête se dérobait alors presque entièrement à ma vue. La distinction nonchalante et un brin surannée qu'elle ambitionnait peut-être d'atteindre en jetant ainsi le manteau sur ses épaules était totalement anéantie par cette posture, et on avait bien plutôt l'impression que la fourrure lui était un écrasant fardeau qui tassait sa silhouette. L'arrière du manteau présentait à plusieurs endroits de petites zones galeuses. Peut-être était-il mangé aux mites, à moins que des rongeurs ne s'y soient attaqués. Quelques jacassements de pies qui demeuraient invisibles montaient d'un petit bois de pins parasols où régnait une profonde obscurité. Un lieu bien lugubre pour ces oiseaux.

Derrière un coude du chemin, nous nous sommes soudain retrouvées au bord de la Via Romea. Des camions y passaient à grand fracas, et je vis étinceler de l'autre côté de la route, au travers des arbres, les plans d'eau des Valli. J'ai rassemblé les quelques rudiments de russe que je possédais et remercié la femme. Je lui ai expliqué que je venais des marais salants. Elle a hoché la tête aimablement, s'est même fendue d'un sourire, les chiens au museau pointu s'étaient couchés auprès d'elle et je crus les voir esquisser eux aussi un sourire à l'instant où je bredouillai ces quelques mots en russe. Trois brèves déflagrations éclatèrent alors de l'autre côté de la route. Qu'est-ce que c'est ?, ai-je naïvement demandé. Ce bruit ? La femme me regarda comme si elle ne comprenait pas de quoi je voulais parler, cependant que d'autres camions passaient en trombe. Elle avait rajusté le manteau sur ses épaules et s'était redressée de toute sa hauteur. Ses mains n'empoignaient plus la nuque des chiens, mais rabattaient sur sa poitrine les pans de son manteau. Elle grelottait de froid. Les explosions, lui dis-je pour me faire mieux entendre. La femme, tout en s'apprêtant déjà à partir, déploya les bras un bref instant pour m'exprimer toute sa perplexité. C'est comme ça, par ici, se contenta-t-elle de noter. Elle haussa les épaules, leva une fois encore vers moi ses paumes largement offertes, et je ne savais plus trop si je devais voir dans ce geste une attitude typiquement italienne ou typiquement russe. Là-dessus elle se remit en chemin et, s'effaçant peu à peu entre les villas désertes, rentra chez elle.

J'ai suivi la route en me tenant à l'extrême bord de l'étroite bande d'arrêt d'urgence, aussi loin que possible du vacarme trépidant de la chaussée, jusqu'à la hauteur de l'embranchement vers les marais salants. Il me fallut attendre un long moment avant qu'une brèche s'ouvre dans le trafic. Là-bas, au bord de la Via Romea, c'était à peine si les détonations parvenaient encore à vos oreilles. Les conducteurs de poids lourds qui circulaient sur la route ne devaient aucunement les remarquer, même s'ils roulaient toutes fenêtres ouvertes.

Négatif

L'excavatrice était réparée et n'attendait plus désormais que les ouvriers. Chaque jour, je voyais venir le moment où l'on démonterait l'enseigne lumineuse. Si le propriétaire de la pension la laissait encore sur le toit qui surmontait la terrasse, où sa lueur réconfortante, quoique bien faible et vacillante, perçait à peine, à la nuit tombée, l'étendue obscure des marais salants qui se déployaient derrière les pavillons, ce n'était peut-être que pour me complaire. L'heure était aux préparatifs de départ. Au cours de lentes et ultimes promenades, je me suis efforcée de graver en moi ce que j'avais pu voir ici tous les jours : les plans d'eau au milieu desquels s'étiraient de minces bandes de terre, les arabesques que les oiseaux traçaient dans le ciel au-dessus du paysage, les couleurs des édifices de brique aux murs croulants sous une lumière toujours changeante, la pâleur blafarde des hampes de roseaux, les hérons à la sérénité imperturbable, les flamants roses dont l'hiver alanguissait l'ardeur et le silencieux cortège des camions. Le fossé qui courait parmi les roseaux n'était plus recouvert de glace, l'oiseau mort avait disparu depuis quelques jours déjà, peut-être avait-il fait les délices de charognards qui se tenaient tapis dans les marécages. La veille de mon départ, le delta se voilait d'un mince brouillard qui s'accordait enfin avec mes attentes. À l'extrémité du champ labouré, la ferme, au travers des peupliers dont les ramures élancées semblaient imprimer dans le ciel des empreintes digitales pâlies, n'était plus qu'une délicate et flottante esquisse. Sous les brumes, deux lapins de belle taille traversaient le champ, on aurait dit qu'ils se plaisaient à accomplir de grands bonds à un rythme très lent, sans doute se jugeaient-ils à l'abri de possibles ennemis sous le voile protecteur des brumes, et j'espérais à part moi que, tout à l'apparente ivresse de leurs cabrioles en plein champ, ils n'en oublieraient pas pour autant la prudence que devait leur inspirer la route passante.

Derrière la maison rose, le poste de transformation électrique, enveloppé par les brumes qui changeaient les pylônes aux bras implorants en d'évanescentes souches d'arbres, et les fils et câbles tendus entre les poteaux en de grêles filaments arachnéens, m'évoquait un troupeau de bêtes lourdaudes et assoupies. Des camions glissaient, fantomatiques, sous le dais vaporeux, d'un gris très foncé, des ramures de pins parasols, le paysage tout entier dévoilait les possibles qu'il recelait en lui, et que la vive clarté du jour contribuait à dissimuler.

J'ai entrepris de faire mes valises, de rassembler mes notes, de faire un peu de tri dans mes trouvailles – qu'allais-je emporter avec moi, qu'allais-je tout au contraire restituer au paysage ? Je décidai de mettre dans mes bagages une plume mouchetée de bihoreau gris, la capsule séminale ouverte et desséchée d'une plante des marais, qui une fois inspectée à la lumière m'évoquait un peu le museau pointu d'un chien à la gueule entrouverte, enfin une pierre jaunâtre au grain lisse qui, comme égarée en terre étrangère, offrant un saisissant contraste avec les marécages environnants, avait attiré mon regard sur le chemin où je l'avais trouvée. Les mouvements du sol, imperceptibles et cependant incessants, avaient peut-être transporté à cet endroit la pierre, seule rescapée d'un chargement de gravier livré voici des années, ou l'avaient fait remonter de couches de terrain plus profondes. Il fallait bien en tout cas qu'elle vînt d'ailleurs. J'ai déployé sur l'appui de la fenêtre mes autres trouvailles, afin de ne pas oublier de les prendre avec moi à l'occasion de ma dernière promenade avant mon départ. J'ai fait le décompte des pellicules déjà impressionnées et les ai emballées avec précaution. Avant le développement, les rouleaux de pellicule impressionnée faisaient toujours figure à mes yeux de fragiles secrets, comme si chacune de ces enveloppes en tout point identiques renfermait une série de rêves encore inconnus. Existe-t-il vraiment des capsules à rêves hermétiquement closes, qui n'attendent plus que notre sommeil pour éclore ? Et qu'adviendrait-il d'elles, si à la faveur d'une brèche, la lumière, les tons et les couleurs du monde non rêvé venaient à s'y engouffrer ?

J'avais l'expérience des départs. Éradiquer des traces, caser dans les bagages ce que nous avons accumulé et collecté, agencer dans notre mémoire les espaces intérieurs en un tableau dont on ne tirera aucune épreuve. Nous ne pouvons jamais connaître par avance ce qui s'affirmera dans le souvenir. C'est arbitraire. Si d'aventure je devais revenir un jour ici, tout y serait différent de ce dont ma mémoire a conservé la trace, et différent aussi de ce que nous donnent à lire les photographies développées et tirées sur papier. Aucune photographie n'est une copie. Le cadre une fois choisi, celui-ci détermine les frontières d'un monde que l'œil, en contemplant l'image achevée, ne cessera de réinterpréter à neuf, et, prolongeant les limites étroites du cadre, enrichira de représentations toujours nouvelles.

En rangeant mes pellicules dans la sacoche de mon appareil photo, je sentis soudain sous mes doigts, dans une poche latérale que je n'utilisais d'ordinaire jamais, une forme rectangulaire. Je sortis du sac une mince pochette de carton souple, un étui à négatifs. Voilà longtemps que je n'en utilisais plus de semblables. Je me suis saisie du négatif qu'il renfermait et, le tournant vers la lumière, l'ai regardé par transparence. J'ai immédiatement reconnu M. La tête légèrement inclinée, il hausse d'un rien les épaules. Il figurait sur chacune des quatre photos, qui toutes présentaient le même arrière-plan et avaient été prises à de brefs intervalles, comme autant de variantes possibles pour un portrait. Ébloui par la lumière, M. esquisse un demi-sourire. Ce devait être par une journée venteuse, une petite touffe de cheveux se dresse en épi sur sa tête, une mèche lui barre le front. Il a enfoncé les mains dans les poches de son coupe-vent, dont la capuche, au niveau de la nuque, forme une sorte de petit renflement. Il porte ce vêtement de pluie que je devais égarer environ six mois après sa mort, de façon inexplicable.

Le cliché montrait une journée lumineuse, je parvenais à distinguer dans la pénombre bleutée de l'espace dégagé les linéaments délicats d'arbres défeuillés, en blanc tout à l'arrière-plan. Je ne parvenais pas à me rappeler dans quelles circonstances la photo avait été prise. J'ai fait un pas vers la fenêtre pour y voir un peu plus clair, et me suis perdue en conjectures au sujet d'infimes détails que je n'arrivais pas à resituer. Il m'apparut enfin que les arbres étaient des peupliers alignés en une rangée, et aussitôt une étrange sensation d'effroi s'empara de moi, car il me sembla reconnaître l'espace de quelques secondes le paysage que j'avais sous les yeux dans le delta. Je suis sortie avec les négatifs, pour m'assurer que la disposition des arbres et des objets qui en composaient l'arrière-plan n'était pas la même qu'ici. À peine avais-je mis les négatifs en regard avec le champ labouré, la ferme autour de laquelle, dans le brouillard léger, les peupliers tissaient comme une toile d'araignée, que le souvenir du jour où nous avions pris ces photos me revint à l'esprit. C'était au mois de février, bien des années plus tôt, dans l'estuaire de la Tamise, par une journée dont la lumière annonçait déjà le déclin de l'hiver. C'était l'après-midi, à marée descendante, les eaux dont le niveau baissait achevaient de se retirer au creux de leur sillon, les barques tanguaient quelques moments encore sur les petites vagues avant de s'échouer sur la vase, des mouettes au bec épais prenaient leur essor en volées turbulentes et, à lourds battements d'ailes, jetant leurs cris perçants, allaient se poser sur les bateaux, les bouées échouées, les étendues de vase. Les mouettes, même si elles prenaient leur envol par nuées entières, semblaient toujours garder un quant-à-soi farouche. C'est en solitaire que chacune d'elles suivait alors son cap, et cherchait pitance avec une si impitoyable voracité que j'en restais chaque fois pantoise.

M., à l'époque, avait eu besoin d'une photo pour je ne sais quelle occasion, aussi avions-nous effectué ces nombreuses prises presque identiques, mais ce n'était certainement pas la raison qui nous avait poussés à entreprendre la sortie. Chemin faisant, c'est sans doute par hasard que l'idée nous était venue de réaliser à titre d'essai quelques clichés que nous pourrions peut-être utiliser par la suite. Il me revint le souvenir des tirages que nous avions effectués alors, du choix des photos, M. avait été frappé par mille détails qui n'avaient pas retenu mon attention, comme par exemple cette capuche qui lui faisait une bosse sur la nuque et qu'il jugeait catégoriquement disgracieuse. Il me semblait revoir les peupliers qui, ce jour-là, en fin d'après-midi, s'alignaient dans le lointain et découpaient avec netteté leur silhouette noire sur un ciel d'un rouge orangé où s'était épanoui avec lenteur, annoncé par de discrètes touches violettes, le bleu très foncé du soir. Entre la séance photo et le coucher du soleil, nous avions fait une longue promenade. Le souvenir de la petite gare où nous étions descendus m'est revenu : Leigh-on-Sea, une sorte de baraquement de planches tout en longueur, datant peut-être des années vingt et qui me faisait songer à quelque jardin d'hiver au charme rupestre et suranné, avec vue sur la Tamise, qui à cet endroit s'apprêtait déjà à se confondre avec la mer du Nord et dévoilait au regard, à marée basse, l'étendue immense de ses vasières. Mais mes pensées me ramenaient sans cesse à cette rangée de peupliers qui, l'image m'en revenait à présent, avait d'abord dessiné dans la clarté du jour ses délicats contours grisâtres, et, après s'être brièvement parée d'un bleu vaporeux, avait adopté un noir très profond avant de se dissiper tout à fait dans le bleu d'encre du soir.

Pendant des années, ces souvenirs étaient restés enfouis dans les profondeurs de mon esprit, et s'ils remontaient maintenant en moi, c'était simplement parce que je venais de découvrir ici, en ce lieu, dans cette poche latérale que je n'utilisais jamais et où ils devaient traîner depuis longtemps, les négatifs disparus dont je n'avais pas regretté l'absence. L'après-midi passé dans l'estuaire de la Tamise, la lumière de l'hiver finissant, la découverte inattendue, aux portes de Londres, d'un paysage dont le vide s'offrait si généreusement à la vue, tout avait soudain resurgi, et, après avoir passé des jours et des jours ici, les yeux rivés sur le petit bois de peupliers qui entourait la ferme, tout à l'extrémité du champ, le spectacle de la rangée de peupliers qui, par une fin d'après-midi de février, se détachant sur l'immense étendue de l'estuaire au jusant, avait viré du gris clair au noir en passant par le bleu, me parut soudain d'une importance si cruciale que je ne parvenais pas à comprendre comment il avait pu s'effacer de ma mémoire. Je ne me lassais pas de contempler par transparence les négatifs, et j'ai lu les griffonnements graciles et blancs de ces peupliers d'Angleterre, patiemment déchiffré les instants du passé, jusqu'au moment où l'écriture de ces arbres dont les rameaux d'hiver fusant vers le ciel m'évoquaient de loin des plumes m'est apparue comme l'emblème même de ce petit chapitre de ma vie commune avec M., dont je pouvais de nouveau feuilleter ici les pages.

Port

Au matin de mon dernier jour dans les marais salants, il soufflait un vent violent. Le ciel était bas et il s'était mis à pleuvoir. Les gouttes tambourinaient sur le petit auvent du pavillon, chuchotaient sur les feuilles sèches du palmier en pot. Le vent s'acharnait contre je ne sais quel objet qu'il faisait claquer contre un pan de mur, produisant un son tantôt métallique, tantôt caverneux. Ma dernière promenade dans les marais salants fut brève, la pluie déployait sur le paysage des voiles derrière lesquels tout s'estompait, les oiseaux eux-mêmes restaient à couvert, pas un seul héron n'était perché ce matin-là sur le câble.

Le propriétaire de la pension me conduisit à l'arrêt d'autocar. Le conducteur était en retard sur l'horaire, nous nous tenions tous deux sous la pluie, et l'homme me confia combien il en avait assez de cette région. Il aspirait à s'en retourner vivre avec sa famille sur le catamaran mouillant au large des Antilles. *I live in a broken land,* laissa-t-il échapper à plusieurs reprises d'une voix murmurante, dans son anglais fortement teinté d'italien, comme s'il se plaisait à éprouver les sonorités de cette phrase. Peut-être s'imaginait-il la prononçant déjà, installé sur son catamaran, à quelques encablures de la côte des Antilles, à l'adresse d'un autre marin navigant un peu plus loin, par-delà une mince bande de mer d'un bleu profond : *I lived in a broken land* !

Plantée en cet instant sous la pluie qui lentement se mêlait de flocons de neige, devant le panneau de l'arrêt d'autocar dont le pied était tordu sur son socle, dans cette station balnéaire où ne demeurait plus âme qui vive, il ne m'était pas difficile d'y prêter foi.

Je l'ai interrogé sur les bruits d'explosions qui avaient déchiré les airs pendant les journées de grand froid. Il m'adressa d'abord un regard perplexe, la hardiesse de ma comparaison avait dû l'épouvanter. Puis la lumière se fit en lui, il parut comprendre de quoi je voulais parler. C'était à cause du poste électrique, m'assura-t-il. *Sottostazione elettrica.* Il ne se lança pas dans de plus amples explications. Il en avait toujours été ainsi, poursuivit-il après une pause. On finissait par s'habituer, et du reste cela ne se produisait jamais qu'en hiver. Chaque année, on commençait il est vrai par tressauter d'effroi, mais on se rappelait alors qu'il n'y avait là rien que de très normal.

Je ne savais trop si je devais le croire, ni s'il m'avait seulement comprise, mais l'autocar de Ravenne est apparu à cet instant et je lui ai fait mes adieux.

Après ces jours et ces jours passés dans le paysage désert des Valli, au milieu des roseaux, des plans d'eau et du chant des oiseaux, tout ce qui se rattachait à ma vie quotidienne avait été relégué dans une profondeur aussi lointaine que mes souvenirs, et ce que cette existence pouvait avoir de fiable et de rassurant m'apparaissait désormais aussi vacillant et flou, aussi tributaire de la lumière et des éléments que ceux-ci. Bien des années après la mort de mon père, j'eus alors soudain l'impression, dans les marais salants de Comacchio où mes yeux s'étaient posés jour après jour sur le flot silencieux des camions quittant ou rejoignant Ravenne, qu'il me fallait accomplir une tâche. M'acquitter d'une mission. Visiter des lieux, arpenter des terrains, progresser à tâtons le long des fils ténus qui se tendaient entre mes souvenirs et des images, des endroits, des noms. J'avais déjà visité Spina, il ne me restait qu'à mettre le cap sur Ravenne.

L'autocar desservit d'abord Lido di Spina. Tout comme le camion-benne, il sinua dans le lacis tortueux des ruelles. L'étendue ne devait pas en être bien imposante, mais, comme à l'occasion de ma promenade, il me semblait à présent que je perdais tout repère. On aurait dit que l'autocar avait à cœur de n'omettre aucune rue. J'ai guetté du regard la maison de la Russe, mais elle était semblable à tant d'autres habitations que le seul point de repère auquel j'aurais pu me fier avec certitude était les chiens, que je ne voyais nulle part. Je n'ai pas aperçu non plus la moindre fenêtre éclairée. Sur la Via Romea, la circulation avançait avec lenteur, le vent chassait de la neige mouillée sur le pare-brise, qu'une seule seconde suffisait à rendre de nouveau opaque entre deux mouvements des balais d'essuie-glaces. Sur la voie opposée, les roues des poids lourds soulevaient des gerbes d'eau sale. À droite de la route se développait la grisaille des Valli, que la pluie mêlée de neige dissolvait en une étendue vaporeuse et sans contours ; une fois franchi le cours du Reno, on apercevait de chaque côté de la route, au travers des épais flocons qui tombaient à l'oblique, les forêts de pins parasols dont les cimes se déployaient, noirâtres, au sommet des grands troncs, préservant de la neige l'espace pénombreux au pied des arbres.

Ravenne me laissa une impression de plus vive clarté que Ferrare, la ville s'ouvrait tout entière sur la mer, même si le port avait désormais considérablement pris ses distances. Elle tournait vers moi un visage moins austère, en dépit des rudes assauts auxquels l'hiver la soumettait ce jour-là. Le vent arrachait les dernières feuilles des platanes, de rares passants avançaient en faisant front contre les bourrasques de pluie mêlée de neige, dans le quartier de la gare les Africains orphelins de leur terre natale se pressaient contre les portes vitrées du grand hall et posaient sur le parvis des yeux figés. Par la fenêtre de la minuscule chambre d'hôtel que j'occupais à Ravenne, j'apercevais au loin, par les échappées entre les maisons situées de l'autre côté de la rue, les voies de rangement de la gare ferroviaire. Les trains régionaux aux couleurs vives glissaient sous mes yeux, ils voguaient au centre du large lit que formaient des dizaines et des dizaines de voies, je ne distinguais aucune manœuvre de triage. C'était une gare de province semblable à celle de Ferrare, dont l'importance passée n'était plus qu'un souvenir et où ne circulaient guère à cette période de l'année que des passagers faisant la navette entre la ville et les faubourgs, et au nombre desquels on pouvait d'ailleurs compter les réfugiés qui, ici comme à Ferrare, affluaient certainement au petit matin, pour se mettre sous la tutelle d'une gare qui leur garantirait au moins la certitude d'une issue, échanger, les membres grelottants et le ventre affamé, quelques paroles avec d'autres apatrides, se faire peut-être engager comme hommes de main et gagner ainsi de quoi s'acheter leurs cigarettes.

Par où commencer avec les mosaïques ? Je me suis laissé guider par les panneaux indiquant le chemin de la plus grande basilique, et, adoptant l'attitude des autochtones, j'ai avancé en baissant la tête pour résister au vent humide et glacé. Il ne tombait plus de neige à présent, mais une pluie plus rude et drue que les lourds flocons de la matinée. Au niveau des kiosques, les dernières décorations de Noël clignotaient tristement et résistaient tant bien que mal à la fureur du vent. Ravenne, malmenée par les éléments, déployait pour moi les sortilèges du vide. Était-elle la dernière ville italienne que mon père avait vue ? Je me suis efforcée de me représenter ses rues baignées de lumière et envahies de chaleur. Les groupes de touristes pénétrant par fournées entières dans les sanctuaires ornés de mosaïques, et mon père parmi eux. Les gardiens de la basilique San Vitale, cet après-midi-là, s'étaient retranchés dans de petits réduits semi-vitrés, à côté de leurs modestes radiateurs d'appoint, et passaient leur mauvaise humeur sur la demi-douzaine de touristes transis qui visitaient l'édifice. La voûte de l'immense basilique déployait au-dessus de ma tête ses couleurs éclatantes rehaussées d'or, je me suis absorbée dans la contemplation des images jusqu'à l'instant où j'ai tout à fait oublié que j'observais l'arrondi d'une coupole, une singulière sensation qui me désorienta pour de longs moments et instaura une impression de flottement, au point que je perdis toute notion de perspective, et que le monde m'apparut sens dessus dessous. Il m'est revenu le souvenir des explications que mon père nous avait fournies au sujet de la composition des mosaïques. Le soin minutieux qu'on mettait à assembler les petits éléments, l'art consommé avec lequel on faisait se succéder le verre, les pierres semi-précieuses, la céramique et l'or ; je me suis représenté les mosaïstes qui, debout sur des échafaudages branlants, sous l'immense rotondité de la voûte encore vierge, se raccrochaient à une vision d'ensemble du tableau qui guidait leurs mains artistes, du lapis-lazuli au verre coloré en passant par le cristal de roche, le quartz rose, la malachite, la cornaline ou quelque tesselle de terre cuite émaillée. Se pouvait-il qu'il en eût été ainsi ? À combien de savants calculs avait-il fallu se livrer pour composer les pointes de souliers des membres du cortège présidé par l'empereur et l'impératrice, pour atteindre à cette impression de surface plane et unie ? Qui avait composé ce Moïse au buisson ardent, en pleine ascension d'une montagne, tandis que de petits feux jaillissent des rochers comme autant de mains nées de la pierre ? Moïse lace ses sandales et ses yeux se posent sur la main blanche qui, surgie des nuages, étend sur lui sa bénédiction. Tout au sommet de la montagne rocailleuse se dresse un arbre à la membrure nue, noire, comme calcinée par les flammes. Cette image s'imprima durablement dans mon esprit, éclipsant par son éclat tous les autres panneaux des arcatures.

Au mausolée de Galla Placidia, le visiteur n'était autorisé à rester que trois minutes, comme l'annonçaient des pancartes installées dans l'entrée. Il n'y avait cependant personne pour y veiller, les gardiens étaient peut-être allés se calfeutrer dans quelque réduit où ils étaient à l'abri du froid humide. Il ne devait s'agir en somme que d'une simple mesure de précaution, qui du reste tenait sans doute moins à la raison alléguée – réguler de manière constante l'humidité de l'air – qu'à la volonté d'empêcher qu'une trop longue contemplation des mosaïques ne portât le visiteur à s'abolir tout à fait dans les bleus de celles-ci, à ne plus sentir le contact du sol sous ses pieds, à se détacher peu à peu de toute pesanteur terrestre pour errer sans fin comme un esprit immatériel entre les ornements, les étoiles et les oiseaux de la coupole. Il serait alors sans doute revenu aux gardiens, au moment de la fermeture, la pénible tâche de décrocher du ciel, un à un, les visiteurs enivrés de couleurs et, les menant à l'écart, loin de ces bleus ensorcelants, de leur faire recouvrer leurs esprits. C'était assurément une mission à laquelle aucun gardien n'aurait consenti.

J'ai découvert la *Mosaïque du port* à la basilique Sant'Apollinare Nuovo, tout à la fin de ma visite, après m'être longuement absorbée dans l'observation des trois rois mages venus d'Orient qui, un rien cocasses, vêtus d'élégantes tuniques richement ornées, apportent leurs présents à la Madone et, entraînés par un énigmatique et aérien mouvement, traversent un petit bois de conte de fées et se dirigent vers l'abside aux splendeurs épanouies. La *Mosaïque du port* se trouve pourtant tout au commencement d'un ensemble de mosaïques ; elle représente trois navires d'un brun rougeâtre amarrés sur un fond d'eau bleu foncé, le bateau du haut a hissé une voile blanche et un ciel d'or tend sa toile au-dessus des flots et des navires.

C'était une mosaïque de belle facture, à laquelle les vagues du port, le faible étincellement du ciel – qui, tout comme le bleu mouvant des eaux, se serait assurément animé d'une vie tout autre sous les rayons du soleil – imprimaient un vigoureux mouvement. L'œuvre ne revêtait aucune allusion au sacré, on ne distinguait pas un seul signe dans le ciel, rien sur les hauts remparts qui encadrent la sortie du port. Un regard, un point de vue sur la possibilité du large, qui pour l'heure demeurait captif et enserré de murailles, ne se déployait pas encore pleinement, n'existait qu'à l'état d'ébauche. Je n'étais pas certaine qu'il s'agît réellement de la mosaïque dont mon père à l'époque avait mentionné l'existence. Levant les yeux vers le panneau, je l'ai contemplé de longs moments, en proie au doute, tandis que la lumière se faisait à chaque instant plus crépusculaire et plus faible. Ce n'était pas la pièce maîtresse des mosaïques, l'endroit était mal éclairé en hiver. Mais à l'instant où je me suis détournée pour partir, jetant un dernier regard sur les mosaïques situées en vis-à-vis de celle du port, j'aperçus une image en laquelle je reconnus avec une soudaine et absolue certitude l'œuvre à laquelle mon père avait fait référence. Elle faisait expressément pendant à la *Mosaïque du port*, s'encadrait elle aussi de hautes murailles d'enceinte, mais était surmontée d'une sorte de linteau où figuraient trois personnages en blanc, trop petits pour qu'on parvînt à les distinguer pleinement. Je me suis dit que des anges auraient été tout façonnés d'or, peut-être s'agissait-il d'enfants, il m'était impossible d'en être certaine, trois silhouettes blanches pour les trois navires de la mosaïque d'en face ; il ne restait plus qu'à leur souhaiter de savoir naviguer. Au centre de l'œuvre se déployait en tout cas, encadré de hauts remparts, un néant d'un bleu-vert très tendre, limpide et lumineux, une vaste étendue, une mer ou un ciel qui n'attendait plus pour déborder de toutes parts ses limites que l'instant où l'observateur s'en détournerait. Au cœur de ce bleu-vert éclatant s'esquissait faiblement une silhouette qui pouvait être tout et n'importe quoi – un bateau, une île, une cité engloutie, l'ombre d'un nuage, plus généralement une vue de l'esprit, une illusion d'optique. Ces deux mosaïques – le port encadré de remparts où des embarcations encore indécises flottaient sur les eaux d'un bleu profond, et l'immensité d'un bleu radieux, sans aucune destination, sans même un horizon, sans rien sur quoi l'on pût poser des mots – menaient depuis des siècles et des siècles un dialogue, sur la vie, la lumière et le grand large du dehors, les innombrables tesselles aux reflets d'or tenaient une inlassable et murmurante discussion dont mon père devait avoir entendu quelques mots, et c'était à cela qu'il avait fait allusion en me parlant de la *Mosaïque du port*.

Le vent s'était couché en fin de soirée, et la pluie elle aussi avait cessé. La nuit fut silencieuse, jusqu'au moment où retentirent dans ma chambre, bien avant le lever du jour, les premières annonces des haut-parleurs de la gare. Au petit matin le ciel était ensoleillé, le temps froid et très lumineux. J'ai pris le train pour Bologne, d'où j'ai rallié Milan avant de poursuivre ma route en direction des Alpes, où je suis arrivée à la tombée du soir. Par la fenêtre du train, j'ai vu glisser sous mes yeux, simples ombres désormais, les paysages qui composaient le livre d'images de mes souvenirs d'enfance. Les vergers des proches environs de Bologne, où de petits arbres rougeâtres et pétrifiés dressaient maintenant vers le ciel leurs branches défeuillées, des villages, des usines désaffectées, de modestes villes sous une lumière d'hiver oblique. Une fois passé Milan, c'est en vain que j'ai guetté du regard les lotissements où quelques espaces verts cassaient l'uniformité des blocs d'immeubles. Ce n'est qu'à l'instant où le train arrivait déjà au pied des Alpes qu'il me sembla voir défiler enfin par la vitre des tableaux et des vues qui correspondaient en tout point aux images que j'avais conservées : des versants montagneux escarpés, des trouées dégagées après des avalanches d'éboulis, de petites forêts de conifères qui sous le soleil un peu hésitant de l'après-midi étaient presque bleues. Je vis passer de petites gares qui paraissaient à l'abandon et dont les noms réveillaient en moi des échos lointains. À Chiasso, la police des frontières procéda à un contrôle et embarqua une jeune femme noire qui était installée de l'autre côté de l'allée centrale, presque en face de moi. À Milan, elle était montée très peu de temps avant le départ du train et avait alors mené une conversation avec trois hommes noirs, dans un français teinté d'un fort accent d'Afrique de l'Ouest auquel je ne comprenais rien. Les trois hommes s'étaient appliqués à la persuader, finalement elle était allée s'asseoir près de la fenêtre. La tête appuyée contre le rideau, elle avait fermé les paupières et le soleil avait caressé de longs moments son visage. Comme un enfant, ai-je songé plus tard, un enfant qui ferme les yeux pour qu'on ne le voie pas. À Chiasso, les trois hommes se sont volatilisés. La femme, sans opposer de résistance ni souffler un mot, s'est laissé arrêter. Elle ne quitterait pas l'Italie, pas plus qu'elle ne rentrerait au pays.

Lamentatio

Il y a près de six cents ans, Fra Angelico peignit un tableau funèbre qui représente la lamentatio, *la messe des morts célébrée pour saint François d'Assise. La prédelle sur trois panneaux de peuplier est installée sous le* Jugement dernier *de Fra Angelico, un tableau où les bleus éclatent de toutes parts, avec des anges aux ailes dorées et de riches nuances de pourpre. La prédelle, juste en dessous, semble au premier regard bien modeste et terne. Elle constituait autrefois le socle d'un retable, aussi a-t-elle appris à se contenter depuis toujours d'une place de moindre importance au pied d'œuvres monumentales.*

La prédelle, avec ses pans de bleu discrets, les couleurs à l'éclat amorti des deux panneaux latéraux, raconte la légende de saint François, sans visions d'anges ni figurations de Marie dans ces bleus outremer extatiques qu'on tirait de la poudre de lapis-lazuli. C'est un tableau dont la mort occupe la partie centrale. Le panneau de gauche représente la vie, celui de droite les proches du défunt.

Le panneau latéral de gauche montre une scène d'accueil. La rencontre de saint François et de saint Dominique, qu'entourent d'autres moines. Ils se tiennent dans un monde aux couleurs feutrées. Derrière eux se dresse un édifice, sur leur gauche se déploie un paysage : les collines de l'Ombrie, une étendue d'un vert mat, une vaste vallée où sont disséminés des clochers, des monastères, des villages et, m'a-t-il semblé en y regardant de plus près, des cimetières qu'entourent des murs de pierre. Les lieux des morts s'intègrent aux lieux des vivants. Au-dessus du paysage, on distingue un pan de ciel d'un bleu séraphique qui fait presque songer à un ajout du peintre. Ah, ce bleu, Fra Angelico n'en avait-il pas eu l'idée après coup, quand il avait terminé le paysage ? Il subsistait encore un peu de place, en haut à gauche, pour une touche de ce bleu précieux, un espace ménagé aux anges au-dessus de cette scène si terrestre, voilà qui fait également corps avec la réalité. Le panneau latéral de droite représente une pièce sombre. C'est là que se tiennent les moines endeuillés. À l'arrière-plan, une ouverture rectangulaire, baie de porte ou de fenêtre, donne sur la nature. Celle-ci se déploie au-dehors, foisonnante, dans des nuances d'un vert nocturne, il fait sombre, une lueur venue d'on ne sait où perce faiblement au crible de feuillages qui représentent plus un obstacle qu'une invitation. Toute échappée vers le large est bouchée. La petite pièce elle-même est peinte dans des tons de brun et de rose, couleur de tamaris, sans ombre ni aspérités, et le regard est immanquablement attiré par l'expression de stupeur et d'épouvante qui se dessine sur le visage des moines qui, réunis en Arles, assistent à l'apparition du défunt. L'un d'eux a déjà pris la fuite, on ne distingue plus, à gauche du tableau, dans l'encadrement d'une porte, qu'un pied et le pan d'étoffe flottant d'une tunique, un autre se cache le visage, à demi couché sur le sol, comme terrassé d'effroi. Sont-ils en train de rêver ? Comment vont-ils s'éveiller de ce songe, marqués chacun à sa façon par la vision qui les a effleurés ? Et comment pourront-ils jamais se mettre d'accord sur ce qui vient de leur apparaître ? On ne distingue pas sur ce panneau la moindre touche de bleu. En l'absence de tout ciel, les moines pleurant le défunt restent captifs de l'espace imprévisible du rêve.

Au centre, la mort elle-même, la lamentatio, occupe la plus grande place. Les moines se sont rassemblés autour de la dépouille. Ils sont vêtus de la robe sombre de leur ordre, deux d'entre eux tiennent en main un livre rouge dont ils s'apprêtent à lire ou chanter des extraits. Le rouge des reliures tranche sur la couleur terne des bures et se détache de la masse avec toute la force d'un message qu'on transmet, d'une réponse à la tunique rouge qu'arbore un homme agenouillé au premier plan. Le défunt repose dans son cercueil, lequel est bordé d'une étoffe jaune à rayures rouges. À l'une des extrémités se tiennent deux dignitaires ecclésiastiques vêtus d'habits aux couleurs vives ; à quelque distance de l'autre extrémité, deux mendiants, l'un habillé de noir, l'autre de marron foncé. Les moines sont attroupés derrière le cercueil. L'un d'eux, décontenancé, se penche sur le visage du défunt, un autre incline la tête sur les pieds de celui-ci, comme Marie, Jean ou Marie-Madeleine se penchent vers les pieds de Jésus sur d'innombrables représentations de la Descente de croix. Les pieds des morts sont le plus impitoyable spectacle qui se puisse imaginer ; plus encore que les mains, ils proclament la mort, et cependant nous voulons les tenir entre nos doigts, les recouvrir, les réchauffer, trouver un quelconque moyen, les pétrissant ainsi ou les dissimulant d'un voile, d'annuler la mort ou tout au moins de la camoufler. À travers ces mains qui palpent les pieds du défunt se lit tout le désarroi

375

de ceux qui restent face à la dépouille mortelle. Devant le mort, les moines, en prière ou figés, sont bouleversés et comme hébétés. Un jeune moine quant à lui s'est détourné et se cache le visage dans les mains. Une inconsolable douleur l'a pétrifié tout entier. C'est un tableau de deuil où le petit triangle de ciel bleu surmontant les tours et les murs du monastère n'attire le regard d'aucun des personnages de la scène et ne représente rien pour personne ; sur le bord supérieur du tableau, il fait figure de petit exercice imposé, c'est en pure perte que le précieux lapis-lazuli fut péniblement extrait de la roche avant d'être réduit en poudre, il échoue à consoler ceux qui restent.

ANNEXE

Traduction des extraits italiens présents dans le texte :

Je pleure un monde mort.
Mais moi qui le pleure, je ne suis pas mort.

> Pier Paolo Pasolini, *La Nouvelle Jeunesse.*
> *Poèmes frioulans (1941-1974)*, traduction de Philippe Di Meo,
> Du Monde Entier, Éditions Gallimard, 2003.

Je n'ai jamais beaucoup aimé la montagne, et je déteste les
Alpes.

> Eugenio Montale, *Sorapis, 40 anni fa.*

étincelle qui parle
du commencement quand tout semble
se fossiliser, souches ensevelies

> Eugenio Montale, « L'Anguille »,
> *La tourmente et autres poèmes (1940-1957)*, volume III
> des *Œuvres poétiques complètes* d'Eugenio Montale, tra-
> duction de Louise Herlin, Du Monde Entier, Éditions
> Gallimard, 1966.

Les mots. C'est sûr.
Dissolvent l'objet.
Comme la brume les arbres,
la rivière : le bac.

GIORGIO CAPRONI, *Le Mur de la terre, 1964-1975*, traduction de Philippe Di Meo, L'Allure du chemin, Éditions L'Atelier de La Feugraie, 2002.

TABLE

I. Olevano 9

viĭ / morţĭ 11
Terrain 13
Chemin 16
Village 21
Cimetière 24
dying 28
Nuées 30
Cœur 32
Pizzuti 36
Jours du merle 43
Marché 49
Mains 55
Palestrina 61
Maria 68
Commerce 75
Campo 80
Cerveteri 87
Via 95
Carnevale 102

Strade.. 108
Journée de la femme.................................. 117
butterfly.. 127
Erminia.. 129
Taille.. 134
Capranica... 138
flying.. 145
Ortolan... 147
Bassa 152

II. Chiavenna 157

Altipiano.. 159
Positif.. 163
Nuit... 170
Travailleurs immigrés 175
Anguille... 179
Migration.. 185
Mosaïque 192
Brasses... 199
Lapis-lazuli.. 205
Épervier... 210
maiale.. 217
Disco.. 222
Tarquinia 230
Ponte Cavour 235
Caccia 242
Oiseaux 247
Pluie... 253

III. Comacchio 257

Bassa 259
Corso 265
Héron 275
Ambre 289
Gare de triage 297
Saline 305
Oiseau de glace 313
Presepio 320
Canal des hommes 328
Spina 336
Chiens 347
Négatif 356
Port 363
Lamentatio 373

Annexe 377

Cet ouvrage a été achevé d'imprimer sur Roto-Page
par l'Imprimerie Floch à Mayenne
pour le compte des éditions Grasset
en janvier 2020.

Mise en pages
PCA 44400 Rezé

Grasset s'engage pour
l'environnement en réduisant
l'empreinte carbone de ses livres.
Celle de cet exemplaire est de :
800 g éq. CO$_2$
PAPIER À BASE DE   Rendez-vous sur
FIBRES CERTIFIÉES   www.grasset-durable.fr

N° d'édition : 21361 – N° d'impression : 95568
Dépôt légal : février 2020
Imprimé en France